ROMAN KLEMENTOVIC

Immerstill

ROMAN KLEMENTOVIC

Immerstill

Thriller

GMEINER SPANNUNG

Bisherige Veröffentlichungen im Gmeiner-Verlag:
Immerschuld (2017), Immerstill (2016), Verspielt (2015)

Personen und Handlung sind frei erfunden.
Ähnlichkeiten mit lebenden oder toten Personen
sind rein zufällig und nicht beabsichtigt.

Besuchen Sie uns im Internet:
www.gmeiner-verlag.de

Im Ehnried 5, 88605 Meßkirch
Telefon 07575/2095-0
info@gmeiner-verlag.de

4. Auflage 2017

Lektorat: Claudia Senghaas, Kirchardt
Herstellung: Mirjam Hecht
Umschlaggestaltung: U.O.R.G. Lutz Eberle, Stuttgart
unter Verwendung eines Fotos von: © lumpozumpo/photocase.de
und © Denise-Sophie/photocase.de
Druck: CPI books GmbH, Leck
Printed in Germany
ISBN 978-3-8392-1888-4

Für Anna

Wenn alles in einem schreit *LAUF!*,
sollte man dann nicht darauf hören?

MONTAG, 9. FEBRUAR

1

Das Heizungsgebläse lief auf Hochtouren, damit die Scheiben nicht weiter beschlugen, der blassgelbe Duftbaum, auf dem »Tropical« stand und der nur noch nach Karton roch, baumelte wild vom Rückspiegel herunter, und Roxettes »It must have been love« dröhnte aus den Boxen des Autoradios. Normalerweise liebte ich solche Rock-Schnulzen, aber jetzt war ich gar nicht in der Stimmung dafür. Ein Blick auf den Tacho – 39 km/h – und das auf der Bundesstraße. Aber mehr ließen die stockdunkle Nacht, der nasse Asphalt und die dichten Nebelschwaden nicht zu.

Verfluchter Winter!

Ich hing knapp hinter der Windschutzscheibe und klammerte mich verkrampft am Lenkrad fest, während sich der schmale Lichtkegel der Scheinwerfer durch die Dunkelheit schnitt. Das endlose Schwarz links und rechts davon war mir unheimlich. Meine Hände waren schweißnass, meine Augen brannten und immer wieder schossen mir dieselben Fragen durch den Kopf: Wo konnte sie nur stecken? War ihr etwas passiert? Und wieso ausgerechnet jetzt, genau drei Jahre danach? War es Zufall oder hatte ihr Verschwinden mit den Geschehnissen von damals zu tun? Ich machte mir große Sorgen. Glaubte nicht daran, dass ich übertrieben reagierte.

Kurzes Hoffen, als mein Handy auf dem Beifahrersitz läutete. Doch es war nicht sie, die mich endlich zurückrief. Auf dem Display erschien schon wieder nur Toms Name. Ich drehte Roxette lauter und zwang mich, nicht ranzugehen.

It must have been love but it's over now
It's where the water flows, it's where the wind blows …

Es dauerte eine gefühlte Ewigkeit, bis der schrille Standardklingelton verstummte. Erst jetzt merkte ich, dass ich die ganze Zeit über die Luft angehalten und scheinbar jeden Muskel meines Körpers angespannt hatte. Ich atmete tief durch, versuchte locker zu werden, doch es wollte mir nicht gelingen.

Ich fühlte mich verloren. Einsam. Und aus irgendeinem Grund auch schuldig.

Seit geraumer Zeit war ich keinem anderen Fahrzeug mehr begegnet. Ich sehnte mich nach irgendeinem Lebenszeichen, hätte mich schon über ein fahles Licht in weiter Ferne gefreut. Aber nichts.

Langsam nahm ein Verkehrsschild in der Dunkelheit vor mir Formen an. Ich kniff meine Augen zu schmalen Schlitzen und versuchte etwas zu erkennen. Dann endlich: »Grundendorf 9 km«.

Bald hatte ich es also geschafft. Dabei wusste ich gar nicht so recht, ob ich mich wirklich darüber freuen sollte. Beim Gedanken daran, meinen Vater gleich wiederzusehen, verkrampfte sich mein Magen. Es war nicht so, dass ich ihn nicht gernhatte. Es war nur – ach, ich weiß auch nicht. Irgendwie passten wir ganz einfach nicht zueinander, hatten uns nichts mehr zu sagen. Und seit dem Tod meiner Mutter war alles noch komplizierter geworden. Mein Vater meldete sich mittlerweile nur noch zu

Weihnachten und an meinem Geburtstag, und wenn er bei einem meiner seltenen Anrufe einmal ranging, redete er kaum etwas, und man musste ihm jeden einzelnen Wortfetzen aus der Nase ziehen. Tagein, tagaus verkroch er sich in seiner Werkstatt und arbeitete dort von frühmorgens bis spät in die Nacht hinein. Die Arbeit war zu seinem einzigen Lebensinhalt geworden. Ansonsten wusste ich kaum mehr etwas über ihn.

In der Dunkelheit vor mir tauchte endlich die scharfe Abzweigung nach Grundendorf auf. Ich drosselte die Geschwindigkeit weiter, verließ die Bundesstraße und folgte einer schmalen, schlecht asphaltierten Landstraße mit unzähligen Schlaglöchern und tiefen Regenpfützen. Auf einmal schien es mir, als ob der Nebel dichter und die Nacht noch schwärzer geworden war. Die alten Kirsch- und Nussbäume zu beiden Seiten der Straße sahen wie bizarre Wesen aus, die mich an der Weiterfahrt hindern wollten.

So nahe war ich meinem Heimatdorf schon lange nicht mehr gewesen. Ein eiskalter Schauer lief mir über den Rücken, die Erinnerung an die Ereignisse von damals übermannte mich. Drei Jahre und zwei Tage war es nun schon her, dass Linda und Markus verschwunden waren. Drei Jahre und zwei Tage der Ungewissheit, was mit ihnen geschehen war. Hatten sie das alljährliche Grundendorfer Faschingsfest am Abend ihres Verschwindens jemals erreicht? Niemand hatte es mit Sicherheit sagen können, da fast alle Gäste verkleidet gewesen waren. Waren sie gemeinsam durchgebrannt? Kaum vorstellbar, da Markus als Einzelgänger galt und die hübsche und frühreife Linda wohl kaum etwas mit ihm angefangen hätte. Waren sie einem Verbrechen zum Opfer gefallen, entführt oder gar ermordet worden? Auch dafür gab es nicht die geringsten Anhaltspunkte. Ihr spurloses Verschwinden war bis heute ein Rätsel.

Ich hatte schon lange nicht mehr an die beiden gedacht, sie waren zu einer vagen Erinnerung verblasst, die irgendwie unwirklich erschien – bis zum heutigen späten Nachmittag jedenfalls. Seitdem spukten die Ereignisse von damals in meinem Kopf herum, und ich war auf dem Weg in meine alte Heimat Grundendorf. Der Grund? Wenige Stunden zuvor hatte ich einen Anruf von meinem Vater bekommen.

Ich war gerade in einem Meeting mit zwei präpotenten und nervtötenden Vertretern gewesen, die glaubten, mich mit ihrer breitbeinigen Sitzhaltung, ihrem schmierigen Grinsen und ihren anzüglichen Witzen beeindrucken zu können, als mein stumm geschaltetes Handy vor mir auf dem Tisch zu vibrieren begann.

»Papa«, zeigte das Display an, und augenblicklich regte sich ein ungutes Gefühl in mir. Instinktiv wusste ich, dass etwas passiert war. Ich griff zum Telefon, hetzte aus der Galerie hinaus in die eisige Kälte und ließ die beiden notgeilen Affen alleine zurück.

»Hallo, Papa.«

»Lisa?« Seine Stimme war brüchig.

»Ja?«

»Störe ich dich?«

»Nein, nein – es geht schon.«

»Gut … wie … wie geht's dir?«

»Ganz okay.«

»Mh.«

»Und dir, Papa?«

»Ich ruf an, weil … weil …«

»Was ist los?«

Ein tiefes Seufzen. »Maria … sie ist …«

Das ungute Gefühl in mir war schlagartig zu Angst geworden, als mein Vater den Namen meiner Schwester ausgesprochen hatte. Sie hatte sich in jeder Faser meines Körpers festgesetzt. Mein Herz schlug schneller.

Meine Stimme zitterte: »Was ist mit Maria?«

»Sie ist verschwunden. Seit dem Faschingsfest am Samstag.«

2

Still, es war totenstill. Und kalt. Ich saß mit meinem Vater in der kleinen Küche meines Elternhauses und rieb mir die Hände, weil es mich fröstelte.

Seit meinem Auszug vor etwas mehr als zweieinhalb Jahren hatte sich auf den ersten Blick kaum etwas verändert. Doch bei genauerer Betrachtung fiel mir auf, wie heruntergekommen mittlerweile alles war. Die Orchidee auf dem Fensterbrett war verendet, die Wanduhr über der Mikrowelle war stehen geblieben und zeigte sechs nach neun an. Zwei der vier flammenförmigen Glühbirnen der Deckenleuchte waren kaputt, die anderen beiden waren verstaubt und gaben nur mehr ein fahles Licht ab. An der Decke und in den Ecken hingen Spinnweben, auf den hellgrauen Wandfliesen hinter dem Herd klebten eingetrocknete Sugospritzer, und im Küchenrollenhalter steckte eine nackte Kartonrolle. Der Messerblock aus Kiefernholz, den ich meinem Vater zu seinem letzten Geburtstag geschenkt hatte, wirkte unbenützt und als ob er nicht hierhergehörte. Nur das gerahmte Familienfoto hing immer noch neben dem schweren Holzkreuz über dem Esstisch. Es war im September 2011 an Tante Hannelores Geburtstag entstanden. Meine Eltern strahlten darauf, meine Schwester auch. Obwohl ich mich erinnere, diesen Tag sehr genossen zu haben, war mein Gesichtsausdruck ernst. Als ob ich damals bereits geahnt hatte, dass schon wenige Wochen später das Unglück über uns hereinbrechen würde. Dass meine Mutter bald nicht mehr bei uns sein würde.

Ich versuchte die schmerzhaften Erinnerungen abzuschütteln und wandte mich meinem Vater zu, der mir zusammengesunken und mit hängendem Kopf gegenübersaß. Der Mensch vor mir hatte so gar nichts mehr mit meinem Vater auf dem Familienfoto zu tun. Er wirkte verwahrlost und viel zu alt für seine 47 Jahre – und daran hatte nicht nur der zottelige Vollbart Schuld, den er sich vor einigen Monaten hatte wachsen lassen und der sein breites Kinn verdeckte. Nein, vor allem auch die tiefen Falten in seinem Gesicht, die sich seit Mutters Tod so rasant vermehrten, ließen ihn älter aussehen – sie wirkten wie Hunderte feine Risse in einer Fensterscheibe, die sich im eisig kalten Wintersturm immer weiter ausbreiteten. Mein Vater starrte regungslos auf die dunkelgrauen, verstaubten Bodenfliesen. Der alte Holzstuhl knarrte ab und zu unter seinem Gewicht. Der Kräutertee, den ich ihm vorhin gemacht hatte, stand unberührt vor ihm auf dem Tisch. Er schien ihn gar nicht wahrzunehmen. Ich nippte an meinem. Er war bereits kalt geworden und schmeckte nach nichts. Der Heizkörper gab ein Glucksen von sich. Der Wasserhahn begann zu tropfen.

»Warum hast du mich nicht schon früher angerufen?«, fragte ich schließlich nach einer langen Zeit des Schweigens.

Er sagte nichts, begann stattdessen an seinen langen grau melierten Barthaaren zu zupfen. Ich konnte ihm ansehen, dass er in seinen Gedanken nicht hier bei mir, sondern bei Maria war.

»Papa?«

Schwerfälliges Durchatmen. »Musst du denn morgen nicht zur Arbeit?«

»Ich habe mir ein paar Tage freigeschaufelt.«

»Das geht so einfach?«

»Papa, es ist meine Galerie. Mach dir darum keine Sorgen.« Es wäre der falsche Zeitpunkt gewesen, meinem Vater von den finanziellen Problemen und den ausbleibenden Kunden zu erzählen. Davon, dass es ziemlich sicher niemanden kratzte, wenn die Galerie ein paar Tage geschlossen blieb.

»Ah.«

»Warum hast du denn nicht schon früher etwas gesagt?«

Mein Vater seufzte, schien völlig kraftlos. »Ich weiß auch nicht, ich …«

Ich starrte ihn an, wartete auf eine Fortsetzung. Sie kam nicht.

»Hat Maria vielleicht irgendetwas gesagt oder ist sie komisch gewesen, bevor sie verschwunden ist?«

»Nein«, sagte er und kaute an seiner Unterlippe. Als ich schon gar nicht mehr damit rechnete, fuhr er fort: »Sie hat nur gesagt, dass sie sich dann fertig machen und auf das Faschingsfest gehen wollte. Ich bin in die Werkstatt gegangen und erst nach ein paar Stunden zurück ins Haus gekommen. Da ist sie schon weg gewesen.«

»Und seitdem hast du nichts mehr von ihr gehört?«

Er nickte kaum merklich.

»Und ihr Handy war immer ausgeschaltet?«

Wieder wortloses Nicken.

Ich rieb mir mit beiden Händen das Gesicht, atmete tief durch, versuchte trotz meiner innerlichen Anspannung einen klaren Kopf zu behalten und logisch zu denken. »Hast du die Leute im Ort gefragt, ob sie wer gesehen hat?«

»Ja.«

»Wann?«

»Heute.«

»Wieso erst heute?«

»Ich dachte ... ich ...« Der Satz verlief im Nichts.

»Wen hast du denn gefragt?«

»Ein paar Leute halt.«

»Was heißt ›ein paar‹?«

»Na, einige halt.«

Ein tiefer Atemzug. »Und keiner weiß etwas?«

Er schüttelte den Kopf.

»Und was ist mit Marias Freundinnen? Hast du mit denen schon gesprochen?«

»Schon, aber …« Er begann wieder an seinem Bart zu zupfen.

Es war offensichtlich, dass mein Vater das Problem nicht wahrhaben wollte. Aber ebenso klar war, dass uns stummes Hoffen nicht weiterbringen würde.

»Papa, wir müssen …«

»Du hättest nicht extra kommen müssen, Lisa. Es wird schon nichts passiert sein«, unterbrach er mich und versuchte sich in einem Lächeln, was ihm gründlich misslang.

»Papa!«

Er sah mich an wie ein kleiner, trauriger Junge, der nicht wusste, warum er hier bei mir sitzen und sich rechtfertigen musste.

»Hast du schon die Polizei informiert?«

Sein Blick wanderte zum Familienfoto an der Wand. Er blieb stumm.

»Hast du oder hast du nicht?«

»Noch nicht.«

»Und warum nicht? Worauf willst du warten?«

»Vielleicht kommt sie ja noch.«

»Papa, Maria ist seit Samstagabend verschwunden. Jetzt haben wir Montag, bald Mitternacht.«

Der Mund meines Vaters öffnete sich, aber es drangen keine Worte daraus.

»Wir müssen die Polizei informieren«, drängte ich ihn, obwohl mir selbst unwohl dabei war. Das Wiedersehen mit Patrick würde bestimmt nicht leicht werden. Ich versuchte mir erst gar nicht auszumalen, wie er wohl reagieren würde, wenn ich auf einmal vor ihm stand.

Es dauerte eine Weile, dann sah mich mein Vater an.
»Gleich morgen früh, in Ordnung?«
Zögerliches Nicken.

DIENSTAG, 10. FEBRUAR

3

Kurz vor 1 Uhr nachts.

Mein Vater hatte sich schlafen gelegt. Besser gesagt, war er irgendwann nach einer endlosen Zeit des Schweigens aufgestanden, hatte etwas gemurmelt, von dem ich annahm, dass es »Gute Nacht« bedeuten sollte und hatte sich in sein Schlafzimmer zurückgezogen. Ich bezweifelte allerdings, dass er in dieser Nacht auch nur eine Minute Schlaf finden würde.

Ich war alleine in der kalten Küche zurückgeblieben, hatte ein wenig abgewartet und mich dann auf Zehenspitzen die Stufen hinauf in den ersten Stock und durch den finsteren Flur in Marias Zimmer geschlichen. Bei jedem verräterischen Knarren der Stufen und des alten Holzbodens hielt ich inne und verzog mein Gesicht unwillkürlich zu einer Grimasse. Ich wollte nicht, dass mein Vater mich dabei hörte, wollte ihn nicht beunruhigen. Doch in mir hatte sich längst eine beißende Unruhe festgesetzt, und pausenlos quälte mich die gleiche Frage: War Maria in Gefahr?

Behutsam schloss ich ihre Zimmertür hinter mir und machte rasch das Licht an. Ich hasste Dunkelheit. Keine Ahnung, warum, aber sie machte mir Angst. Selbst jetzt noch, mit meinen 24 Jahren. Selbst hier in meinem Elternhaus, in dem ich mehr als 21 Jahre und somit den Großteil meines Lebens gewohnt hatte. Vielleicht war irgendein Erlebnis in meiner Kindheit daran schuld, vielleicht eine letzte Erinnerung an ein früheres Leben, vielleicht ein dummer Film, den ich längst verdrängt hatte.

Während die Energiesparlampe nur langsam ihre volle Leuchtkraft entfaltete, sah ich mich im Zimmer meiner Schwester um. Trotz der Leere konnte ich ihre Anwesenheit regelrecht spüren. Maria war mittlerweile zu einer jungen Frau herangewachsen, das konnte ich deutlich erkennen. Die grelle rote Wandfarbe war einem schlichten Weiß gewichen, unter dem Dachfenster stand eine prächtig gedeihende schulterhohe Palme. Die Poster von gut aussehenden Schauspielern und Boybands mit nackten Oberkörpern waren von den Wänden verschwunden – mit 20 war man selbst auf dem Land zu alt dafür. Sie waren durch Ikea-Bilder, die Metropolen wie New York, London und Paris zeigten, ersetzt worden. Waren sie etwa Ausdruck einer Sehnsucht meiner Schwester? Hatte sie aus ihrem Leben ausbrechen wollen? Weg aus Grundendorf, diesem kleinen, trostlosen Kaff? Oder waren die Bilder nur Zeuge eines konformen, postpubertären Geschmacks? So vieles hatte sich verändert, aber von ihrem einäugigen Stoffhund Rufus hatte Maria sich nicht trennen können – er lag unbeirrt auf dem Kopfpolster und starrte an die Decke, als wäre nichts passiert.

Ein Blick in ihren Kleiderkasten. Er war vollgestopft, fast jeder Bügel belegt. Auch die Unterwäscheladen quollen über. Ich musste die Sockenknäuel flachdrücken, um die Lade schließen zu können, ein BH-Träger schaute heraus, ich stopfte ihn hinein. Das unterstrich meine Vermutung, dass Maria nicht einfach ausgerissen war – dann hätte sie doch zumindest Kleidung für ein paar Tage mitgenommen.

Auf der schmalen Kommode an der Fußseite des ungemachten Betts standen ein kleines Keramikschälchen mit unzähligen Ketten, Ohrringen und sonstigem Modeschmuck, daneben zwei pastellfarbene Parfümfläschchen und ein paar gerahmte Fotos. Ein Klassenfoto in einem weißen Holzrahmen erregte meine Aufmerksamkeit. Ich nahm es in die Hand und betrachtete es näher. Es war vor knapp vier Jahren aufgenommen worden, weniger als ein Jahr vor Lindas Verschwinden. Maria war damals 17 gewesen und trug ihre braune Mähne noch so lang, dass sie ihr fast bis zum Hintern reichte – als ich sie zum letzten Mal gesehen hatte, waren sie nur noch schulterlang gewesen. Sie strahlte in die Kamera – ein schiefes Lächeln, frech und unbekümmert, wie es ihre Art war. Wenn sie diesen Blick aufgesetzt hatte, konnte man sich nie sicher sein, was sie gerade dachte oder im Schilde führte. Ich glaube, das wusste Maria genau – und sie genoss es. Links daneben ihre damalige beste Freundin Linda. Auch sie lächelte – ein liebliches, verspieltes und selbstbewusstes Lächeln, eines von der Sorte »mir geht es gut und die Welt ist schön«. Was für ein wunderschönes Mädchen sie doch gewesen war. Und so viel reifer, als es ihre 17 Jahre hätten vermuten lassen. Bestimmt hatte sie einer ganzen Reihe von Burschen im Dorf den Kopf verdreht.

Bilder blitzten vor meinem geistigen Auge auf, Erinnerungen an die unzähligen Abende, an denen Linda bei Maria übernachtet hatte. Bei uns im Haus. Hier in diesem Zimmer. In dem Bett, neben dem ich gerade stand. Ich setzte mich an die Kante, streifte mit den Fingerspitzen über den Flanellbezug von Marias Polster, nahm ihren Stoffhund und drückte ihn ganz fest an mich. Als ich die Augen schloss, war es fast so, als konnte ich ihre Anwesenheit spüren, ihrer beider Stimmen hören, ihr Lachen.

Ich legte Rufus zurück auf den Polster und warf einen letzten Blick auf das Klassenfoto. In der hintersten Reihe rechts außen stand Markus. Obwohl er von so vielen Menschen umgeben war, wirkte er irgendwie einsam, sein Gesichtsausdruck war nichtssagend, fast schon leer. Mir wurde klar, dass ich ihn überhaupt nicht gekannt hatte, er mir bis zu seinem Verschwinden kaum aufgefallen war und ich fast nichts über ihn wusste – bis auf das, was die Leute im Dorf hinter vorgehaltenen Händen über ihn redeten: dass er etwas langsam im Kopf war, ein wenig zurückgeblieben halt.

Maria. Linda. Markus. Drei Menschen aus demselben Dorf. Aus derselben Klasse. Alle drei spurlos verschwunden.

Was ging hier vor?

Schuldgefühle überfielen mich, und ich konnte regelrecht spüren, wie es mir den Magen zusammenzog. Weshalb hatte ich mich nicht öfters bei meiner kleinen Schwester gemeldet, hatte sie gefragt, wie es ihr ging oder sie zu mir nach Wien eingeladen? Hatte es ausschließlich an mir gelegen, dass unsere Beziehung so oberflächlich geworden war? Gott, ich würde es nicht ertragen können, wenn ihr etwas zugestoßen war.

Ich wischte mir die Augen trocken und stellte das Foto zurück auf die Kommode. Rückte es sorgfältig zurecht, strich noch einmal darüber und betete, dass es Maria gut ging.

4

Später lag ich im schmalen Bett meines alten Zimmers, das seit meinem Auszug unverändert geblieben war, und starrte an die spärlich von meiner Nachttischlampe erhellte und mit Spinnweben übersäte Decke. Die Wände waren kahl und weiß gestrichen, alle Bilder hatte ich beim Auszug mitgenommen. Keine Pflanzen, keine Farben. Der Raum strahlte das aus, was er war – leblos und verlassen. Das Fenster war etwas undicht, die Spinnweben und die Vorhänge in ständiger Bewegung.

Es gelang mir nicht, meine Sorgen auszublenden und einzuschlafen. Pausenlos dachte ich an meine Schwester und versuchte mich zu erinnern, wann ich sie zum letzten Mal gesehen oder mit ihr telefoniert und worüber wir gesprochen hatten. War es an Weihnachten gewesen? Doch sosehr ich mich auch anstrengte, ich konnte mich nicht erinnern. Rastlos wälzte ich mich von einer Seite zur anderen, immer und immer wieder. Der Holzrahmen knarrte, die Federn der alten, durchgelegenen Matratze quietschten und bohrten sich in meinen Rücken. Das Bettzeug roch muffig, obwohl ich es zuvor erst frisch überzogen hatte.

Ich tastete nach meinem Handy, das auf dem Nachtkästchen lag. Es zeigte 2.23 Uhr. Außerdem drei verpasste Anrufe und fünf SMS. Leider alle von Tom. Ich zwang mich dazu, sie zu ignorieren, wählte zum gefühlten 100. Mal in den letzten Stunden Marias Nummer und konnte die Anspannung kaum ertragen. Aber wieder erklang sofort die Standardansage ihrer Mobilbox: »Sie befinden sich in der Mobilbox der Nummer …« Ich wollte etwas sagen, fand aber meine Stimme nicht und legte noch vor dem Piepton auf. Dann schrieb ich ihr eine SMS: »Bitte melde dich bei mir oder Papa!!! Wir machen uns Sorgen!!! Lisa«

Ich legte das Telefon zurück auf das Nachtkästchen und wandte ihm den Rücken zu. Tu's nicht!, befahl ich mir immer wieder. Tu's nicht! Eine Minute später wurde ich doch schwach und las Toms SMS:

19:51: Es tut mir leid. Bitte ruf mich an, wenn du angekommen bist. Kuss Tom

20:21: Lisa, es tut mir wirklich leid. Ich weiß auch nicht, was in mich gefahren ist. Kuss Tom

22:38: Warum rufst du nicht zurück? Tom

23:17: Hoffe, du bist stolz auf dich. Glaubst du etwa, das beeindruckt mich, wenn du mich ignorierst?

23:45: Es tut mir leid. Kuss

Ich seufzte. Griff nach meinem Magen und unterdrückte die Tränen.

Mit zittrigen Fingern tippte ich zur Antwort: »Mir tut es auch leid.« Ich grübelte, löschte den Text, schrieb: »Ich rufe dich morgen früh an.« Ich starrte auf die Zeilen, löschte auch diesen Text und schrieb: ›Bin gut angekommen.‹ Dann drückte ich auf Senden. Keine Minute später war mein schlechtes Gewissen so groß, dass ich Tom noch eine weitere SMS schickte: »Mir tut es auch leid.«

5

Als ich am nächsten Morgen aufwachte, war mir so kalt, dass es mich regelrecht schüttelte. Trotzdem war mein Flanellpyjamaoberteil durchgeschwitzt und klebte an meiner Haut. Mein Kreuz tat weh, mein Nacken fühlte sich steif an. Ich hatte in der letzten Nacht höchstens zwei bis drei Stunden geschlafen – und selbst dieser Schlaf war hauchdünn gewesen. Ich hatte mich kaum erholt und absurde Albträume gehabt.

In meinem letzten Traum war ich alleine und hatte splitterfasernackt in einem endlosen Meer aus kahlen Äckern gestanden. Der Wind hatte über die Landschaft hinweggepeitscht, und ich hatte Mühe gehabt, mich auf den Beinen zu halten. Nussbäume hatten mich umzingelt und mir bedrohlich ihre langen, bizarren Äste entgegengestreckt. Dahinter hatte sich eine dichte, undurchdringliche Nebelwand bis in die tief hängenden dunklen Regenwolken aufgetürmt. Vertraute Stimmen und Gelächter um mich herum, aber niemand zu sehen. Dann Geflüster, ich hatte spüren können, wie auf mich gezeigt wurde. Ich hatte mich beobachtet gefühlt, in Gefahr. Hatte versucht, meinen nackten Körper so gut es ging mit meinen Händen abzudecken. Hatte weglaufen wollen, egal wohin – einfach nur weit weg. Aber meine Beine waren im schlammigen Ackerboden versunken gewesen. Keine Chance mich zu befreien, sosehr ich mich auch angestrengt hatte. Das Gelächter um mich herum war immer lauter geworden und ich war immer tiefer und tiefer eingesunken, bis ich bis zum Hals in der nassen Erde gesteckt hatte. Irgendetwas in der Tiefe hatte nach meinen Beinen gegriffen, ich hatte es ganz deutlich spüren können. Lange, knochige Krallen. Sie hatten meine Knöchel umschlossen und daran gezerrt. Ich hatte geschrien wie am Spieß, doch der Wind hatte jeden Laut verschluckt und weit davongetragen. Plötzlich ein Ruck. Und ich war in die finstere Tiefe gezogen worden.

Da war ich mit einem Schrei aufgewacht.

Meine langen Haare klebten nass in meinem Nacken. Ich hob sie an, um ein wenig Luft rankommen zu lassen. Ich machte die Nachttischlampe aus, die ich die ganze Nacht über angelassen hatte, rieb mir das Gesicht und streckte meine müden Knochen. Es knackte leise. Bevor ich die schwere Decke zur Seite schlug und mich aus dem Bett kämpfte, warf ich einen hoffnungsvollen Blick auf mein Handy. Drei entgangene Anrufe und drei SMS von Tom. Aber Maria hatte sich immer noch nicht gemeldet. Ich wählte ihre Nummer, kam aber wieder nur in ihre Mobilbox. Nach dem Piepton hinterließ ich ihr mit brüchiger Stimme eine Nachricht: »Ich bin's, Lisa. Maria, wo bist du? Wir machen uns schon Sorgen … Bitte meld' dich bei mir oder Papa.«

Dann widmete ich mich Toms Anrufen und SMS:

04:09: War noch in der Bar und hab ein wenig getrunken. Ich liebe dich. Ruf mich an. Kuss Tom

04:14: Warum hebst du nicht ab?

04:17: Heb ab!

Noch während ich darüber grübelte, ob ich Tom anrufen sollte oder nicht, hatte ich bereits seine Nummer gewählt. Die Verbindung wurde aufgebaut. Ich hielt die Luft an, mein Puls flatterte. Quälende Augenblicke. Doch zum Glück sprang noch vor dem ersten Läuten seine Mobilbox an. Erleichterung ergriff mich, ich legte auf und atmete tief durch. Ich schrieb ihm eine SMS, in der ich versprach, mich im Laufe des Tages bei ihm zu melden. Dann kroch ich aus dem Bett.

Als ich nach unten ins Erdgeschoss kam, wurde meine leise Hoffnung, dass Maria in der Zwischenzeit wieder aufgetaucht war, von einer beklemmenden Stille zerschmettert.

»Hallo?«, rief ich zögerlich.

Keine Antwort. Weder von Maria noch von meinem Vater war etwas zu sehen oder zu hören. Auch die Küche war leer. Ich griff nach dem Heizkörper – er war glühend heiß. Trotzdem war mir eiskalt. Eher aus Gewohnheit warf ich einen Blick in den Kühlschrank, in dem, bis auf eine Milchflasche, eine halb aufgebrauchte Packung Teebutter, einer zerdrückten Tube Senf und einem einzelnen Ei gähnende Leere herrschte. Egal, ich hätte ohnehin keinen Bissen hinuntergebracht.

Ich ging zum kleinen Fenster, unter dem die abgestorbene Orchidee stand, und schob den vergilbten Vorhang beiseite. Die Scheibe war angelaufen, ich versuchte sie mit meinem verschwitzten Pyjamaärmel trocken zu wischen, was kaum gelang. Durch die Schlieren hindurch starrte ich hinaus in den Garten an der Rückseite des Hauses. Das Gras war mit einer Schicht Raureif überzogen, an einigen Stellen lagen letzte Schneefetzen. Am Himmel hingen schwere dunkelgraue Wolken. Es sah nach Regen aus. Der Nebel hatte sich noch immer nicht gelichtet und schwebte wie ein dichter Schleier über der Landschaft.

In der hintersten Ecke des Gartens lag das alte Häuschen aus Backsteinziegeln, das nahezu vollständig mit irgendwelchen Schlingpflanzen zugewachsen war. Als Kinder hatten Maria und ich es immer »unser Schloss« genannt. Wir hatten oft ganze Tage darin verbracht und dort zu zweit oder gemeinsam mit unseren Freundinnen gespielt. Eigentlich hatten wir Ritter und Prinzessin spielen wollen, hatten uns aber nie darauf einigen können, wer von uns der Ritter sein musste. Also hatten wir einander die Haare gekämmt, uns imaginären Tee in rosa Plastiktassen gereicht und darum gewetteifert, wer von uns die schönste Prinzessin war.

Nun war »das Schloss« Vaters Werkstatt – sein Zufluchtsort, in dem er jede freie Minute verbrachte. Wahrscheinlich, weil er dort nicht ständig mit der Erinnerung an seine verstorbene Frau konfrontiert wurde.

Durch das kleine Fenster drang fahles Licht nach draußen. Ich überlegte, ob ich nach hinten gehen und nach meinem Vater sehen sollte, doch in diesem Moment ging die massive Holztür auf und mein alter Herr trat hinaus in den Garten. Er erstarrte einen Augenblick, als er mich am Fenster stehen sah. Aber auch ich war erschrocken, denn erst jetzt bei Tageslicht fiel mir auf, wie schlecht er wirklich aussah. Er wirkte völlig fertig und noch älter als am Vorabend. Scheinbar nichts war mehr von dem lebensfrohen Mann geblieben, dem die Frauen reihenweise nachgeschaut und den meine Freundinnen manchmal, vor allem um mich zu ärgern, als sexy bezeichnet hatten.

Mein Vater hob die Hand zum Gruß und kam zu mir ins Haus.

»Du hast schon gearbeitet?«, fragte ich, weil ich nicht wusste, was ich sonst hätte sagen sollen.

»Ich hab nicht schlafen können.«

Ich bekam Schuldgefühle, weil ich zumindest ein paar Stunden geschlafen hatte.

»Möchtest du etwas frühstücken?« Er kratzte sich verlegen am Hinterkopf. »Ich weiß gar nicht, ob im Kühlschrank …«

»Nein, danke. Ich hab keinen Hunger.«

»Mh.« Er wich meinem Blick aus.

»Hat sich Maria bei dir gemeldet?«

Schweigend schüttelte er den Kopf.

Ich schluckte.

Mein Vater setzte sich an den Esstisch und vergrub das Gesicht in seinen Händen.

»Okay«, sagte ich nach einer Weile und unterbrach die betretene Stille zwischen uns, »lass uns zur Polizei fahren.«

Er schnaufte.

»Was?«, fragte ich.

»Muss das denn wirklich sein?«

»Natürlich!«

»Vielleicht kommt sie ja …«

»Darauf können wir nicht mehr länger warten.«

»Wir wissen doch gar nicht …«

»Papa!« Meine Stimme war laut geworden.

Mein Vater sah zu Boden und vergrub seine Hände in den Hosentaschen. Er tat mir leid. Ich wollte ihn gerne in den Arm nehmen oder zumindest an der Schulter streicheln, doch ich brachte es nicht über mich.

»Komm, bringen wir's hinter uns«, sagte ich.
Er nickte.

Da es in Grundendorf keine Polizeiinspektion gab, fuhren wir in den Nachbarort Obermarch, der immer schon größer und von allem ein wenig mehr gewesen war: mehr Einwohner (was bei den knapp 600 Einwohnern Grundendorfs nicht besonders schwer war), mehr Lokale (auch keine besondere Leistung, da es in meinem Heimatdorf nur die Sportkantine des örtlichen Fußballvereins gab), mehr Geschäfte (in Grundendorf gab es kein einziges), ja, seit der einzige Geldautomat des Orts aufgrund zu hoher Betriebs- und Wartungskosten entfernt worden war, führte Obermarch selbst in dieser Kategorie mit eins zu null. Obwohl sich diese Liste noch viel länger fortführen ließe, konnte sie nicht darüber hinwegtäuschen, dass Obermarch genauso grau und trostlos war wie Grundendorf. Das bunt blühende und wohl gedeihende Marchfeld war meiner Meinung nach nur eine Lüge, die den Konsumenten in der Werbung und auf Tiefkühlgemüseverpackungen aufgeschwatzt wurde. In Wirklichkeit war es ein staubiges und mit giftigen Chemikalien verseuchtes Fleckchen Land, dem längst alles Leben entzogen worden war.

Die Polizeiinspektion war in einem für den Ort überproportional groß wirkenden Gebäude im Dorfzentrum untergebracht, dessen graue Fassade mit der Umgebung zu verschmelzen schien. Davor stand eine Unmenge an Einsatzfahrzeugen und zivilen Wägen. Wir mussten etwas abseits, vor einer kleinen Grünfläche mit einem heruntergekommenen und mit Moos bewachsenen Kriegerdenkmal und ein paar Holzbänken darum herum, parken. Zwei alte Damen mit Kopftüchern und ausgeprägten Buckeln unterbrachen ihren Morgenspaziergang, als ich sie grüßte. Auf ihre Gehstöcke gestützt, betrachteten sie mich feindselig und blieben stumm. War mir mittlerweile etwa schon an einem einfachen »Guten Morgen« anzuhören, dass ich nun in Wien lebte?

Als mein Vater und ich die Polizeiinspektion betraten, war ich von der Vielzahl an Menschen – manche in Uniformen, die meisten aber in Zivil – überrascht, die im Foyer grüppchenweise zusammenstanden und sich besprachen. Pausenlos klingelte irgendwo ein Telefon, die Atmosphäre wirkte angespannt. Ich schnappte ein paar Wortfetzen auf:

… ja, jeden Mann, den ihr entbehren könnt …

… am besten gestern schon …

… natürlich brauchen wir Hunde …

Niemand schien uns wahrzunehmen. Ich versuchte mich zu orientieren, mein Vater blieb dicht hinter mir.

»Lisa?«, hörte ich auf einmal eine vertraute männliche Stimme rufen, und mir wurde ganz flau im Magen.

Da sah ich Patrick auch schon auf mich zukommen. Seine tiefblauen Augen leuchteten, ja sein ganzes Gesicht strahlte mich an. Ich war überrascht und unglaublich erleichtert zugleich. Ich hatte schon befürchtet, er könnte … ja, was eigentlich? Mich ignorieren? Mich anschreien? Mir Vorwürfe machen?

»Was machst du denn hier?« Es sah so aus, als wollte er mich umarmen, er streckte mir im letzten Moment dann aber doch nur die Hand entgegen.

Die dunkle Uniform stand ihm, sie unterstrich seine sportliche Figur, seine breiten Schultern. Er sah richtig gut aus – das hatte er immer schon getan. Aber nicht nur deshalb hatte ich mich damals dazu entschlossen, meine Unschuld an ihn zu verlieren und über fünf Jahre mit ihm zusammen zu sein. Patrick war ein warmer, herzlicher und offener Mensch – so ganz anders als all die anderen da draußen. Ich war glücklich mit ihm gewesen, zumindest für eine gewisse Zeit. Dass es mit uns nicht geklappt hatte, hatte wohl zu einem ganz großen Teil an mir gelegen. Ich hatte es nicht mehr länger in Grundendorf und meinem tristen Alltag ausgehalten, hatte ausbrechen wollen, hinaus in die weite Welt. Auch wenn das nur bedeutet hatte, meine Beziehung zu beenden und ins knapp 50 Kilometer entfernte Wien zu ziehen. Patricks Traum von einer gemeinsamen Zukunft platzen zu lassen und ihm dadurch das Herz zu zerreißen, war der Preis, den ich dafür hatte zahlen müssen. Diese Schuldgefühle würde ich wohl nie loswerden.

Nachdem er auch meinem Vater die Hand gereicht hatte, was dieser wortlos hinnahm, wandte Patrick seine Aufmerksamkeit ganz mir zu. »Ich freu' mich so, dich wiederzusehen.«

Die Situation war mir unangenehm. Ich machte irgendwelche nutzlosen Handbewegungen, suchte nach Worten, fand aber keine. Ich blickte mich Hilfe suchend zu meinem Vater um, doch der stand mit hängenden Schultern da, hatte seine Hände in den Manteltaschen vergraben und starrte auf den Boden.

»Was ist denn hier los?«, versuchte ich die peinliche

Situation zu retten. »Warum sind denn hier so viele Menschen?«

»Ja, habt ihr es etwa noch nicht gehört?«

»Nein, was?«

Ich kannte Patrick zu gut. Das Strahlen seiner Augen war verschwunden. Aber auch an seiner Stimme und an seinem Blick merkte ich ganz deutlich, dass etwas nicht stimmte. Eine böse Vorahnung überfiel mich. Ich spürte, wie mein Vater hinter mir einen Schritt näher trat. Patrick berührte mich am Oberarm und führte mich in eine ruhigere Ecke. Mein Vater folgte uns. Patrick sah uns beide abwechselnd an.

»Jetzt sag schon«, drängte ich ihn.

»Ihr wisst es wirklich noch nicht?«

»Was denn bitte?«

»Natalie Brunner.«

Als ich den Namen der Schulfreundin meiner Schwester hörte, geriet ich augenblicklich in Panik. Mein Herz setzte einen Schlag aus. In Sekundenbruchteilen malte ich mir die schlimmsten Szenarien aus, was mit ihr passiert war. Ich musste an Maria denken. Hoffte, dass es ihr gut ging. Ich sah meinen Vater an und war mir sicher, dass er es bereits wusste.

»Was ist mit ihr?«

Patrick zögerte.

Ich schrie ihn an: »Was ist mit Natalie?«

»Sie ist verschwunden. Seit dem Faschingsfest am Samstag.«

6

Unsere Stimmung schien auf die Neonröhren an der Decke übergesprungen zu sein – sie flackerten hektisch, als man uns Licht machte. Nachdem wir Maria auf der Polizeiinspektion in Obermarch offiziell als vermisst gemeldet hatten, waren mein Vater und ich in einen kleinen kahlen Raum mit schulterhohen Holzvertäfelungen an den Wänden und schäbigem Linoleumboden gebracht worden. Es wirkte, als waren wir gleichzeitig auch in ein längst vergangenes Jahrzehnt geführt worden. In der Mitte standen ein zerkratzter Tisch und vier unbequem aussehende Holzstühle, an den Wänden hingen vergilbte und sich aufwölbende Landkarten, außerdem ein Portrait von Thomas Klestil. Wie lange war der schon nicht mehr Bundespräsident? In einer Ecke stand ein Overhead-Projektor.

Patrick war ganz in Sorge, brachte uns grauenvollen Kaffee und fragte immer wieder, ob er sonst irgendetwas für uns tun könnte. Nachdem ich ihm glaubhaft vermitteln konnte, dass wir nichts brauchten, ließ er uns für ein paar Minuten alleine.

Mein Vater starrte die ganze Zeit über auf die Tischplatte, fuhr mit den Fingerspitzen die tiefen Kratzer nach und rührte seinen Kaffee nicht an. Ich stand mit meiner dampfenden Tasse in der Hand am kleinen verdreckten Fenster und blickte, in dunkle Gedanken versunken, in den wolkenverhangenen Tag hinaus. Keine

Menschenseele war draußen zu sehen, das Dorf schien regelrecht ausgestorben. Nur ein paar Krähen zogen ihre Kreise am Himmel. Einmal glaubte ich für einen ganz kurzen Moment, dass mein Vater etwas sagen wollte, drehte mich voller Erwartung zu ihm um, doch es blieb bei einem tiefen Seufzer. Wir sprachen kein Wort.

Ich war völlig fertig. Die Nachricht, dass auch Marias Freundin Natalie – die vierte aus der damaligen Schulklasse – spurlos verschwunden war, traf mich wie ein Schlag ins Gesicht. Meine Gedanken wollten nicht mehr zur Ruhe kommen, mein Verstand malte sich unzählige Schreckensszenarien aus – eines schlimmer als das andere. Ich konnte nicht begreifen, was da vor sich ging. Mein Vater schwieg. Er schloss seine Ängste und Sorgen tief in sich ein und versuchte so mit ihnen klarzukommen. Aber ich konnte nicht schweigen, ich musste reden, sonst würde mein Kopf explodieren. Patricks nervöser Blick, als ich ihm von Marias Verschwinden erzählt hatte, setzte mir zusätzlich zu. Er war zwar bemüht gewesen, Ruhe auszustrahlen, doch ich kannte ihn viel zu gut. Ich merkte ihm seine tiefen Sorgen an und hatte ihn zweimal dabei erwischt, wie er an seinen Fingernägeln gekaut hatte.

Was ich bisher schon in Erfahrung bringen konnte: Natalie wohnte seit einem knappen halben Jahr nicht mehr bei ihren Eltern und war in das Haus ihrer wenige Monate zuvor verstorbenen Großmutter gezogen. Obwohl dies in derselben Straße lag, wurde Natalies Verschwinden erst am Montagabend, also zwei Tage später, von ihren Eltern bemerkt. Sie hatten ihre Tochter daraufhin als vermisst gemeldet, zuvor unter anderem auch bei meinem Vater angerufen und sich erkundigt, ob ihre Tochter vielleicht bei Maria war. Mein Vater hatte mir den Anruf von Natalies Eltern und ihnen Marias Verschwinden verschwiegen. Um uns nicht unnötig zu beunruhigen, wie er sagte.

Ich war stinkwütend auf ihn. Das hektische Treiben auf der Polizeiinspektion und die vielen angespannten Mienen verrieten mir, dass meine Unruhe völlig berechtigt war. Bisher war niemand gefunden worden, der sagen konnte, ob Maria und Natalie am Samstagabend das Faschingsfest in der Sportkantine des örtlichen Fußballvereins erreicht hatten oder nicht. Niemand kannte ihre Verkleidung, auf Fotos waren sie nicht zu entdecken. Die Parallelen zu Lindas und Markus' Verschwinden drei Jahre zuvor waren nicht zu übersehen und äußerst beunruhigend.

Die örtliche Polizei hatte noch am Vorabend Verstärkung bei den Polizeidienststellen der umliegenden Gemeinden und beim niederösterreichischen Landeskriminalamt angefordert. Sie wollten gewappnet sein, falls die Presse Wind davon bekam. Das Verschwinden von Linda und Markus hatte damals hohe Wellen in den Medien geschlagen. Alle Zeitungen waren voll davon gewesen, sogar in den Abendnachrichten im Fernsehen wurde aus Mangel an anderen spektakulären Storys regelmäßig darüber berichtet. Wenn die aktuellen Ereignisse bekannt wurden, würde es garantiert nicht lange dauern, bis die ersten Reporterteams in Grundendorf eintrafen.

Die beiden Kriminalbeamten, die nach wenigen Minuten von Patrick zu uns geführt wurden, um unsere Befragung durchzuführen, stellten sich als Schulz und Mayerhofer vor. Sie hätten unterschiedlicher nicht sein können: Schulz war der Ältere der beiden. Ein etwa 60-jähriger, kahlköpfiger, spindeldürrer Kerl mit einem breiten grauen Schnauzbart und ebenso grauen buschigen Augenbrauen. Seine Augen sahen müde aus, schwere Ringe hingen darunter. Er trug Bluejeans und einen schwarzen Rollkragenpullover, seine dunkelbraunen Lederschuhe sahen abgewetzt aus. Mayerhofer, sein Partner, war mit Sicherheit noch keine 30. Er hatte ein rundliches Gesicht, rote Wangen und einen überreifen Pickel, der kurz vor der Explosion stand, an seinem kleinen Doppelkinn. Er trug einen dunkelgrauen Anzug von der Stange, die Ärmel waren ihm einen Tick zu lang. Keine Krawatte, die Knöpfe seines weißen Hemds spannten.

»Zuckerl?« Schulz streckte uns eine Handvoll in durchsichtiges Plastik gehüllte knallgelbe Bonbons entgegen.

»Nein, danke«, lehnte ich ab.

Mein Vater reagierte nicht, Mayerhofer wurde erst gar nicht gefragt. Schulz zuckte mit den Schultern und warf sich selbst eines ein. Mayerhofer starrte enttäuscht auf den Bildschirm seines Notebooks, das vor ihm auf dem Tisch stand.

Ich saß auf Nadeln. Mir ging alles viel zu langsam, Schulz und Mayerhofer schienen völlig unmotiviert.

»Warum sitzen wir hier nur herum?«, fuhr ich sie an. »Sollten wir nicht lieber …«

»Hören Sie«, unterbrach mich Schulz und schmatzte genüsslich. Sein Atem roch nach Zitrone. »Wir tun alles, um Ihre Schwester zu finden. Aber es ist wichtig, dass wir alle ruhig bleiben und systematisch vorgehen.«

»Systematisch«, murmelte der junge Mayerhofer und tippte im Zweifingersystem in sein Notebook.

»Wir sollen *ruhig bleiben*?«

»Es hilft Ihrer Schwester nicht, wenn Sie in Panik ausbrechen. Wir haben bereits die ersten Maßnahmen gesetzt.«

»Welche Maßnahmen?«

»Zum Beispiel haben wir eine österreichweite Fahndung ausgegeben und prüfen gerade, ob ihr Handy ein Signal sendet.«

»Wie lange dauert das?«

»Das Ergebnis sollten wir bald haben. Aber für den Moment ist es das Wichtigste, dass Sie uns ein paar Fragen beantworten.«

Ich seufzte, versuchte mich zu beruhigen.

Schulz begann mit den Fragen: Wann haben Sie Maria zum letzten Mal gesehen? Haben Sie schon bei Freunden und Verwandten nachgefragt? Bei wem genau? Wie schreibt man den? Und wirklich niemand weiß etwas? Warum melden Sie Ihre Tochter erst jetzt als vermisst? Hat Maria einen Führerschein? Hat sie ein eigenes Auto? Sie teilen sich Ihr Auto also? Und es ist seit letztem Samstag immer in der Garage gewesen? Hat Maria vor ihrem Verschwinden irgendetwas gesagt oder hat sie sich vielleicht komisch verhalten? Denken Sie nach, wirklich nichts? Könnte sie vor jemandem Angst gehabt haben? Hat sie Feinde? Hat sie Probleme? Vielleicht finanzielle?

Oder Liebeskummer? Hat sie einen Freund? Sie wissen also nicht, ob sie einen Freund hat? Wie würden Sie Ihr Verhältnis zu Ihrer Tochter beschreiben? Was meinen Sie mit normal? Gab es öfters Streit zwischen Ihnen? Oder vielleicht auch nur Diskussionen? Töchter in diesem Alter können eigenwillig sein. Nein? Und wie sieht es bei Ihnen aus? Wie haben Sie sich mit Ihrer Schwester verstanden? Was meinen Sie mit: der Kontakt ist ein wenig eingerostet?

Schulz' Fragen deprimierten mich. Sie machten mir deutlich, wie wenig ich mittlerweile über meine Schwester wusste. Es war, als sprächen wir über einen völlig fremden Menschen. Meinem Vater schien es genauso zu gehen. Ich konnte spüren, wie unwohl er sich fühlte.

Schulz schrieb mit einem stumpfen Bleistift in ein abgewetztes A4-großes Notizbuch mit unzähligen Eselsohren mit und lutschte dabei weiter genüsslich an seinem Bonbon. Ständig machte er irgendwelche Mh- und Schmatzgeräusche. Manchmal hatte ich sogar Schwierigkeiten, seine Fragen zu verstehen, die er dazwischen hinauspresste. Mayerhofer schien es gewohnt zu sein – er hämmerte unaufhörlich mit seinen beiden Zeigefingern auf die Tastatur seines Notebooks ein und sah kaum einmal zu uns auf. Ab und zu wiederholte er murmelnd einzelne Wörter von Schulz' Fragen, in regelmäßigen Abständen gab er einen Grunzlaut von sich, der viel zu tief für ihn klang und wohl bedeuten sollte, dass er verstanden hatte.

Nach der Befragung kamen Schulz und Mayerhofer mit zu uns nach Hause, um sich in Marias Zimmer umzusehen. Sie öffneten Kästen und Laden, begutachteten Marias Bücherregal und einige Fotos, drehten die Matratze um, hoben den Teppich hoch und spähten in Ritzen und Rillen. Ihre Versuche, wenigstens irgendeinen Anhaltspunkt zu finden, sahen ziemlich verzweifelt aus. Mir ging alles viel zu langsam. Alle blieben viel zu ruhig. Meine Schwester war verschwunden! Und wir hatten keine Ahnung, was mit ihr passiert war oder ob es ihr gut ging. Vielleicht brauchte sie unsere Hilfe, vielleicht musste sie leiden, vielleicht war sie in Gefahr. Aber Schulz und Mayerhofer wirkten in etwa so motiviert wie zwei vollgefressene Köter, denen man ein vergammeltes Stück Broccoli vor die Schnauze hielt.

»Zuckerl?« Schulz streckte mir wieder seine Hand entgegen.

Ich sah ihn ungläubig an. Hatte der Typ tatsächlich vergessen, dass ich dieses Angebot in der letzten Stunde sicher schon dreimal abgelehnt hatte? Ich ignorierte die Frage. Mayerhofers Augen wurden ein klein wenig größer. Er wartete wieder darauf, gefragt zu werden, doch er ging auch dieses Mal leer aus.

Schulz schien von Mayerhofers Enttäuschung nichts mitzubekommen. Lustlos drückte er einige Tasten auf Marias Notebook. Dann presste er wieder eine Frage zwischen seinen Mh- und Schmatzlauten heraus. Ich reimte mir »Kennen Sie das Passwort dafür?« zusammen.

»Passwort?«, wiederholte Mayerhofer murmelnd. Mir fiel auf, dass sein überreifer Pickel am Kinn verschwunden war und die Stelle nun knallrot und entzündet aussah.

»Nein, ich … Papa, du?«

Er stand im Türrahmen und schüttelte stumm den Kopf. Ich konnte ihm ansehen, wie unangenehm ihm die Situation war.

»Mh«, machte Schulz. »Wir müssen den Computer mitnehmen.«

Mein Vater sah aus, als wollte er etwas sagen, schwieg dann aber doch.

»Natürlich«, sagte ich.

»Bitte sehen Sie sich noch einmal in aller Ruhe um und geben Sie uns Bescheid, wenn Ihnen doch noch etwas einfallen sollte, das fehlt«, sagte Schulz.

»… etwas fehlt …«, murmelte Mayerhofer.

»Das machen wir.«

»Gut.«

»Dabei fällt mir ein.« Schulz sah sich noch einmal im Zimmer um. Kratzte sich an der Stirn. Schmatzte.

»Ja?«, drängte ich auf eine Fortsetzung.

»Sie wissen wirklich nicht, als was sich Ihre Tochter verkleiden wollte?«

Mein Vater schüttelte den Kopf.

»Mh, hier ist jedenfalls kein Kostüm.«

Daran hatte ich noch gar nicht gedacht.

»Wir müssen herausfinden, als was Maria und Natalie verkleidet waren. Vielleicht finden wir sie ja doch noch auf Fotos von dem Fest.«

Die beiden Kriminalpolizisten packten Marias Notebook, ihren Terminkalender, Fotoalben und einige weitere Dinge in ihren Dienstwagen und zogen, nachdem sie uns beteuert hatten, alles in ihrer Macht Stehende zu unternehmen, um Maria zu finden, wieder ab.

Ich blieb mit meinem schweigenden Vater und unzähligen Fragen zurück: Warum Maria? Warum Natalie? Was hatten sie gemeinsam, außer, dass sie befreundet waren und in dieselbe Klasse gegangen waren? Und was hatte das Ganze mit Lindas und Markus' Verschwinden zu tun? Irgendetwas ging vor in Grundendorf. Ich wusste nicht, was und warum ausgerechnet jetzt wieder, nach drei Jahren der Stille. Aber tief in meinem Innersten konnte ich fühlen, dass ein großes Unheil direkt auf mich zuraste und ich nichts mehr dagegen machen konnte, außer darauf zu warten, bis es mich traf.

»Papa?«

»Ja?«

»Aber Maria wohnt schon noch hier, oder?«

»Ja, wieso?«

»Weil du nichts über sie zu wissen scheinst.«

7

Ungewissheit kann so grauenvoll sein.

Inzwischen hatte mich die Nachricht erreicht, dass Marias Handy seit dem Samstagabend kein Signal mehr von sich gegeben hatte und somit nicht geortet werden konnte. Schulz hatte mir aber versichert, dass sie es weiter versuchen und er sich melden würde, sobald sie ein Signal oder einen anderen Hinweis hatten.

Nachdem ich mit einigen von Marias Freundinnen telefoniert hatte, war ich trotz all meiner Vorsätze schwach geworden und hatte in einem quälenden Moment der Einsamkeit Tom angerufen. Er hatte grauenvoll verkatert geklungen und seine Stimme noch rauer als sonst. Mit Sicherheit hatte ich ihn gerade aufgeweckt. Nachdem er sich von mehreren unappetitlichen Hustenanfällen gefangen und anschließend fürchterlich darüber beschwert hatte, dass ich in der Nacht nicht ans Telefon gegangen war, beteuerte er wieder einmal, dass es ihm leidtat, und versprach mir dass es dieses Mal wirklich zum letzten Mal passiert war. Ich hatte beschlossen, ihm nicht vorzuwerfen, dass er mir das schon so oft versprochen hatte. Vielleicht würde er es dieses Mal ja ehrlich meinen.

»Baby, komm schon, ich bin einsam hier, ich brauch dich!«, hatte er mich gedrängt, noch am Abend zurück nach Wien zu kommen. »Immer ist dir alles andere wichtiger als ich.«

»Tom, das geht nicht, Maria ist …«

»Maria!« Er hatte den Namen meiner Schwester ausgesprochen, als wäre sie eine üble Krankheit. »Immer ist es etwas anderes, immer hast du eine andere Ausrede.«

»Wovon redest du eigentlich?«

»Nie hast du Zeit für mich!«

»Aber das stimmt doch nicht.«

»Weißt du überhaupt, wie sehr du mich damit verletzt?«

»Tom, wir verbringen jede …«

Ich hatte mich zwingen müssen, ruhig zu bleiben und nicht weiterzudiskutieren. Es hätte nichts gebracht, es war jedes Mal das Gleiche. Immer provozierte er mich mit solchen absurden Vorwürfen, versuchte mich damit zu ködern und mir ein falsches Wort zu entlocken. Einfach nur um, ja um einen Grund zu haben.

Ich hatte ihn zu besänftigen versucht, hatte gesagt, dass ich es ihm nicht versprechen konnte, am Abend nach Wien zu kommen, weil wir meine Schwester immer noch nicht gefunden hatten und wir die Polizei hatten einschalten müssen. Daraufhin war er abermals wütend geworden, hatte mich beschimpft und mir gedroht. Wieder einmal. Erst als ich die Tränen nicht mehr hatte zurückhalten können und zu weinen begonnen hatte, hatte er eingesehen, dass jetzt nicht der richtige Zeitpunkt dafür gewesen war. Er hatte wieder einen sanfteren Ton angeschlagen, mir ein »Ich vermisse dich auch« abgerungen und dann zufrieden aufgelegt. Wahrscheinlich war er unmittelbar danach eingeschlafen. Oder er hatte sich die Seele aus dem Leib gekotzt.

Nun stand ich vor Tante Hannelores hüfthohem Gartenzaun aus Gusseisen und betrachtete ihr heruntergekommenes Haus eine ganze Weile. Die bemoosten brüchigen Dachschindeln, die teilweise abgebröckelte blassgelbe Fassade, der verbeulte Postkasten neben der Eingangstür, die zugezogenen blickdichten Gardinen, die kahlen Rosenstöcke im Vorgarten, das nasse Gras, das mit Unkraut übersät und viel zu lang war. Kaum noch Schneereste.

Eine eisige Windböe blies mir um die Ohren.

Und genau in diesem Moment überkam es mich zum ersten Mal – dieses seltsame Gefühl. Ein Gefühl, das mir Angst machte. Ein Gefühl, nicht greifbar, aber dennoch zu stark, um es zu ignorieren. Ein Gefühl, das alles in mir »Lauf!« schreien ließ, mich aber gleichzeitig lähmte. Das Gefühl, dass ich beobachtet wurde.

Ein eiskalter Schauer lief mir den Rücken hinunter. Und mit einem Schlag fühlte ich mich noch einsamer als zuvor. Fehl am Platz, ungeschützt und angreifbar. Ich sah mich um. Ließ meinen Blick durch die kleine graue Straße schweifen. Suchte die Vorgärten ab, die unbeleuchteten Fenster der kleinen hässlichen Häuser. Doch ich konnte nichts als die Spiegelung des trüben Lichts und der dunklen Wolken in den Glasscheiben erkennen. Kein Leben, bis auf eine schwarze Katze, die gerade in diesem Moment über die Straße huschte und in einem Vorgarten verschwand.

Ich versuchte das Gefühl zu verdrängen, redete mir ein, dass es bloß an meiner Anspannung lag. »Reiß dich gefälligst zusammen!«, befahl ich mir, atmete tief durch und hielt die kalte Februarluft, so lange ich konnte, in meinen Lungen.

Erst dann öffnete ich das Gartentor, ging die vier Stufen hinauf zur Haustür und führte meinen Finger zum roten Klingelknopf.

Ich zögerte.

Wollte ich mir Tante Hannelore wirklich antun? War sie der Mensch, den ich in dieser schwierigen Situation in meiner Nähe haben wollte? War sie jemand, dem ich mein Herz ausschütten konnte? Ich mochte Tante Hannelore ja, aber sie war immer schon … sie war … nun ja, Tante Hannelore eben. Ein Unikat.

Aber ich wusste nicht, mit wem ich sonst hätte sprechen können. Viele Freundinnen hatte ich in Grundendorf nie gehabt – ich war immer anders gewesen. Und bei den wenigen, die mir am Schluss geblieben waren, hatte ich mich seit meinem Umzug nach Wien nicht mehr gemeldet. Mit meinem Vater konnte ich genauso wenig sprechen, sein Schweigen brachte mich noch um den Verstand. Ich musste reden, musste irgendetwas unternehmen, konnte nicht einfach nur dasitzen und abwarten, beten und darauf hoffen, dass Maria unversehrt bei der Tür hereinschneite.

Ich sog noch einmal die kalte Luft in mich ein, dann drückte ich die Klingel. Der Glockenklang drang zu mir nach draußen und verstummte. Nichts passierte. Ich wartete. Läutete noch einmal. Dann hörte ich etwas rumpeln und eine Tür zufallen.

Es dauerte eine Weile, bis ich meine Tante von drinnen rufen hörte: »Ja? Wer ist da?«

»Ich bin's, Lisa.«

Ein paar Sekunden verstrichen, dann öffnete Tante Hannelore mir die Tür. Ihre glasigen Augen waren so groß, dass es fast so aussah, als wollten sie mir entgegenspringen. Meine Tante trug knallroten Lippenstift, schwarzen Lidschatten und hatte ihre dunkelbraunen Augenbrauen schwarz nachgezogen. Ihre kastanienrot gefärbten Haare waren auftoupiert, und überdimensionale goldene Creolen hingen an ihren Ohrläppchen. Sie sah aus, als hatte sie sich gerade für den Wiener Opernball hergerichtet. Zumindest ab dem Hals aufwärts. Darunter trug sie nämlich nur ihren ausgewaschenen rosa Bademantel, den ich noch aus meiner Kindheit kannte, und ihre abgetragenen rosa Frotteeschlapfen, die sie längst hätte entsorgen sollen.

»Lisa, Kindchen! Na, das ist aber eine Überraschung.« Sie breitete die Arme aus, trat zu mir nach draußen und drückte mich fest an sich. Ihr blumiges Parfüm war überwältigend – sie musste sich darin gebadet haben. Rastlos fuhr sie mit ihren Händen meinen Rücken ab. »Du hast dich ja eine Ewigkeit nicht mehr blicken lassen.«

Nähe! Genau das war es, was ich brauchte. Die Situation hätte sich beinahe gut angefühlt, wäre da nicht ihre grauenvolle Schnapsfahne gewesen.

»Hab ich dich gestört? Wolltest du gerade irgendwohin?«, fragte ich sie, nachdem ich mich aus ihrer Umarmung befreit hatte.

»Ich? Nein, wieso?«

»Oh, ich dachte nur, weil du dich so hübsch gemacht hast.«

»Hübsch, nein, ich hab bei diesem Sauwetter nicht vor, das Haus zu verlassen.«

»Ah.«

Tante Hannelore lächelte mich an. Ein warmes Lächeln, das guttat.

»Komm doch herein.« Sie geleitete mich ins Wohnzimmer und zeigte auf das mit rotem Samtstoff überzogene Sofa, das schon dort stand, solange ich den Raum kannte. »Setz dich doch, das ist wirklich eine nette Überraschung. Willst du auch ein Schnapserl, Kindchen?«

Ich warf einen unauffälligen Blick auf die Wanduhr. Noch nicht einmal Mittag.

»Nein, danke. Bitte nur ein Glas Wasser.«

Tante Hannelore zuckte mit den Schultern. »Wie du meinst. Ich genehmige mir jedenfalls ein kleines. Ich finde, das hab ich mir verdient.«

Sie verschwand in der Küche und ließ mich alleine im Wohnzimmer zurück. Die Couch war völlig durchgesessen. Ich rutschte hin und her, um eine bequeme Stelle zu finden, gab es aber nach ein paar Versuchen auf. Der alte Röhrenfernseher war verstaubt und lief lautlos. Irgendeine Talkshow, bei der das Durchschnittsalter der Menschen im Studio mit Sicherheit bei weit über 60 lag. Das Klavier in der Ecke rief Kindheitserinnerungen in mir hoch. So sehr hatte ich es geliebt, wenn Tante Hannelore uns darauf etwas vorgespielt und Mama, Maria und ich unbeschwert dazu geträllert hatten. Mein Vater hatte genau auf demselben Platz gesessen, auf dem ich nun saß. Er hatte gelacht, uns applaudiert und immer mehr Zugaben gefordert. Gott, wie sehr ich mich nach diesen glücklichen Momenten sehnte. Damals hatte ich gedacht, dass meine Tante einfach nur komisch aus dem Mund roch und einen Spaß machen wollte oder bloß besonders schusselig war, wenn sie stolperte oder irgendwo dagegenlief. Doch nun war ich mir sicher, dass sie bereits damals ein Alkoholproblem gehabt hatte. Sehr wahrscheinlich hatte es mit dem Motorradunfall zusammengehangen, den ihr damaliger Verlobter nicht überlebt hatte.

Ich nahm eine der zahlreichen Frauenzeitschriften vom Glastisch, als ich auf einmal etwas auf dem Boden glitzern sah. Ein winzig kleiner Glassplitter. Ich hob ihn auf, legte ihn auf den Tisch, und im selben Moment blitzte eine Szene vor meinem inneren Auge auf: Tante Hannelore, wie sie ihre Einsamkeit mit Alkohol zu bekämpfen versucht, stolpert, stürzt und ihr Schnapsglas dabei zu Bruch geht. Wie die Splitter über den Boden schießen und sich die durchsichtige Flüssigkeit in den Teppich frisst. Meine Tante, wie sie sich benommen hochkämpft, flucht, ihr Knie reibt und so versucht, den Schmerz zu vertreiben, und sich dann bemüht, all die winzig kleinen Glasteile aufzusammeln.

Ich versuchte diesen traurigen Gedanken zu verdrängen und blätterte die Klatschzeitschrift durch. Tante Hannelore hatte allen Männern Bärte in den unterschiedlichsten Variationen aufgemalt, außerdem Brillen, Hüte und Zahnlücken. Neben dem Bild einer deutschen Schlagersängerin stand: »Dieser Rock ist viel zu kurz für diese Schlampe!« Neben dem Bild eines europäischen Adeligen, der eine Frau an der Hand hielt und dabei gekünstelt lächelte, hatte sie »Der ist sicher schwul!« geschrieben.

Tante Hannelore kam zurück ins Wohnzimmer und setzte sich mir gegenüber in den ebenfalls mit rotem Samtstoff überzogenen Fauteuil. Sie schwieg, lächelte mich an und hielt das Glas, das zu gut zwei Dritteln mit einer glasklaren Flüssigkeit gefüllt war, zwischen ihren Fingern. Pausenlos schwenkte sie es im Kreis. Ich nippte an meinem lauwarmen Wasser und suchte nach den richtigen Worten. Wie konnte ich meiner Tante auf möglichst schonende Weise beibringen, dass Maria verschwunden war?

»Du siehst aber gar nicht gut aus, Kindchen.«

Ich kam nicht dazu, zu antworten.

»Bist du noch mit diesem Tom zusammen?«

Die Frage war mir unangenehm, meine Wangen wurden heiß.

Sie legte den Kopf schief, betrachtete mich skeptisch. »Warum greifst du dir an den Magen?«

Blitzschnell huschten meine Hände auf die Oberschenkel.

»Du bist noch mit ihm zusammen, richtig?«

Ich nickte.

»Hat er dir schon dein Geld zurückgezahlt?«

»Er …«

»Du bist zu talentiert für diesen Kerl. Du solltest endlich wieder deine eigenen Bilder ausstellen und nicht seine talentfreie Kritzelei.«

»Tante Ha…«

»Wie viele Bilder hast du von ihm verkauft?«

Kein einziges! »Ein paar … ich weiß nicht … ich …«

»Du weißt, dass er nicht gut für dich ist, oder?«

»Ich …«

»Du hast jemand Besseren verdient. Jemanden, der dich zu schätzen weiß.«

Ich fühlte mich so sehr in die Enge getrieben, dass ich es fast hinausschrie: »Maria ist verschwunden.«

Tante Hannelore saß einen Moment still da, dann nahm sie einen ordentlichen Schluck, legte ihren Kopf in den Nacken und stöhnte zufrieden auf, als das Brennen in ihrer Kehle einsetzte. »Was meinst du, Kindchen, mit ›sie ist verschwunden‹?« Ihre Augen klimperten.

»Sie ist weg. Papa hat sie Samstagabend zum letzten Mal gesehen, als sie gerade auf das Faschingsfest wollte.«

Sie roch an ihrem Glas, nahm einen weiteren großen Schluck und verzog das Gesicht.

Hatte meine Tante etwa nicht verstanden, was ich ihr gerade gesagt hatte? War sie betrunkener, als ich es vermutet hatte? »Wir wissen nicht, wo Maria ist«, versuchte ich ihr die Situation zu verdeutlichen.

»Vielleicht ist sie nur bei einer Freundin.«

»Ich hab heute mit so vielen telefoniert, die sie kennen. Niemand weiß etwas. Und Marias Handy ist abgeschaltet.«

»Na, dann hat sie vielleicht einen neuen Freund, bei dem sie ist.«

»Das glaube ich nicht. Außerdem ist da noch etwas.«

Tante Hannelore betrachtete ihr Glas so eindringlich, als suchte sie darin nach einem versteckten Schatz. Nach einiger Zeit fragte sie schließlich: »Was ist noch?«

»Natalie ist auch verschwunden.«

»Wer?«

»Natalie Brunner.«

»Mh.« Sie nickte. Schloss ihre Augen. Bekam Schluckauf.

Ich verstand nicht. Machte sie sich denn überhaupt keine Sorgen? Ich starrte sie an, wartete auf eine weitere Reaktion.

»Bleib ruhig, Kindchen. Glaube mir, Maria wird wieder auftauchen«, sagte sie schließlich. Dann legte sie ihren Kopf in den Nacken, leerte ihr Glas in einem Zug und stöhnte erneut zufrieden auf.

Ich wünschte mir, ihre Ruhe und ihren Optimismus teilen zu können. Doch irgendetwas tief in mir riet mir, das nicht zu tun.

8

Maria und ich waren immer sehr unterschiedlich gewesen. Ich konnte gut schreiben, sie war die Bessere in Mathe. Ich konnte gut malen, sie war handwerklich begabter. Ich war die Ruhigere, die immer klein beigab, um Streitereien aus dem Weg zu gehen, Maria die, die sich stets Gehör verschaffte und auf ihr Recht pochte. Ich war diejenige, die Abstriche machte, sie die, die bekam, was sie wollte. Ich diejenige, die weglief, Marie die, die sich stellte. In so vielen Lebensbereichen und Situationen hätten wir unterschiedlicher nicht sein können.

So auch an jenem herbstlich trüben Nachmittag vor etwa dreieinhalb Jahren, an dem wir darauf warteten, dass unsere Eltern aus dem Krankenhaus zurückkehrten oder zumindest ihre Handys benutzten, um uns Bescheid zu geben. Es war Anfang November und ein besonders kalter Samstag. Meine Mutter hatte in den Tagen zuvor über heftige Bauchschmerzen geklagt, die schließlich unerträglich geworden waren. Sie hatte hohes Fieber bekommen, das Bett kaum verlassen können und sich vor Schmerzen gewunden. Dennoch hatte sie sich geweigert, den Arzt zu rufen.

»Es ist gar nicht so schlimm«, hatte sie mit einem gequälten Gesichtsausdruck beteuert. »Wirklich, es ist schon viel besser geworden.«

So war sie eben.

Während ich ihr ständig frischen Tee gebracht, sie zum Essen zu überreden versucht, das Zimmer gelüftet und ihr in regelmäßigen Abständen das Kissen aufgeschüttelt hatte, hatte Maria unsere Eltern unentwegt gedrängt, doch endlich Dr. Wallner anzurufen. Sie war eben diejenige von uns beiden gewesen, die Problemen ins Auge sah und die Dinge anpackte.

Es hatte ganze drei Tage gedauert, bis unser Vater endlich mit kreidebleichem Gesicht und zittrigen Händen zum Hörer gegriffen hatte, um den Dorfarzt um Hilfe zu bitten. Der war nur wenige Minuten später gekommen. Doch die Hoffnung, die kurz in uns aufgekeimt war, war schnell von der nagenden Angst vertrieben worden, und das anfängliche aufbauende Lächeln von Dr. Wallner war rasch einer besorgten Miene gewichen. Tiefe Falten hatten sich auf seiner Stirn gebildet.

Wie lange haben Sie diese Schmerzen? Eine Woche schon? Mh. Tut das weh? Bitte entschuldigen Sie, ich wollte nicht, bitte haben Sie keine Angst, ich bin ganz vorsichtig. Und tut das auch weh? So schlimm? Mh. In Ordnung. Nein, ich verspreche es, ich greif nicht mehr hin. Sicher nicht. Ich möchte nur ihre Temperatur messen. 39,6. Wie lange haben Sie schon Fieber? So lange schon? Mh.

Es hatte nur wenige Minuten gedauert, bis Dr. Wallners Miene zu Stein geworden war und er meinen Eltern erklärt hatte, dass es wohl das einzig Sinnvolle war, ins nächstgelegene Krankenhaus nach Hainburg zu fahren. Er hatte einen Rettungswagen gerufen. Mein Vater hatte notdürftig eine kleine Reisetasche gepackt. Meine Mutter hatte geschrien. Dr. Wallner hatte ihr Schmerzmittel verabreicht. Sie hatte weitergeschrien. Mein Vater hatte sich das Gesicht gerieben. Immer wieder. Panik in seinem Blick. Zwei Rettungssanitäter waren gekommen. Kurze Hektik. Dann war die Tür ins Schloss gefallen und alle waren verschwunden gewesen.

Nur Maria und ich waren alleine zurückgeblieben.

Und die Stille. Diese quälende Stille.

Die folgenden Stunden erlebte ich wie in Trance. Ich stand einfach nur da, setzte mich, sprang hoch, ging auf und ab, blieb wieder stehen. Ich wusste nicht, was ich anderes hätte tun sollen. Spannung und Sorge lagen in der Luft. Das Haus fühlte sich auf einmal so unglaublich leer und leblos an. Mir kam es vor, als würde selbst der Holzboden plötzlich leiser als sonst unter meinen Schritten knarren.

Irgendwann hielt ich es nicht länger aus, und es platzte förmlich aus mir heraus. »Was glaubst du, ist mit Mama?«, fragte ich Maria, obwohl ich kein Recht dazu hatte. Sie war meine kleine Schwester. Sie hätte mich das fragen dürfen, aber nicht ich. Ich hätte stark sein sollen, ruhig. Meine Augen hätten nicht wässrig sein dürfen, meine Stimme nicht zittrig.

Maria blieb stumm, ihre Miene eisern. Sie sah mich nicht einmal an. Tat so, als ob sie mich gar nicht gehört hatte. Ich wagte es nicht, sie noch einmal zu fragen. Also schwiegen wir. Stundenlang.

Die Ungewissheit schien sich in alle Ewigkeit zu ziehen. Während ich pausenlos im ganzen Haus auf und ab ging, mich irgendwann in meinem Zimmer verkroch und im Internet nach möglichen harmlosen Ursachen für Mutters höllische Bauchschmerzen suchte, hatte Maria damit begonnen, das Haus auf Vordermann zu bringen, das Bett meiner Eltern neu zu überziehen und unserem Vater sein Lieblingsgericht zu kochen: Schweinsbraten mit Sauerkraut und Semmelknödel. Dazu stellte sie ihm ein paar Flaschen Bier kalt. Maria hatte längst akzeptiert, was ich mir nicht eingestehen konnte: Dass unser Vater an diesem Abend alleine nach Hause kommen und nicht fähig sein würde, auch nur einen Handgriff im Haushalt zu machen. Dass er unsere Hilfe brauchen würde. Dass von nun an alles anders sein würde.

9

Früher Nachmittag.

Ich war zu Fuß auf dem Weg zum Grundendorfer Gemeindeamt, dem Treffpunkt für die Suchaktion, die spontan beschlossen worden war.

Das spurlose Verschwinden von Natalie und meiner Schwester hatte sich im Laufe der letzten Stunden wie ein Lauffeuer in Grundendorf und den umliegenden Ortschaften verbreitet. Alle waren in heller Aufregung. Manche besorgt, die meisten aber sensationslustig. Endlich war mal wieder was los. Auch die ersten beiden Reporterteams hatten in der Zwischenzeit ihre Zelte im Ort aufgeschlagen. Sie hielten jedem, der nicht bei drei auf den Bäumen war oder rechtzeitig die Haustür zugeschmissen hatte, ihr Mikrofon unter die Nase und versuchten so, an Informationen oder noch besser an Gerüchte, Klatsch und Tratsch zu gelangen. Pausenlos patrouillierten Streifenwagen im Schneckentempo durch das Dorf. Der Kies, der wegen des Eises der letzten Tage gestreut worden war, knirschte unter den Reifen der Polizeiwagen. Die Spannung schien zum Greifen.

Die alte Frau Graf hatte zum ersten Mal seit Wochen ihr Haus verlassen. Früher war die Autorin zweier Sachbücher zum Thema »Alternative Erziehungsmethoden« als intellektuelle Verrückte im Dorf verschrien gewesen. Nun, mit weit über 80 Jahren, war die inzwischen senil gewordene Dame ihrem Ruf gerecht geworden und sorgte für Gesprächsstoff in Grundendorf. Zum Beispiel als sie Kunststoffblumen in ihrem Vorgarten gepflanzt hatte und diese mehrmals am Tag so lange gegossen hatte, bis der Boden einem Sumpfgebiet gleichgekommen war. Oder als ein Bauer sie eines Morgens im Hochsommer mitten auf seinem Feld gefunden hatte – splitterfasernackt und strickend.

»Frau Graf, geht es Ihnen nicht gut? Kann ich Ihnen vielleicht helfen?«, soll der verdutzte Mann gefragt und sich dabei am Kopf gekratzt haben.

»Nein, danke. Die Socke schaff ich alleine. Aber Sie können ja schon mal mit der zweiten beginnen.«

Als der Bauer der alten Frau Graf daraufhin zu erklären versucht hatte, dass sie nackt war und auf seinem Feld saß, dass er eigentlich gerade bewässern hatte wollen, war sie aggressiv geworden und hatte versucht, ihn aus »ihrem Haus« zu schmeißen. Wild beschimpft soll sie ihn haben, gekratzt und in den Finger gebissen. Der Bauer soll sich daraufhin nicht mehr anders zu helfen gewusst und die Polizei gerufen haben. Die hatten angeblich zu dritt alle Mühe gehabt, sie zu beruhigen und zu Dr. Wallner zu bringen.

Nun war Frau Graf in ihrem kackbraunen Morgenmantel ausgezogen, um im ganzen Ort A4-Zettel aufzuhängen, auf denen sie in den buntesten Wassermalfarben »Maria, Natalie, Linda und Markus – wo seid ihr?« gemalt hatte. Die Worte hatte sie mit einem knallroten Herz eingerahmt.

»Frau Graf, ist Ihnen nicht kalt?«, fragte ich sie, weil ich das Gefühl hatte, dass sich sonst niemand um die Frau scherte.

»Wo sind sie?« Trotz des Winds und obwohl sie mich nicht ansah, als sie mit mir sprach, konnte ich ihren grauenvollen Atem riechen. Er hatte etwas von verfaulten Eiern. Unheimlich vielen verfaulten Eiern.

»Das … das weiß ich nicht, Frau Graf.«

»Wo?«

Ich berührte sie am Oberarm. »Frau Graf, das …«

Plötzlich schlug sie meine Hand weg und starrte mich giftig an. »Es ist alles deine Schuld!«, schrie sie und ihre Stimme krächzte dabei.

Ich schreckte zurück. »Was … was ist meine Schuld?«

»Du gehörst nicht hierher!« Ihr Blick durchbohrte mich regelrecht.

»Aber Frau …«

»Du musst weg!«

Ich stand mit offenem Mund da. Wusste nicht, was ich sagen sollte. War völlig überrumpelt. Frau Graf hatte sich abgewandt und ihre Zungenspitze rausgestreckt, als sie das nächste Plakat auf den Masten einer Straßenlaterne klebte. Der Zettel flatterte hektisch im Wind, ihr Morgenmantel auch. Ich ließ sie in Ruhe und ging weiter.

Doch lange hatte ich nicht Zeit, um über diese schräge Situation nachzudenken, denn mein Handy läutete. Ständig riefen irgendwelche Leute an, von denen ich seit Jahren nichts mehr gehört hatte. Sie klangen besorgt und wollten wissen, wie es mir ging. Wahrscheinlich wollten sie aber nur im Büro oder später unter Freunden erzählen können, dass sie mich kannten und heute sogar mit mir telefoniert hatten. Ich zwang mich dazu, freundlich zu bleiben, bedankte mich für den Anruf und wimmelte sie binnen Sekunden ab.

Aasgeier!

Wenig später hatte ich das Grundendorfer Gemeindehaus erreicht und wartete ungeduldig darauf, endlich etwas unternehmen zu können. Das tatenlose Abwarten brachte mich noch um den Verstand. Alles ging mir viel zu langsam.

Es war ein düsterer Nachmittag. Schwere dunkle Wolken hingen wie eine Warnung über dem Dorf. Regen lag in der Luft, der Wind war im Laufe der letzten Stunden stärker geworden und schien jedes Geräusch zu verschlucken. In etwas mehr als dreieinhalb Stunden würde es stockdunkel sein. Die Zeit lief uns davon.

Gut 50 Menschen hatten sich mit hochgezogenen Schultern, dicken Schals und Mützen der Kälte trotzend, auf dem kleinen Parkplatz davor versammelt. Die Polizei hatte die Bevölkerung um Mithilfe gebeten und war gerade dabei, das Suchgebiet einzugrenzen. Die Luft knisterte beinahe vor Anspannung. Alle wollten, dass es endlich losging. Mein Vater hatte nicht mitkommen wollen und war zu Hause geblieben. Er war völlig fertig gewesen, hatte kaum ein Wort gesprochen, und sein Gesicht hatte jegliche Farbe verloren. Ich hatte es versucht, ihn aber nicht überreden können, das Haus zu verlassen. Wahrscheinlich stand er gerade in seiner Werkstatt und versuchte sich dort mit Arbeit abzulenken.

Ich wartete etwas abseits. Alleine. Betrachtete das Gemeindehaus und dachte darüber nach, wie sinnbildlich es doch für das ganze Dorf war. Ein liebloser, schnörkelloser Zweckbau, der seine besten Jahre nie gehabt hatte. Die Fenster verdreckt, der metallene Schriftzug »Gemeindeamt Grundendorf« rostig, auf dem Dach fehlten einige Schindeln. Das strahlende Weiß der Fassade gehörte längst der Vergangenheit an. Nun schimmerte sie in mittleren und dunklen Grautönen, an vielen Stellen war sie bereits abgebröckelt. Werte wie Schönheit, Ästhetik oder Wärme zählten für die Bewohner nicht. Nein, Grundendorf war nicht schön, ästhetisch oder warm – es war hässlich, geschmacklos und kalt. Und die Menschen, die hier lebten, waren lieblos, kalt und grau.

Sie starrten mich an, tuschelten hinter vorgehaltener Hand oder ignorierten mich. Die meisten waren nicht hier, um zu helfen – Sensationslust trieb sie her. Ich fühlte mich ausgeschlossen und verloren. Ich gehörte nicht mehr hierher, hatte es wohl nie getan – das wusste ich aus tiefster Überzeugung. Immer wieder erklang Frau Grafs Stimme in meinen Gedanken und jedes Mal lief mir ein eiskalter Schauer über den Rücken: Es ist alles deine Schuld! Du gehörst nicht hierher!

Ein grauenvolles Gefühl der Schwäche und Einsamkeit überfiel mich. Ich suchte Patricks Blick, doch der stand gut 20 Meter entfernt gleich neben dem Eingang des Gemeindehauses und war ins Gespräch mit seinen Kollegen vertieft. Einer von ihnen, ein wohlgenährter Lockenkopf mit leuchtend roten Ohren, hielt eine entfaltete Landkarte gegen die Fassade, die anderen zeigten abwechselnd darauf und kratzten sich an der Stirn oder am Hinterkopf. Immer wieder schielte ich zu Patrick hinüber, denn trotz der Entfernung verspürte ich durch seine Anwesenheit so etwas wie Geborgenheit, auch wenn diese mir gar nicht zustand. Wie ein Mantra stellte ich im Geiste die Situation klar: Patrick und ich waren nicht mehr zusammen. Ich hatte ihn verlassen. Ich war schuld daran gewesen, dass unsere Liebe in die Brüche ging. Ich ganz alleine.

Gleich auf der anderen Seite des Eingangs stand Alois Stumpf, der Großbauer, dessen mit Chemie vollgepumpte Kartoffeln man in ganz Österreich in Chipstüten wiederfinden konnte. Seit Jahren ging das Gerücht um, dass er und seine Frau, die stämmige und stolze Grande Dame des Orts, selbst niemals ihre eigenen Erdäpfel aßen, sondern bei einem Bio-Bauern in Obermarch einkauften.

Der alt eingesessene Bürgermeister plusterte sich gerade vor der Kamera auf und erklärte der um gut eineinhalb Köpfe kleineren Reporterin, die ihm mit zittrigen Händen das Mikrofon entgegenstreckte, dass Grundendorf keineswegs gefährlich sei und absolut kein

Grund zur Panik bestünde. Dabei griff er sich bei jeder Windböe an seinen mit einer Feder bestickten dunkelbraunen Hut.

»Ich bin davon überzeugt, dass sich alles als Missverständnis herausstellen wird und Maria und Natalie bald wieder auftauchen werden.« Sein enormes Doppelkinn schwabbelte, während er sprach, seine Wampe präsentierte er, als wäre sie aus purem Gold. Sein selbstgefälliges, arrogantes Gehabe ließ Wut in mir aufsteigen. Die zierliche Reporterin schien jedoch eingeschüchtert.

»Mach dir keine Sorgen. Wir werden Maria finden.« Claudia, eine Freundin von Maria, mit der ich zuvor bereits telefoniert hatte, legte mir ihre Hand auf die Schulter und lächelte mich aufmunternd an. Trotz der Kälte trug sie weder Schal noch eine Mütze, dafür schwarzen Lidschatten und rosa Lipgloss. Das kleine Muttermal auf ihrer Oberlippe glänzte. Ihr langes blondes Haar wehte im Wind. Ich fror schon, wenn ich sie nur ansah.

Katja und Nicole, ebenfalls Freundinnen meiner Schwester, standen direkt hinter ihr und hatten das gleiche Lächeln auf den Lippen. Auch sie waren geschminkt, wenn auch ein wenig dezenter.

»Ich versteh' das nicht«, sagte ich. »Hat Maria denn wirklich nichts zu euch gesagt?«

Die drei schüttelten ihre Köpfe.

Es irritierte mich, dass sie davor einander kurz angesehen hatten. Es wirkte, als wollten sie ihre Reaktion aufeinander abstimmen.

»Sicher?«, hakte ich nach.

»Ja, sicher«, antwortete Claudia und fuhr sich mit rosa glänzenden Fingernägeln durchs Haar.

Für meinen Geschmack kam die Antwort einen Tick zu zögerlich. Ich sah den drei abwechselnd in die Augen. Nicole wich meinem Blick aus und starrte zu Boden.

»Ehrlich, wir wissen nicht, wo sie ist«, bekräftigte Katja.

»Wen könnte ich noch fragen?«

»Keine Ahnung.«

»Hat Maria einen Freund?«

Stummes Kopfschütteln bei Claudia und Nicole. Schulterzucken bei Katja. Irgendetwas stimmte hier nicht. Wieso wussten Marias Freundinnen nicht, ob sie in einer Beziehung war?

»Und Natalie? Hatte die einen?«, fragte ich.

»Nein, nicht, dass wir wüssten.« Claudia strich sich eine blonde Haarsträhne aus dem Gesicht. Sie schien es mittlerweile zu bereuen, mich angesprochen zu haben.

»Nicht, dass ihr wüsstet?«

»Na ja, wir …«, begann Katja.

Ihre beiden Freundinnen warfen ihr einen mahnenden Blick zu.

»Was?«, drängte ich sie.

»Ach, nichts.«

Ich ging ganz nah an sie heran. Ich sprach ganz langsam und betonte dabei jedes Wort: »Was ist los?«

Sie sahen einander kurz an. Dann platzte Katja heraus: »Wir wissen es nicht. Wir haben in letzter Zeit ja überhaupt keinen … nicht mehr so viel Kontakt zu den beiden gehabt.«

Nun sahen Claudia und Nicole betreten zu Boden.

Das war mir völlig neu. »Wieso? Habt ihr euch etwa gestritten?«

Claudia ergriff das Wort: »Nein, das nicht.«

»Was dann?«

»Eigentlich gar nichts. Sie waren, sie sind nur so komisch geworden.«

»Komisch?«

»Ja, seit Linda und Markus verschwunden sind. Es ist immer schlimmer geworden mit ihnen.«

»Und was heißt ›komisch‹?«

»Na ja, sie sind halt, ich weiß auch nicht.«

Meine Geduld war am Ende, meine Nerven lagen blank. Ich fuhr sie an: »Jetzt hört mal zu: Meine Schwester ist verschwunden und wir haben keine Ahnung, wo sie ist. Vielleicht ist sie in Gefahr. Vielleicht braucht sie unsere Hilfe. Auf jeden Fall läuft uns die Zeit davon. Also sagt mir verdammt noch einmal, wieso sie *komisch* war!«

»Na, sie haben über nichts anderes mehr gesprochen und so und wollten gar nichts mehr unternehmen«, schoss Katja heraus.

»Ja«, bestätigte Claudia. »Immer haben sie neue Theorien gehabt, was mit den beiden passiert sein könnte. Fast jede Woche haben sie jemand anderen unter Verdacht gehabt und sind allen damit auf die Nerven gegangen.«

»Es war so mühsam mit ihnen«, steuerte Nicole bei.

Auch das war mir neu. Ich ließ diese Information auf mich wirken. Ich hatte keine Ahnung gehabt, dass es meine Schwester noch immer so sehr belastet hatte, dass ihre Freundin Linda verschwunden war. Ich hatte nicht gewusst, dass sie gemeinsam mit Natalie so erpicht darauf gewesen war zu erfahren, was damals passiert war. Wer war meine Schwester? Es war mir, als sprächen wir über einen völlig fremden Menschen.

»Und wen hatten sie unter Verdacht?«

Claudia entfuhr ein abfälliges Seufzen. »Die Frage ist wohl eher, wen nicht?«

Katja und Nicole nickten kaum merklich im Hintergrund.

»Wen hatten sie zuletzt unter Verdacht?«, fuhr ich die drei an.

»Keine Ahnung.«

Ich wartete auf eine Fortsetzung.

»Ehrlich, wir wissen es nicht«, sagte Nicole.

»Wie gesagt, wir hatten kaum noch Kontakt zu ihnen«, fügte Katja hinzu.

Ich sah Claudia an.

»Wir haben wirklich keine Ahnung, Lisa. Aber glaube mir, wir werden Maria und Natalie finden«, wiederholte Claudia ihre einleitenden Worte und legte mir die Hand auf die Schulter. Der Wind klatschte ihr das blonde Haar ins Gesicht.

Die anderen beiden nickten stumm. Dann ließen mich die drei in meine Gedanken versunken zurück und positionierten sich etwas abseits des Geschehens. Ich behielt sie im Auge. Sie sprachen kein Wort miteinander, vergruben ihre Hände in den Jackentaschen. Claudias Lipgloss glänzte im trüben Licht.

Ich grübelte. Mir war zwar klar gewesen, dass Linda Marias beste Freundin gewesen war. Auch, dass Maria schwer unter Lindas spurlosem Verschwinden gelitten hatte. Aber ich hatte nicht gewusst, dass sie noch immer so aktiv bei der Suche nach ihr gewesen war. War sie auf etwas gestoßen? Hatte sich vielleicht jemand von ihr in die Enge getrieben gefühlt?

»Wir werden Maria und Natalie finden – genau, wer's glaubt«, flüsterte mir auf einmal eine Stimme von hinten verächtlich ins Ohr. »Die sind doch ohnehin längst alle tot.«

10

»Vielleicht war's ja der Steiner, dieser alte Lustmolch«, mutmaßte Anna durch ihren dicken Wollschal hindurch, als eine knappe halbe Stunde später die Suchaktion endlich in vollem Gange war und wir einen schmalen Feldweg entlanggingen. Ihr halbes Gesicht war von dem Schal verdeckt, manchmal lugte ihre rote Nase hervor, ihre dunklen Augen hatten etwas Geheimnisvolles. Anna war gut einen halben Kopf größer als ich, sie hatte eine robuste Statur, war aber nicht dick. Sie war nicht hässlich, wirkte trotz ihrer schwarz gelockten Mähne aber ein wenig maskulin. »Wo ist der überhaupt? Warum hilft der nicht suchen?«

»Vielleicht«, murmelte ich vor mich hin, obwohl ich nicht im Geringsten daran glaubte, dass der Steiner etwas mit Marias Verschwinden zu tun hatte.

Seit den armen Kerl vor unzähligen Jahren einmal eine Schülerin bezichtigt hatte, ihr nach dem Unterricht, als sie alleine in der Klasse zurückgeblieben war, an den Busen gegrapscht zu haben, wurde Steiner sein Image des lüsternen Perverslings nicht mehr los. Auch die Tatsache, dass das Mädchen am Tag darauf die Vorwürfe zurückgezogen hatte, änderte nichts mehr an Steiners ruiniertem Ruf. Wo auch immer er sich in Grundendorf blicken ließ, wurde hinter seinem Rücken getuschelt, wo er nicht auftauchte, wurde nach zwielichtigen Gründen für sein Fernbleiben gesucht. Mir tat er einfach nur leid.

»Mir ist der Typ jedenfalls nicht geheuer«, fügte Anna hinzu. Ihre schwarzen Locken wehten im Wind.

Sie war die ältere Schwester der vor drei Jahren verschwundenen Linda. Wir waren zusammen in die Volksschule gegangen, jedoch nie besonders gute Freunde geworden – irgendetwas hatte mich immer schon an ihr gestört. Sie hatte keine Scheu, mir offen ins Gesicht zu sagen, dass sie nicht im Geringsten an den Erfolg der Suchaktion glaubte, sondern davon überzeugt war, dass sowohl ihre Schwester, als auch die anderen drei Vermissten nicht mehr lebten. Die sind doch ohnehin längst alle tot, hatte sie mir vor dem Gemeindehaus ins Ohr geflüstert, und seither breitete sich dieser Satz wie Gift schleichend in meinem ganzen Körper aus. Trotzdem beteiligte sich Anna an der Suche – vielleicht um ihr Gewissen zu beruhigen, vielleicht aus Mitgefühl, vielleicht aber auch nur, um ihren Unmut über die, wie sie sie nannte, stümperhafte Arbeit der Polizei in den letzten Jahren kundzutun.

»Wenn alle so engagiert gewesen wären wie Patrick, dann hätte man Linda längst gefunden, das kannst du mir glauben.«

Ich dachte mir nichts weiter bei der Aussage und nickte schweigend. Ich konnte kaum einen klaren Gedanken fassen, in meinem Inneren kreischte immer wieder dieselbe Frage: War Maria wirklich tot? Ich war wütend auf Anna – wie konnte sie so etwas nur sagen? Gleichzeitig lähmten mich meine Sorgen und ich schaffte es nicht, ihr zu widersprechen.

Wir gingen weiter den schmalen Feldweg entlang, der uns als Route vorgegeben worden war. Um uns herum eine Steppenlandschaft aus kargen, nassen Ackerflächen, gelegentlich ein paar vom Winter kahl gefegte Bäume und Sträucher. In der Ferne vor uns ein dünner Windschutzgürtel, dahinter ein Heer aus Windrädern, das sich im Gleichklang drehte. Es war erst in den letzten fünf Jahren entstanden und sah aus, als wären es Abgesandte aus einer anderen Welt. Etwa einen halben Kilometer rechts von uns ein kleines Wäldchen – hinter wandernden Nebelfetzen verborgen. Links davon der Saugrund – ein kleiner, am Ufer fast völlig zugewachsener Tümpel, den die Grundendorfer gerne als Teich bezeichneten und zu dem sich gelegentlich jemand zum Fischen verirrte. Ich konnte mir aber nicht vorstellen, dass jemals irgendjemand auch nur ein einziges Mal etwas anderes als Müll am Haken gehabt hatte. Der Saugrund war unser Ziel. Dort sollten wir mit einigen anderen Zweiergruppen zusammentreffen, die links und rechts von uns in jeweils etwa 50 Metern Abstand die Gegend absuchten – teilweise auf Feldwegen, teilweise mitten durch die tiefe Ackererde stapfend. Dazwischen Polizeireihen mit Suchhunden, deren gelegentliches Gebell vom Wind weit weggetragen wurde.

Über uns zogen einige Krähen ihre Kreise und schimpften lautstark. Die Dämmerung setzte langsam ein und schien großes Unheil mit sich zu bringen. Immer schwärzer werdende Wolken sanken tiefer und tiefer. Den ganzen Tag über hatte es schon nach Regen ausgesehen. Bisher war er ausgeblieben, aber nun konnte es wirklich nicht mehr lange dauern. Die Temperatur lag knapp über dem Gefrierpunkt, aber der Wind, der uns um die Ohren pfiff, ließ es viel kälter erscheinen. Meine Wangen und Finger schmerzten, und ich verfluchte mich, weil ich mich nicht wärmer angezogen und keine dickeren Lederhandschuhe mitgenommen hatte.

»Wie geht es eigentlich deinem Vater so?«, fragte Anna und strich sich eine Haarsträhne aus dem Gesicht. »Den sieht man ja gar nicht mehr im Ort.«

Ich seufzte. »Keine Ahnung. Wenn ich das nur wüsste.«

Sie sah mich fragend an. Wartete darauf, dass ich weitersprach.

»Seit Mama gestorben ist, ist er ein anderer Mensch. Ich komm überhaupt nicht mehr an ihn ran.«

Anna sagte nichts. Wieder gingen wir eine Weile schweigend nebeneinander her.

»Und wie gehen deine Eltern damit um? Ich meine mit …«

»Du meinst mit Lindas Verschwinden?«

»Ja.«

Anna zuckte mit den Schultern. »Keine Ahnung.«

»Redet ihr denn nicht darüber?«

»Am Anfang ja, aber jetzt schon seit Jahren nicht mehr.«

»Und warum nicht?«

»Meine Eltern blocken ab, reden dann lieber über das Wetter, die Arbeit oder irgendeinen Scheiß aus dem Fernsehen. Mein Vater hängt ohnehin nur noch vor der Glotze rum.«

»Ja, aber …«

»Verdrängung über alles«, unterbrach sie mich.

Ich nickte. Es kam mir bekannt vor. »Und wo sind sie heute?«

»Irland.«

»In Irland?«

»Zum Jahrestag flüchten sie aus Grundendorf und fliegen für ein paar Wochen irgendwohin. Das haben sie letztes Jahr schon so gemacht. Sie kommen erst nächste Woche wieder.«

»Und wissen sie … ich meine, hast du ihnen …«

»Erzählt, dass es wieder passiert ist?«

Ich nickte.

»Natürlich nicht, sonst machen sie sich nur unnötige Sorgen.«

»Mh, ist wahrscheinlich besser so.«

Wir erreichten eine kleine Baumgruppe mit einer Reihe von Sträuchern darum herum. Ich hatte ein mulmiges Gefühl dabei, als wir die Äste zur Seite bogen, um sicherzugehen, dass dahinter niemand lag. Da war aber nichts, bis auf eine verbeulte, rostige Bierdose. Gott sei Dank. In diesem Moment überkamen mich Zweifel, ob diese Suchaktion überhaupt irgendeinen Sinn hatte. Ich fror und fühlte mich völlig nutzlos hier draußen. Ich hätte zu Hause bei meinem Vater sein sollen.

»Lisa, ich möchte dir einen Rat geben«, sagte Anna, als wir weitergingen. Ihre Stimme hatte sich verändert.

Sie war tiefer geworden, distanzierter. Es war, als hatte auf einmal ein anderer Mensch zu mir gesprochen.

Ich betrachtete sie von der Seite. Ihre schwarzen Locken wehten im Wind, hingen ihr ins Gesicht. Es schien sie nicht zu kümmern.

»Lass die Finger von Patrick!«

Der Satz traf mich wie ein Peitschenhieb.

»Bitte was?«

Anna sah mich nicht einmal an, sondern ließ ihren Blick in die Ferne schweifen, als sie fortfuhr: »Er ist jetzt mit mir zusammen. Seit über einem Jahr.«

»Aber was denkst du denn?«

»Und ich lasse ihn mir nicht wegnehmen. Nicht von dir und auch von niemandem sonst, hast du verstanden?«

»Anna, du brauchst …«

Sie ließ mich nicht aussprechen. »Glaubst du, ich habe nicht bemerkt, wie du ihn vorm Gemeindehaus angestarrt hast?«

»Ich weiß nicht, ich …«

»Du kannst mich zur Freundin oder zur Feindin haben.« Erst jetzt schaute sie mich an und durchbohrte mich förmlich mit ihrem Blick. In ihren Augen lag ein Hauch von Wahnsinn. »Es liegt ganz an dir.«

Ich wollte mich rechtfertigen, ihr sagen, dass ich überhaupt nicht die Absicht hatte, ihr Patrick wegzunehmen. Aber ich kam nicht mehr dazu, auf ihre Anschuldigungen einzugehen, denn auf einmal entstand Unruhe um mich herum. Suchende, die knapp 200 Meter entfernt am Rande des kleinen Waldes neben dem Saugrund standen, riefen irgendetwas. Andere brüllten irgendetwas zurück. Ich konnte nichts verstehen, der Wind war zu stark. Doch instinktiv wusste ich, dass es nichts Gutes bedeutete. Mein Herz schlug schneller. Ich blendete alles um mich herum aus. War nur noch auf den Punkt am Waldrand fixiert, auf den immer mehr Suchende zuliefen.

»Was rufen die da?«, fragte Anna.

»Ich weiß nicht«, murmelte ich mehr zu mir selbst.

Ich bekam gar nicht mit, als die ersten Tropfen vom Himmel fielen. Viel zu konzentriert war ich darauf, zu erkennen, was da vor sich ging. Ich war bereits in Richtung Waldrand losgegangen. Quer über einen matschigen Acker. Wurde immer schneller. Nach einigen Metern begann ich zu laufen. Panik stieg in mir hoch. Ich stolperte. Fing mich, fiel dann doch. Krachte mit dem Gesicht auf einen Stein in der Erde. Raffte mich wieder auf. Rannte weiter.

Maria!

Alles, woran ich dachte, war meine Schwester. Immer schwerere Regentropfen prasselten auf mich herab. Ich blutete aus der Nase. Um mich herum riefen Menschen, ich verstand kein Wort. Hundegebell. Das Blut rauschte in meinem Kopf. Mein Herz raste.

Ich erreichte den Waldrand.

Alle starrten ins dunkle Dickicht.

»Scheiße!«, rief jemand.

»Verfluchte Scheiße!«, schrie ein anderer.

Ich drängte mich an den Männern vorbei.

»Halt, geh da nicht weiter!« Irgendjemand hielt mich fest.

»Lasst mich!«, schrie ich und löste mich aus der Umklammerung. Schlug um mich, traf jemanden im Gesicht.

Jemand anderes griff mich am Oberarm. Wieder konnte ich mich befreien. Ich schob eine Gestalt zur Seite. Und Büsche und Äste. Zweige brachen.

Dann sah ich sie vor mir auf dem Waldboden.

NEIN! BITTE NICHT!

11

Ich hatte noch nie zuvor in meinem Leben eine Leiche gesehen.

Ich meine, klar, man sieht täglich welche in den Nachrichten oder in Filmen, man hört von Ermordeten, Gefallenen und Verunglückten im Radio, und natürlich hatte auch ich schon Krimis gelesen, in denen Tote mit all ihren grausamen Verletzungen bis ins kleinste Detail beschrieben wurden. Man glaubt zu wissen, wie ein toter Mensch aussieht. Man glaubt, vor einem derartigen Anblick gefeit oder zumindest darauf vorbereitet zu sein, glaubt, über den Tod erhaben zu sein.

Doch ich war es nicht. Nicht in diesem Moment.

Gedruckte Worte und Bilder, Schallwellen aus dem Radio und die bunten Pixel des Fernsehers haben nichts mit der Härte der Realität zu tun. Absolut nichts.

Ich stand da und starrte in den finsteren Wald hinein, nicht fähig, mich zu bewegen oder irgendeinen Laut von mir zu geben. Alles um mich herum war zu einem blassen, schwammigen Brei geworden, der langsam von der Dämmerung geschluckt wurde. Der Regen hatte binnen weniger Sekunden sintflutartige Ausmaße angenommen. Meine Haare hingen mir klatschnass ins Gesicht. Das Wasser lief mir den Nacken hinunter und wurde von meiner Kleidung aufgesaugt. Bald war ich bis auf die Unterwäsche durchnässt.

Irgendwer berührte mich an der Schulter, redete auf mich ein. Ich verstand kein Wort, schlug die Hand zur Seite. Nichts vermochte zu mir durchzudringen.

Nichts, bis auf die Leiche vor mir im Gestrüpp.

Irgendjemand nahm meine Hand, zerrte an ihr, wollte mich wegführen. Ich hielt dagegen, dann ließ ich es geschehen. Ich hatte genug gesehen.

Natalie Brunner war tot.

Daran bestand kein Zweifel.

Nackt lag sie auf dem Rücken. Mehr wie eine Puppe als ein Mensch. Die blasse, fast weiße Haut inmitten des Gestrüpps, die aussah, als wäre sie aus Wachs. Viele dunkle Flecken, große und kleine. Schnitte, am ganzen Körper Schnitte. Tiefe und noch tiefere. Und Blutergüsse. Eingetrocknetes dunkelrotes Blut, das langsam vom Regen aufgeweicht und aus den Wunden gewaschen wurde. Die Beine unnatürlich weit gespreizt. Ein daumendicker Ast, der in ihr steckte. Ihr Kopf in einem unnatürlichen Winkel zur Seite gestreckt. Die blonden, blutverschmierten Haare verfilzt und im dünnen Geäst verfangen. Das Gesicht mir zugewandt. Die Augen weit aufgerissen. Die Lippen aufgesprungen, der Mund leicht geöffnet. Als wollte sie uns noch einen letzten Hinweis auf ihren Mörder zuflüstern.

Natalie starrte mich an. Erschrocken und vorwurfsvoll zugleich. Sie gab mir das Gefühl, dass ich schuld daran war, dass sie sterben musste. Dass ich sie nicht früh genug gefunden hatte. Dass ich das alles hätte verhindern können.

Es ist alles deine Schuld!

Meine Kleidung klebte nass und schwer an mir, die Kälte bahnte sich ihren Weg zu mir durch. Ich begann zu zittern. Immer heftiger. Langsam wurden die Stimmen um mich herum wieder klarer:

Bringt sie hier weg! Weg von der Leiche!

Alle zurück, das ist ein möglicher Tatort! Zurück, habe ich gesagt!

Verdammte Scheiße! Bringt Schirme her! Schnell, wir brauchen Schirme! Und ruft Verstärkung!

Hektisches Hundegebell. Frauen begannen zu weinen, Männer auch.

Sucht die ganze Umgebung ab! Sofort!

Taschenlampen! Wir brauchen Taschenlampen!

Mein Zittern wurde immer schlimmer. Meine Beine fühlten sich an wie Gelee. Meine Kräfte schwanden, mein Körper fühlte sich ganz schlaff an. Ich ließ mich im schlammigen Ackerboden auf die Knie fallen, kippte zur Seite. Meine Wange landete in der nassen Erde. Jemand kniete sich zu mir hinab, redete irgendetwas auf mich ein. Hinter ihm hetzten Beine hin und her.

Plötzlich kam mir ein Gedanke, der mir das Blut in den Adern gefrieren ließ: Oh Gott, was ist, wenn auch Maria hier irgendwo liegt?

Angst. Panik. Ich rappelte mich hoch. Versuchte, einen klaren Gedanken zu fassen. Schlamm klebte an mir, meine Füße versanken darin. Um mich herum pure Hektik. Große Augen. Tränen, die sich mit dem Regen vermischten. Hände vorm Gesicht. Bebende Schultern. Bellende Hunde, die an ihren Leinen zerrten. Rote, blaue, schwarze Schirme, die zum Waldrand hetzten. Ich machte ein paar mühevolle Schritte. Der Schlamm hatte die Wirkung von Klebstoff, ich kam kaum von der Stelle. Jemand hielt mich zurück. Ich versuchte mich zu befreien, hatte aber keine Chance.

Ich schrie los: »Maria!« Immer wieder.

Ich war mit meinen Nerven am Ende. Dachte, dies sei der Tiefpunkt. Ich glaubte, dass es nicht mehr schlimmer kommen konnte.

Ich hatte keine Ahnung.

12

Ich weiß noch, dass mir die Grundendorfer Pfarrkirche immer schon ein wenig unheimlich gewesen war. Die vielen flackernden Kerzenflammen, die diabolisch tanzende Schatten an die Wände warfen. Die verstaubten 40-Watt-Glühbirnen, die sich in dem vielen Gold spiegelten, aber einfach kein ausreichendes Licht abgeben wollten. Die überdimensionalen rissigen Ölbilder, die viel zu schwer schienen, als dass sie sich an den hohen krummen Wänden halten konnten. Traurige, deprimierende Bilder, voller Leid. Das Orgelspiel, das sich immer ein wenig falsch anhörte, der schiefe Gesang. Die angestrengten Mienen der Anwesenden, die prüfenden Blicke, das permanente Räuspern. Die Kälte. Als Kind hatte ich es nie verstanden, wieso ich einmal die Woche an so einem schrecklichen Ort sein musste und nicht ausschlafen oder draußen spielen durfte.

Jetzt, viele Jahre später, kehrte ich an diesen verhassten Platz zurück, und an dem unguten Gefühl hatte sich nichts geändert. Angst hatte sich dazugemischt, eine grauenvolle, eiskalte Angst. Im Stillen sagte ich mir wieder und wieder, dass Maria noch am Leben war, aber immer mehr Zweifel drängten sich dazwischen.

Der Dorfpfarrer hatte zu einer Andacht für die ermordete Natalie und die anderen Verschwundenen, von denen immer noch jede Spur fehlte, geladen. Bis auf meinen Vater war anscheinend das ganze Dorf zu der Messe gekommen. Niemand wollte sich nachsagen lassen, dass ihn Natalies Tod nicht kümmerte, niemand wollte sich ins Gespräch bringen oder verdächtig machen. Eltern drückten ihre Kinder an diesem Abend ganz besonders fest an sich und beteten im Stillen, dass sie von so einem grauenvollen Schicksalsschlag verschont bleiben würden. Das kleine Gotteshaus platzte aus allen Nähten und wir saßen dicht gedrängt in den dunklen, zerkratzten und unbequemen Holzbankreihen, in denen Fotos von Natalie ausgelegt worden waren.

»Ruhe in Frieden, Natalie. Wir werden dich niemals vergessen!«, stand in geschwungenen Lettern darunter. Natalie sah jung darauf aus, das Bild musste ein paar Jahre alt sein. Sie hatte blonde Stirnfransen, trug eine weiße Bluse und ein dünnes Halskettchen mit einem goldenen Kreuz als Anhänger. Der Anblick ihres Lächelns schnürte mir die Kehle zu und ich musste gegen die Tränen ankämpfen. Ich versuchte es zu ignorieren, doch das Foto schrie förmlich: Sieh mich an!

Alles wartete darauf, dass die Messe endlich begann. Es herrschte eine Stimmung irgendwo zwischen tiefer Trauer, Sensationslust und Panik. Misstrauen lag in der Luft, Lähmung und Wut. Schultern zuckten auf und ab, leises Schluchzen und Schnäuzen war zu hören, begleitet vom Knarren der Holzbänke. Von draußen das Rauschen des tosenden Regens.

In der ersten Reihe saß Natalies Familie. Völlig stumm und apathisch. Nur ein kleiner Junge weinte bitterlich. Ein paar Reihen dahinter entdeckte ich Tante Hannelore. Ihre auftoupierten Haare schimmerten rötlich. Sie hatte lauten Schluckauf bekommen, der durch die hohen Gemäuer hallte und mir die Schamesröte ins Gesicht trieb – irgendwie fühlte ich mich verantwortlich für sie. Fühlte die missbilligenden Blicke auf mir.

Die alte Frau Graf saß unmittelbar vor mir. Sie summte leise eine Melodie, die mir bekannt vorkam, und wippte dabei ständig vor und zurück. Ein strenger undefinierbarer Geruch ging von ihr aus – vielleicht am besten zu beschreiben als eine Mischung aus Schweiß, Fäkalien und einem süßlichen Parfüm. Die Menschen in ihrer Reihe waren besonders nah aneinandergerutscht, um größtmöglichen Abstand zu ihr zu halten. Ich fürchtete die ganze Zeit, dass sie mich entdeckte und wieder anschrie. Der Vorfall am Nachmittag hatte mir gereicht.

Plötzlich kroch tiefes Unbehagen in mir hoch. Irgendetwas passierte in meinem Rücken. Ich drehte mich um und sah, wie sich Anna in die Reihe unmittelbar hinter meiner zwängte.

Auch das noch!

Ich nickte ihr zu, aber ihre Miene blieb starr wie Stein. Ich wandte mich nach vorne, kratzte an meinen Fingernägeln. Ihr Blick brannte in meinem Nacken. Ich fragte mich, ob Patrick davon wusste, dass sie mir gedroht hatte.

Ich wollte weg von hier, einfach nur nach Hause. Auch weil mich Schuldgefühle plagten, weil ich nicht bei meinem Vater war und ihm in diesen schweren Stunden keine Gesellschaft leistete. Mit Sicherheit hatte er panische Angst davor, dass auch Maria etwas passiert war, doch er war nicht fähig, seine Gefühle zu zeigen, geschweige denn über sie zu sprechen. Er saß einfach nur da – in sich zusammengesunken, still und mit glasigen Augen – und ließ sich von seiner Angst auffressen. Jetzt wollte ich bei ihm sein, doch vorhin hatte ich es in seiner Nähe nicht mehr ausgehalten, hatte raus müssen aus diesen viel zu engen Wänden, die einmal mein Zuhause gewesen waren. Raus und etwas unternehmen. Egal was. Irgendetwas. Denn zu Hause würde ich nicht herausfinden, was mit meiner Schwester passiert und ob sie noch am Leben war.

Immer wieder blitzte ein Bild vor meinem geistigen

Auge auf: Maria, nackt auf einem Waldboden. Ein abgebrochener Zweig, der sich in ihren langen braunen Haaren verfangen hatte. Die Beine in einem unnatürlichen Winkel gespreizt, übersät mit Blutergüssen und Schnittwunden. Blut, das ihre Oberschenkel hinabläuft. Ein dicker Ast, der in ihr steckt. Tote, schwarze Augen, die vorwurfsvoll zu mir aufsehen. Warum hast du mich verlassen, Lisa? Wieso hast du dich nie gemeldet? Warum hast du mir nicht geholfen?

Ein leises Raunen riss mich aus meinen Gedanken. Getuschel. Räuspern. Knarren der Holzbänke. Viele in den Reihen vor mir drehten sich so betont unauffällig um, dass es auffälliger kaum hätte sein können. Und auf einmal stand er neben mir. Steiner, der aufgrund einer nie bewiesenen Anschuldigung einer seiner Schülerinnen in Ungnade gefallene Lehrer der Volksschule in Obermarch. Der alte Lustmolch, wie Anna ihn bezeichnete. Der auf ewig Geschundene. Mit hängenden Schultern stand der untersetzte Mann um die 50 da. Sein kahles Haupt schimmerte im Kerzenschein, sein Haarkranz penibel gekämmt. Traurige Augen hinter den dicken Gläsern seiner Hornbrille. Die Hände – im Gegensatz zum Gesicht faltenfrei, fast schon kindlich – hielten schwarze Lederhandschuhe, einen tropfenden Regenschirm und zupften am Reißverschluss seiner nassen Daunenjacke. Jede Faser seines Körpers versprühte Unsicherheit und Unbehagen.

Ist hier noch frei?, fragte er nur mit seinem Blick.

Ich nickte, drängte mich an meinen Sitznachbarn und alle rutschten mehr oder weniger laut seufzend enger zusammen. Steiner zwängte sich in den freien Spalt.

Nach einer Weile nahm er Natalies Foto und betrachtete es eingehend. Aus meinen Augenwinkeln konnte ich sehen, wie er immer wieder mit der Fingerspitze seines Zeigefingers über das Bild fuhr.

Dann läuteten endlich die Glocken und alle erhoben sich. Der Pfarrer, ein hochgewachsener, spindeldürrer Mann, mit knochigem Gesicht, hervorstehendem Kinn und dunklen Schatten unter den Augen, schritt an den Altar. Die Hände hielt der 60-Jährige gefaltet vor seiner Brust. Die Finger waren so lang und dünn, dass sie fast schon wie Krallen aussahen. Aus der Entfernung konnte ich es nicht mit Sicherheit sagen, doch es sah so aus, als wäre ein Äderchen in seinem linken Auge geplatzt, weshalb es nun rötlich schimmerte.

Von dem Gottesdienst bekam ich kaum etwas mit. Der Geistliche sprach davon, dass die Wege des Herrn manchmal unergründlich seien und nur der Zusammenhalt der Gemeinde und der tiefe Glaube an Gott uns über die Trauer hinweghelfen könne. Wir alle müssten stark bleiben und Vertrauen in unseren Herrn haben. Die Worte des Pfarrers verschwammen für mich schnell zu einem trüben Brei. Viel zu beschäftigt war ich damit, meine Sorgen zu verdrängen und Annas bohrende Blicke in meinem Rücken zu ignorieren. Aus meinem Augenwinkel konnte ich sehen, dass Steiners zarte Hände in ständiger Bewegung waren.

Obwohl ich von so vielen Menschen umgeben war, fühlte ich mich so einsam wie noch nie zuvor in meinem Leben. Ich musste an meine Mutter denken und an die Zeit, in der sie noch bei uns gewesen war. In der mein Vater er selbst gewesen war und ich Zugang zu ihm und

Maria gehabt hatte. In der ich eine Familie gehabt hatte, einen Zufluchtsort. In der ich glücklich gewesen war. Ich vermisste sie alle so sehr. Und das Lachen.

Eine gute Stunde später begleiteten uns das Läuten der schweren Turmglocken und die gedämpften Klänge der Orgelpfeifen auf dem Weg nach draußen. Dicht gedrängt im Mittelgang ging es nur in ganz kleinen Schritten vorwärts. Ich spürte die neugierigen Blicke um mich herum. Das Misstrauen. Hörte das Getuschel hinter vorgehaltenen Händen.

»Wenn ich dieses kranke Schwein, das ihr das angetan hat, in die Finger kriege …«, flüsterte eine tiefe Männerstimme hinter mir und ließ den Rest des Satzes in der Luft hängen.

»Ich sag dir, wenn sich einer meiner Kleinen auch nur nähert«, drohte ein anderer Mann mit noch tieferer Stimme, und ich konnte mir richtig vorstellen, wie er seine Hände zu Fäusten ballte und seine Kieferknochen mahlten.

»Das wäre sein letzter Fehler.«

Dann geschah das, wovor ich mich die ganze Zeit über gefürchtet hatte:

»Der Teufel ist das!«, schrie Frau Graf auf einmal schrill hinter mir auf.

Ich zuckte zusammen, fuhr herum und sah, wie Frau Graf auf den armen Steiner neben mir zeigte und ihm ihren knochigen, zittrigen Zeigefinger dicht vors Gesicht hielt. Die Erleichterung, dass sie nicht mich angriff, hielt nur für den Bruchteil einer Sekunde an. Ich fühlte mit dem armen Steiner.

»Der Teufel!«

Entsetztes Raunen. Schockierte Blicke. Aber keiner, der Frau Graf zu beruhigen versuchte. Niemand wollte zu ihrer neuen Zielscheibe werden. Auch ich nicht – und ich hasste mich für meine Feigheit.

»Wo hast du sie versteckt, du Teufel?« Ihre Stimme überschlug sich, ihre Augen traten hervor. »Sag uns, wo?«

Steiner war hochrot angelaufen. Schweißperlen bildeten sich auf seiner Stirn und seinem kahlen Haupt. Seine Hände machten unnütze Bewegungen, griffen immer wieder in sein Gesicht, verschwanden in den Taschen. Den Blick zum Boden gerichtet, drängte er sich durch die Menschenmenge. Alle gafften ihn an. Niemand sagte etwas, bis er draußen verschwunden war. Erst dann setzte das Getuschel ein.

»Wo sind sie, du Teufel?« Es war ein letztes kraftloses Aufbäumen gewesen. Frau Graf hatte sich beruhigt und summte die Melodie von vorhin. Irgendein Kinderlied, doch ich kam nicht darauf, welches.

Als ich endlich draußen ankam, war Steiner längst verschwunden. Alle spannten hektisch ihre Schirme auf und rannten wie aufgescheuchte Hühner an einigen Reportern, die ihnen Kameras und Mikrofone entgegenstreckten, vorbei nach Hause oder zu ihren Wägen. Riesige Pfützen hatten sich gebildet. Es schüttete wie aus Kübeln, und ein eisiger Wind pfiff uns um die Ohren. Die Straßenlaternen wankten, und ihr fahles Licht zuckte über den nassen Asphalt.

»Verdammtes Sauwetter«, fluchte ein Mann, den ich nicht erkannte, und gab mir einen leichten Rempler, als er sich an mir vorbeidrängte und mit aufgespanntem Regenschirm in der Hand davonlief.

Ich ließ meinen Schirm in der Tasche. Rannte nicht, und als ich mich ein kleines Stück von der Kirche entfernt hatte, breitete ich meine Hände aus und starrte in den furchterregend schwarzen Himmel über mir. Keine Sterne waren zu sehen, kein Mond, keine Wolken, nichts – nur endloses, bedrohliches Schwarz. Für einen ganz kurzen Moment vergaß ich alles um mich herum. Meine Sorgen, meine Ängste, mein Unbehagen, das hektische Klappern der Absätze, das Plätschern des Regens und der Pfützen, Frau Graf. Dicke, schwere Regentropfen schlugen mir ins Gesicht. Meine Kleidung saugte sich blitzschnell voll, binnen weniger Minuten war ich patschnass. Zum zweiten Mal an diesem Tag. Ich genoss die kalte Nässe, die von meinen Haaren auf den Schal und in meinen Nacken tropfte. Konnte spüren, wie sich der Regen langsam durch meine Kleidung arbeitete, wie der Stoff meiner Jeans allmählich ganz kalt und schwer wurde und das Nass zu meiner Haut durchdrang. Endlich konnte ich wieder tief durchatmen, und die eiskalte Luft stach in meinen Lungen. Ich öffnete den Mund, streckte die Zunge hinaus und kostete den Regen. Er schmeckte nach gar nichts.

»Lisa, um Gottes willen, ist dein Schirm etwa kaputt?«

Der strömende Regen war so laut, dass ich gar nicht gehört hatte, wie Dr. Wallner mir nachgelaufen kam.

Grundendorfs Dorfarzt war um die 45, eine Spur kleiner als ich, schlank, um nicht zu sagen dünn, und hatte eine bleiche Haut, die fast schon ungesund wirkte. Sein faltiges Gesicht und vor allem die Krähenfüße um seine Augen herum strahlten Weisheit, aber auch etwas Geheimnisvolles aus. Seit ich mich erinnern konnte, hatte er einen grau melierten Kinnbart getragen, der die Warze an dieser Stelle nur teilweise zu verdecken vermochte. Mit seiner hageren Figur und seiner farblosen Haut entsprach Dr. Wallner nicht unbedingt der Vorstellung, die man von einem kerngesunden Mediziner hat. Doch davon durfte man sich nicht täuschen lassen, denn er war topfit. Wann immer es das Wetter zuließ, joggte er morgens und abends seine zehn Kilometer – im Sommer meist in besonders kurzen Hosen, die seine muskulösen Beine zur Schau trugen. Angeblich hatte er in seinem Keller ein eigenes kleines Fitnessstudio, in dem er tagtäglich mehrere Stunden verbrachte. Alternativprogramm gab es im Ort ja kaum.

Dr. Wallner war einer der wenigen warmherzigen Menschen in Grundendorf. Ich kann mich gut an meine Kindheit erinnern, als ich nach jeder Untersuchung von ihm ein Stück Traubenzucker als Belohnung für meine Tapferkeit geschenkt bekommen hatte. Jedes Mal, wenn meine Mutter danach kurz unachtsam gewesen war, oder zumindest so getan hatte, hatte er mir zugezwinkert und mir zu verstehen gegeben, dass ich mir rasch ein zweites Stück nehmen sollte. Es war unser kleines Geheimnis gewesen. Später, als meine Mutter krank geworden war, hatte er sich rührend um sie und um uns alle gekümmert. Tag und Nacht war er für uns da gewesen, wenn wir ihn gebraucht hatten. Vor dem Tod hatte er meine Mutter trotzdem nicht retten können.

»Bitte komm doch unter meinen Schirm, du erkältest dich ja.« Dr. Wallner streckte mir seinen Regenschirm entgegen. Er trug dunkelbraune Raulederhandschuhe, beim Sprechen verließen kleine Atemwolken seinen Mund.

»Danke, es geht schon.« Ich holte meinen eigenen Knirps aus der Handtasche und spannte ihn auf.

Einen Moment lang sah er mich fragend an. Schien mich zu studieren. »So viele Menschen sind lange nicht mehr in unserer kleinen Kirche gewesen.«

Ich nickte und verzog zur Antwort nur meine Mundwinkel.

Ein kräftiger Windstoß zerrte an unseren Schirmen und blies uns den Regen fast waagrecht entgegen.

»Ich hab' dich schon eine halbe Ewigkeit nicht mehr hier gesehen.«

Es war unglaublich laut unter dem Schirm. Ich fand, es hatte wie ein Vorwurf geklungen. Ich wusste nicht, was ich darauf antworten sollte. Nickte wieder nur.

»Lisa, es ist alles so schrecklich.«

»Ja.«

»Wie geht es dir?«

»Ich weiß nicht so recht.« Ich zuckte mit den Schultern. »Ich versteh das alles nicht.«

Er hatte einen traurigen Gesichtsausdruck. »Versuch dir keine allzu großen Sorgen zu machen. Wir werden Maria finden.«

»Ja, wahrscheinlich.« Meine Worte hatten leer geklungen. Ich glaubte keine Sekunde daran. »Ist Maria vielleicht bei Ihnen gewesen, bevor sie verschwunden ist? Ich meine, war sie vielleicht krank oder so?«, fragte ich und fürchtete mich vor der Antwort.

Dr. Wallner schüttelte den Kopf. »Nein, Maria ist schon lange nicht mehr bei mir gewesen.«

»Mh.«

»Lisa, du weißt, dass du dich jederzeit an mich wenden kannst, wenn du …«

»Ich weiß, danke.«

»Mh.« Er betrachtete mich eingehend. »Und wie geht es deinem Vater? Ich hab ihn in der Kirche vermisst. Es muss hart für ihn sein.«

»Ich weiß nicht, den Umständen entsprechend, denke ich.«

»Weißt du, ich hab ihn schon, seit deine Mutter …« Er hielt mitten im Satz inne. Seufzte. »… sehr lange nicht mehr bei mir in der Praxis gesehen.«

»Mh.« Das Bild meiner todkranken Mutter blitzte vor meinem geistigen Auge auf. Das bleiche, schmerzverzerrte Gesicht, die verschwitzte Stirn, die trockenen, rissigen Lippen, die feuchten Augen.

»Vielleicht kannst du ihn dazu bringen, bei mir vorbeizuschauen. Ich würde wirklich gerne mit ihm sprechen. Einfach um zu wissen, wie es ihm geht, weißt du.«

»Ich werd's versuchen.«

Er nickte. »Gut.« Dann legte er mir seine Hand auf die Schulter und versuchte sich in einem aufmunternden Lächeln. »Maria geht es sicher gut. Du wirst sehen, wir werden sie finden.«

MITTWOCH, 11. FEBRUAR

13

Es war längst nach Mitternacht. Mein Vater und ich saßen gemeinsam am Küchentisch. Der Regen, der gegen die Fensterscheibe prasselte, bildete eine monotone Geräuschkulisse. Sogar über das Ticken der Wanduhr hätte ich mich gefreut, aber die stand immer noch still auf sechs nach neun.

Wir schwiegen uns an. Mein Vater fand es nicht einmal einen Kommentar wert, dass ich bereits eine halbe Packung Zigaretten gepafft hatte, die ganze Küche zunebelte und mich von einem Hustenanfall zum nächsten rettete. Keine Ahnung mehr, wer mir die Glimmstängel am Nachmittag zugesteckt hatte, nachdem wir Natalies Leiche gefunden hatten. Die Erinnerung an diese Stunden war zu einem diffusen Nebel verblasst. Ich hatte noch nie zuvor in meinem Leben geraucht, hatte mich immer vor dem Gestank geekelt, doch irgendwie fühlte es sich im Moment richtig an. Mir war übel, und immer wieder überkam mich ein Schwindelgefühl. Und genau das war das Gute daran, denn so fühlte ich wenigstens irgendetwas anderes als Angst um meine Schwester.

Ich nippte an meinem Schwarztee, versuchte es mit ein wenig mehr Zucker, probierte wieder und schob ihn schließlich von mir weg. Er war kalt und geschmacklich nicht mehr zu retten. Mein Vater hatte das Bier, das ich ihm vor über einer Stunde gebracht und ins Glas gefüllt hatte, noch nicht angerührt. Er hatte die Hände auf seinen Oberschenkeln liegen und starrte sie an, als ob sie nicht zu seinem Körper gehörten. Dabei war sein Gesicht völlig starr, er blinzelte kaum. Ab und zu kaute er an seiner Unterlippe.

»Die Kirche war gesteckt voll«, sagte ich schließlich, bevor mir die quälende Stille die Kehle zuschnürte. »Hinten mussten sie sogar stehen, weil kein Platz mehr war.«

Mein Vater nickte kaum merkbar und zuckte zur Antwort mit den Lippen.

»Ich hab Dr. Wallner nach der Messe getroffen.«

»Mh.«

»Er hat gefragt, wie es dir geht.«

Ein leises Grunzen zur Antwort.

»Er hat gemeint, dass er dich schon so lange nicht mehr gesehen hat.«

»Das ist ja gut.«

»Er sorgt sich um dich.«

Keine Reaktion.

»Ich mach mir auch Sorgen um dich, Papa.«

Immer noch keine Reaktion.

Ich seufzte, schloss die Augen und rieb mir mit Daumen und Zeigefinger die Nasenwurzel. »Wollen wir morgen vielleicht gemeinsam zu ihm in die Praxis? Wir könnten doch …«

»Ich glaube nicht.«

»Aber …«

»Vielleicht wann anders.«

»Warum nicht morgen?«

Er gab mir keine Antwort.

»Papa!«

»Nicht morgen!«

Ich gab auf, seufzte abermals und steckte mir frustriert eine neue Zigarette an. Der brennende Rauch stieg mir in die Augen, sodass sie zu tränen begannen, als ich sie mir rieb. Mein Hals kratzte.

Wieder schwiegen wir uns an.

Um mich abzulenken, fuhr ich mit der Hand über die raue Tischdecke. Mir fiel auf, dass sie ein paar Kaffeeflecken hatte. Ich nahm mir vor, sie am nächsten Tag zu waschen, um Ablenkung zu haben. Mein Blick fiel auf die abgestorbene Orchidee am Fensterbrett und ich fragte mich, ob ich eine neue besorgen sollte, verwarf den Gedanken aber wieder. Sie würde in diesem Haus ohnehin in kürzester Zeit zugrunde gehen.

Irgendwann erhob ich mich, weil ich nicht wusste, was ich sonst hätte machen sollen. Meine Knie knacksten dabei. »Ich werd versuchen, ein wenig zu schlafen.«

Mein Vater schien erleichtert darüber. »Tu das.« Er stand ebenfalls auf, streckte sein Kreuz, bis es krachte, und ging zur Gartentür.

»Wo willst du denn jetzt noch hin?«

Er sah mich an, als schien er die Frage nicht zu verstehen. »In die Werkstatt.«

»Aber Papa! Du kannst doch jetzt nicht mehr arbeiten. Du solltest auch ins Bett. Du brauchst Ruhe, du musst dich erholen.«

»Im Bett find ich keine Ruhe«, sagte er, öffnete die Tür und trat hinaus in den Regen.

Auch in dieser Nacht lag ich noch lange wach in meinem Bett und starrte an die von meiner Nachttischlampe beleuchtete Decke. Ich lauschte den Abertausenden von Regentropfen, die über mir auf die Dachziegel einhämmerten, und dem gelegentlichen Knarren des Dachstuhls. Ich war völlig erschöpft, doch meine Ängste ließen mich nicht zur Ruhe kommen. Der Gedanke daran, dass Marias Bett nebenan bis auf ihren Stoffhund auf dem Kopfpolster leer war und auch sie vielleicht irgendwo da draußen lag, missbraucht und ermordet, brachte mich beinahe um den Verstand. Aber fast noch schlimmer war die Befürchtung, dass sie die größten Qualen vielleicht noch vor sich hatte. Dass sie noch lebte und mit ansehen hatte müssen, was mit Natalie angestellt worden war. Dass sie wusste, dass das Gleiche auch mit ihr geschehen würde.

Immer wieder zermarterte ich mir über dieselben Fragen meinen Kopf: Welche Bestie brachte so Grausames übers Herz – Natalie derart zu missbrauchen und anschließend umzubringen? Und vor allem, warum? Hatten Natalie und Maria vielleicht ein dunkles Geheimnis? Hatten sie etwas angestellt, für das irgendjemand jetzt Rache an ihnen nahm? Oder waren sie auf das Geheimnis eines anderen gestoßen, der nun alles daransetzte, dass niemand sonst davon erfuhr? Oder waren es gar ihre Jugend und ihre Schönheit, die sie zu Opfern werden ließen? Konnte das der Grund sein? Sex? Irgendein perverses Verlangen? Aber warum war dann auch Markus verschwunden? Egal, wie ich es drehte und wendete, einfach nichts ergab Sinn. Es war alles so unlogisch und wirkte nicht real.

Wo war Maria? Diese Frage nagte an mir wie Hunderte gierige Ratten.

Um auf andere Gedanken zu kommen, zwang ich mich, darüber zu grübeln, wie es nun mit Tom und mir weitergehen sollte. Warum versuchte mir jeder einzureden, dass ich ihn endlich verlassen sollte, und warum tat ich es nicht, wo mir doch selbst klar war, dass es das Beste für mich wäre? Ich tastete nach meinem Handy am Nachtkästchen und schrieb ihm eine SMS: »Denke an dich.« Wartete auf eine Antwort, doch es kam keine.

Um mich von der Enttäuschung abzulenken, dachte ich wieder an meine Schwester. Was sollte ich tun? Wen konnte ich fragen? Ich musste hinter das Geheimnis kommen, denn ich hatte das Gefühl, dass mir die Zeit davonlief. Ich nahm mir ganz fest vor, am nächsten Tag nicht ins Bett zu gehen, bevor ich nicht zumindest einen Schritt weitergekommen war. Dann schloss ich die Augen und versuchte mit aller Kraft einzuschlafen.

Mehr als einmal bildete ich mir ein, im Erdgeschoss ein Geräusch gehört zu haben. Doch jedes Mal hatte ich mich aufs Neue getäuscht. Maria kam nicht heim und mein Vater kehrte nicht ins Haus zurück. Er blieb die ganze Nacht über in seiner Werkstatt.

Mein Vater und ich. Zwei rastlose Seelen. Gemeinsam einsam.

14

Mit ein wenig Fantasie hatte Grundendorf auf der Landkarte Ähnlichkeit mit einem auf dem Kopf stehenden Kreuz. Wahrscheinlich kein besonders gutes Omen. Der Ort bestand im Wesentlichen aus zwei Straßen, die einander ziemlich genau in der Mitte kreuzten, nur der nördliche Ausläufer war eine Spur länger. Es gab lediglich eine weitere kleine Siedlung rund um die Kirche im Dorfzentrum und ein paar verstreute Häuser in der Nähe des Bahnhofs, der in Wirklichkeit nicht mehr als eine mit Unkraut überwucherte Haltestelle der eingleisigen Ostbahn war. Nur ein paarmal am Tag hielten dort die Züge, die zwischen dem neuen Wiener Hauptbahnhof und Bratislava verkehrten. Das kleine betonierte Wartehäuschen war mit unzähligen vulgären Sprüchen, Beschimpfungen und Logos diverser Fußballvereine und Zeichnungen von Genitalien übersät. Das Glas des Schaukastens, in dem einst der Fahrplan ausgehangen hatte, war eingeschlagen – nun klebten nur noch Kaugummis darin. Der orangefarbene Kunststoffmülleimer war (vermutlich von ein paar Jugendlichen mit Böllern) in die Luft gejagt worden. Seit Jahren schien das Loch im Boden jedoch niemanden zu stören – der Müll sammelte sich in der Ecke und in den kahlen Sträuchern neben dem Wartehäuschen. In den Fahrradständern daneben rostete ein Waffenrad mit zwei Platten und verbogenem Vorderrad vor sich hin.

In der letzten Nacht hatte ich kaum geschlafen, und wenn ich doch kurz eingenickt war, hatte ich grauenvolle Albträume gehabt, in denen mir Natalies Leiche erschienen war. Jedes Mal war da dieser Ast zwischen ihren Beinen gewesen, der immer größer zu werden schien. Jedes Mal war eine schwarze glitschige Schlange aus dem Unterholz aufgetaucht und in Natalies verfilztem Haar verschwunden. Ihr toter Körper hatte daraufhin zu zucken begonnen, ihre Lider hektisch zu blinzeln, Blut war über ihre rissigen Lippen geflossen. Meine Schwester war aus dem dichten Nebel heraus und neben mich getreten – nackt, leichenblass und vor Kälte zitternd. Sie hatte mich an der Hand genommen und mir ins Ohr geflüstert: Warum hilfst du mir nicht?

Noch vor dem Morgengrauen hatte ich das Vorhaben Schlaf endgültig aufgegeben und mich völlig frustriert und fröstelnd aus dem Bett gekämpft. Die Schlafzimmertür meines Vaters stand einen schmalen Spalt breit offen, sein Bett war ungemacht und leer. Kurz überlegte ich, zu ihm nach hinten in die Werkstatt zu gehen und nach ihm zu sehen oder ihm einen heißen Tee zu bringen, verwarf die Idee aber wieder – wahrscheinlich war er da hinten in seinem alten Schaukelstuhl eingeschlafen, den er sich damals selbst gezimmert hatte und auf den er so unglaublich stolz gewesen war. Ich wollte ihn nicht wecken und entschied mich stattdessen für einen frühmorgendlichen Spaziergang durch den Ort. Ich musste einen klaren Kopf bekommen, brauchte endlich eine Idee, wie ich Maria finden konnte. Ich durfte keine Zeit mehr verlieren.

Obwohl ich kurz darauf völlig alleine auf der Straße war, fühlte ich mich wie eine Giraffe im Hühnerstall.

Meine Kleidung fand ich unpassend und das Dunkelblau viel zu bunt, meinen Gang viel zu städtisch, meinen Blick nicht dem Anlass entsprechend. Ich hatte das Gefühl, nicht ich selbst sein zu dürfen, permanent auf dem Prüfstand zu stehen und alles falsch zu machen. Erst in diesem Moment wurde mir so richtig bewusst, wie sehr ich Wien vermisste. Die Anonymität. Die Individualität. Meine eigene kleine Wohnung. Meine weiße Couch vor dem Fernseher. Meine weiche Kuscheldecke mit ihren verspielten Spitzen an den Enden. Die grandiose Aussicht aus dem fünften Stock auf das Häusermeer der nahen Innenstadt und dem kleinen Park an der gegenüberliegenden Straßenseite. Das Bimmeln der Straßenbahn, die in die Station vor meinem Haus einfährt. Meine unzähligen Kerzen am Badewannenrand, die Wachskrusten an den Fliesen. Den cremigen Duft meines Duschgels, das samtige Gefühl der aufgelösten Badeperlen im Wasser. Meine Lieblingsriesentasse im Paris-Vintage-Look – die Silhouette eines sich küssenden Pärchens vor dem Eiffelturm. Den Duft von dampfendem Kräutertee oder eines guten Cappuccinos. Oh, und wie sehr ich mein Bett vermisste.

Der Morgen graute nur ganz langsam, die verfluchte Dunkelheit schien Grundendorf nicht loslassen zu wollen und machte mir Angst. Die Straßenlaternen waren noch an, nützten aber kaum etwas. Das Glas um die Leuchtkörper war völlig verdreckt, einige Laternen waren gar ausgefallen. Der finstere Himmel war wolkenverhangen, Nebel hatte sich über den Ort gelegt. Die Luft roch frisch und war eisig kalt. Es hatte erst kurz zuvor zu regnen aufgehört. Überall tropfte es von den

Dächern und Zweigen. Ich hatte Mühe, den unzähligen Pfützen auszuweichen und mir meinen Weg zu bahnen. Eigentlich wäre es egal gewesen, denn meine Schuhe waren ohnehin noch nass vom Regen des Vortags. Wie hatte ich nur so dumm sein können, nicht an ein zweites Paar Schuhe zu denken, als ich nach Grundendorf aufgebrochen war?

Keine Menschenseele war zu sehen, das Dorf schien wie ausgestorben. Und dennoch lag Anspannung in der Luft. Der erste Tag danach – wie sollte es nun weitergehen nach einem Mord? Wie sollte man sich verhalten? Was durfte man sagen, was besser nicht? Sollte man lieber zu Hause bleiben oder hinausgehen und der Gefahr trotzen? Fast wirkte es, als hielten alle den Atem an und warteten gespannt darauf, dass irgendjemand den ersten Schritt wagte und vor die Haustür ging.

Ich kam am ehemaligen Gasthaus Fichtner vorbei, das seit Jahren geschlossen war. Eine Scheibe war eingeschlagen und musste schon vor sehr langer Zeit notdürftig mit zerschnittenen Plastiksäcken abgeklebt worden sein. Die Fenster waren im Inneren mit unzähligen Spinnweben verhangen und mit einer dicken Staubschicht bedeckt. In einem steckte ein Schild: »Sturm € 1,50.« Das F des rostigen Schriftzugs »GASTHAUS FICHTNER« über dem Eingang war nach rechts gekippt und lehnte nun am I. Das »Schwechater«-Schild daneben war (vermutlich von denselben Jugendlichen wie der Mülleimer am Bahnhof) mit Steinen beschossen worden und nun völlig durchsiebt. An der Eingangstür, in der immer noch das »Geöffnet«-Schild steckte, hing eines von Frau Grafs selbst gemalten und vom Regen völlig durchnässten Plakaten. Daneben war ein Kaugummiautomat an der Wand angebracht. Die ehemals knallbunten Kaugummibällchen waren mittlerweile zu den verschiedensten Grautönen verblasst und klebten aneinander. Der Asphalt des Parkplatzes war rissig, überall schoss Unkraut heraus. Ein paar Glassplitter lagen verstreut.

Erinnerungen an meine Kindheit flammten in mir auf. An eine Zeit, in der es für Maria und mich das Größte gewesen war, wenn unsere Eltern mit uns hierhergegangen waren. Das Gasthaus Fichtner war das Zentrum des Orts gewesen, alle hatten sich hier nach der Arbeit getroffen. Zigarettenrauchschwaden hatten in der Luft gehangen, Volksmusik und Austropop war leise im Hintergrund gelaufen, die Gäste hatten durcheinandergeredet – immer lauter, je länger der Besuch angedauert hatte und vor allem je mehr Alkohol geflossen war. Maria und ich hatten Almdudler mit Strohhalmen geschlürft, steinharte Salzbrezeln verputzt und damit den ganzen Tisch vollgebröselt, waren mit Gleichaltrigen durch die abgenutzten Holzbankreihen geflitzt und hatten im Innenhof, in dessen Zentrum eine majestätische Buche thronte, herumgetobt. Wir hatten Fangen, Verstecken oder mit den Burschen Cowboy und Indianer gespielt. Unsere Eltern hatten uns zwar in regelmäßigen Abständen ermahnt, nicht so wild zu sein, doch in Wirklichkeit war es ihnen egal gewesen. Sie hatten Spaß mit ihren Freunden gehabt und die Stunden der Unbeschwertheit genossen. Mein Vater war damals ein ganz anderer Mensch gewesen. Er hatte gerne geredet, viel gelacht und beim Bestellen mit der Wirtin, die es stets verstanden hatte, ihr prächtiges Dekolleté zu betonten, geschäkert. Meine Mutter hatte es ihm nicht übel genommen.

»Pass nur auf, dass ich nicht auch mit dem Wirten zu flirten beginn«, hatte sie gescherzt, meinen Vater liebevoll in die Seite gekniffen und dem 70-jährigen Gasthausbesitzer hinter der Schank eine Kusshand zugeworfen.

Der hatte sofort rote Wangen bekommen, war zu uns gekommen, hatte meinem Vater die Ohren zugehalten und meiner Mutter beteuert, dass er sie am liebsten vom Fleck weg heiraten würde. Alle hatten gelacht. Meine Eltern waren so glücklich miteinander gewesen. Wir alle waren so glücklich gewesen.

Ich schüttelte die wehmütigen Erinnerungen von mir ab und ging weiter. Allmählich kroch der Tag heran. Das dunkle Grau des Himmels hatte sich zu einem Mittelgrau erhellt. Der Nebel hielt sich, die Straße lag in einem düsteren Licht. Niemand war zu sehen, nichts zu hören, nicht ein einziges Auto, das an mir vorüberfuhr, seit ich das Haus verlassen hatte. Nicht einmal leises Vogelgezwitscher. Rein gar nichts.

Ich kickte einen größeren Kieselstein vor mir her und grübelte darüber, was ich als Nächstes tun sollte, wen ich anrufen und wo ich nach Maria suchen konnte. Doch meine Müdigkeit, die Anspannung und der Schock des Vortags machten mir einen Strich durch die Rechnung, ich konnte keinen klaren Gedanken fassen. Frustriert trat ich den Stein in den Grünstreifen zwischen Gehsteig und Straße.

Dann endlich, ein erstes Lebenszeichen an diesem Morgen: Ein Auto näherte sich in meinem Rücken. Ich blickte hinter mich und sah einen Polizeiwagen langsam näher kommen. Im Schneckentempo fuhr er an mir vorüber. Ich versuchte zu erkennen, wer darin saß, es gelang mir aber nicht. Vermutlich nicht Patrick, denn der hätte mit Sicherheit angehalten. Der Wagen entfernte sich, und die roten Rücklichter verschwanden langsam im Nebel.

Dann war ich wieder alleine.

Oder doch nicht?

Ein eiskalter Schauer lief mir plötzlich über den Rücken. Meine Nackenhaare stellten sich auf. Es war wieder da: Das Gefühl, dass ich beobachtet wurde.

Ich fuhr herum, sah hinter mich.

Niemand da.

Ich suchte die Straße ab, die Vorgärten, die dunklen Fenster.

Nichts. Keine Menschenseele weit und breit. Kein Vorhang, der sich bewegte. Kein Wagen. Nichts.

Aber ich war mir sicher: Da war jemand. Nur wo? Und da war noch ein anderes Gefühl: Irgendetwas stimmte nicht. Irgendetwas war nicht so, wie es hätte sein sollen. Nur was?

Oder war es nur Einbildung? Litt ich an Verfolgungswahn? War ich schon verrückt geworden? Nein!, schrie ich mich innerlich an. Du bist nicht verrückt!

Noch einmal ließ ich meinen Blick durch die Straße streifen, betrachtete die parkenden Autos, die Vorgärten mit ihren vielen kleinen Büschen und Bäumen und die Häuser mit ihren vielen dunkeln Fenstern. Zuerst auf der einen, dann auf der anderen Straßenseite. Ganz langsam. Eines nach dem anderen.

Da!
Plötzlich sah ich, was nicht stimmte.

15

Erst auf den zweiten Blick war es mir aufgefallen. Bei dem kleinen Haus schräg gegenüber, etwa 50 Meter entfernt. Dem Haus mit den bunten Kunststoffblumen im Vorgarten und der grauen Fassade, das sich im Nebel aufzulösen schien. Dort fand ich, was nicht stimmte: Bei dem Haus der alten Frau Graf stand die Eingangstür offen – nur einen kleinen Spalt breit und kaum erkennbar.

Mein Gefühl sagte mir sofort, dass es keine neue Marotte der senilen Frau gewesen war, sie bei dieser Eiseskälte offen stehen zu lassen. Ich spürte, dass es nichts Gutes bedeutete. Ich wollte schon darauf zugehen, zögerte dann aber. Einen kurzen Moment lang stand ich da wie angewurzelt. Schaffte es nicht, meine Beine zu bewegen. Grübelte. Sollte ich besser Hilfe holen? Aber wen? Meinen Vater? Das dauerte vielleicht zu lange. Oder Tante Hannelore? Die wohnte nur ein paar Häuser weiter. Aber was sollte mir die schon helfen?

Komm schon, Lisa, denk nach!

Mir fiel niemand ein.

Scheiße! Hätte der Polizeiwagen nicht eine Minute später vorbeifahren können?

Was soll's!

Ich fasste mir Mut und überquerte die Straße.

Mein Puls beschleunigte sich mit jedem Schritt. In Frau Grafs Vorgarten schlug mir mein Herz bis zum Hals. An der Türschwelle blieb ich stehen. Spähte durch den schmalen Spalt in den dunklen Flur. Konnte nichts erkennen. Lauschte.

Nichts.

»Frau Graf?«, rief ich. Meine Stimme war unsicher.

Keine Antwort.

»Frau Graf, sind Sie zu Hause?«

Wieder keine Antwort. Aber hatte ich da eben ein leises Klopfen gehört?

»Ich bin's, Lisa.«

Stille.

Ich legte die Fingerspitzen an das nasse, morsche Holz der Tür. Stieß sie weiter auf.

Lautes Quietschen.

»Hallo?«

Es blieb still.

Ich zögerte. Kaute an meinen Fingernägeln. Trat ein.

Der alte Parkettboden knarrte unter meinen Schritten. Viel zu laut. Bei jedem Schritt verzog ich mein Gesicht. Obwohl ich die Haustür weit offen stehen gelassen hatte, drang kaum Licht in den Flur. Meine Augen gewöhnten sich nur langsam an die Dunkelheit, ich konnte bloß Umrisse erkennen. Dennoch entschied ich mich, kein Licht anzumachen. Ein schmaler Flur, die Decke hing niedrig. Weiter vorne eine Art Kommode. Keine Fenster, die Türen zu beiden Seiten geschlossen. Es roch muffig. Nein, es stank. Keine Ahnung, wonach alles.

Angst schlang sich durch meinen Körper. Giftig und glitschig.

Vorsichtige kleine Schritte.

Lautes Knarren.

Ich erreichte eine Tür zu meiner Linken. Sie war nur angelehnt. Ich wollte sie aufstoßen, zögerte aber.

»Frau Graf?«

Stille.

»Frau Graf, sind Sie hier?«

Ich presste meine Augen zusammen. Lauschte der Stille. Hoffte, neben dem Rauschen des Bluts in meinem Kopf noch etwas anderes zu hören. Egal, was. Irgendetwas. Doch es blieb still.

Ein tiefer Atemzug. Ich hielt die Luft in meinen Lungen. Fasste all meinen Mut. Stieß die Tür auf.

Quietschen und lautes Knarren.

Plötzlich kam am Boden etwas auf mich zugeschossen.

Ein Fauchen.

Ich schrie auf. Zuckte zusammen. Mein Herz verkrampfte sich.

Erst dann begriff ich: Es war Frau Grafs Katze gewesen, die gerade durch meine Beine hindurchgeflitzt war und jetzt den Flur entlang und durch die offene Eingangstür hinaus auf die Straße rannte.

Scheiße!

Ich stützte mich am Türstock ab. Versuchte mich von dem Schreck zu erholen und meine Atmung wieder in den Griff zu bekommen.

Reiß dich gefälligst zusammen!

Als ich mich gefangen hatte, steckte ich meinen Kopf in den Raum. Die Küche. Der massive Gestank von vergammeltem Essen stieß mir entgegen, ich hatte alle Mühe, ihn zu ignorieren. Der Raum war höchstens drei mal vier Meter groß, die niedrige Decke ließ ihn eher wie eine Höhle erscheinen. Die Jalousien waren heruntergelassen. Aber selbst im Dunkeln konnte ich erkennen, dass sich überall Geschirr stapelte. Ich tastete nach dem Lichtschalter, fand ihn, drückte ihn. Eine Energiesparlampe sprang an. Rötliches Licht färbte sich langsam orange und wurde dann immer gelber. Tatsächlich, überall Geschirr mit Essensresten darauf. In der Ecke ein Mülleimer, der überquoll. Müll davor auf dem Boden. Hektisches Summen, schwarze Punkte, die durch die Luft schossen – unzählige Fliegen, die ich geweckt hatte. Jetzt empfand ich den Gestank noch grauenvoller. Ich musste mir die Nase zuhalten und gegen die aufkommende Übelkeit ankämpfen.

Ich zog die Tür zu und machte das Licht im Flur an. Wenn jemand hier war, hatte er mich ohnehin längst gehört. Eine nackte Glühbirne über mir sprang an, ihr grelles Licht blendete meine Augen, ich musste immer wieder blinzeln. Ich ging weiter. Vorbei an einer alten Holzkommode, auf der eine große Glasvase stand – darin keine Blumen, sondern unzählige leere Joghurtbecher, an denen noch hellrosa Joghurtreste und Schimmel klebten. Daneben lagen ein Schlüsselbund, mehrere Streichholzschachteln und ein Stapel Zeitungen.

»Frau Graf? Ich bin's, Lisa.« Ich erschrak darüber, wie ängstlich meine Stimme klang. Ich lauschte lange Zeit.

Doch es kam keine Antwort.

Verdammt, was machte ich hier überhaupt?

Ich bemerkte erst jetzt, dass ich die Luft angehalten hatte. Ich atmete durch, rieb mir das Gesicht. Wollte eigentlich gerade weg, Patrick rufen und Hilfe holen. Sah nach unten.

»Scheiße!«, entfuhr es mir.

Ich zuckte zurück. Stieß gegen die Kommode. Die Vase kippte und fiel zu Boden. Ohrenbetäubendes Klirren. Sie zersprang in Hunderte Teile. Überall Glassplitter und leere Joghurtbecher.

Scheiße! Scheiße! Scheiße!

Auf dem Parkett vor mir waren Blutspritzer. Zu viele, als dass sie von einem harmlosen Schnitt stammen konnten. Sie zogen eine feine Spur den Flur entlang.

Meine Knie wurden weich, mich überkam ein Schwindelgefühl. Mir wurde heiß. Ich begann am ganzen Körper zu zittern. Schweiß schoss aus meinen Poren. Meine Gedanken überschlugen sich. Ich wusste, dass ich sofort hätte weglaufen sollen. Dass ich hätte Hilfe holen sollen. Doch aus irgendeinem Grund tat ich es nicht.

Ich ging weiter. Ganz langsam. Zentimeter für Zentimeter vorwärts.

»Frau Graf?«

Ich erreichte zwei weitere Türen. Eine links, die andere auf der rechten Seite. Beide geschlossen. Blutspritzer am Boden. Ich griff die kalte Schnalle der Tür zu meiner Linken. Umklammerte sie mit zittrigen Händen. Hielt mich verkrampft daran fest. Drückte sie nach unten. Ganz langsam. Millimeter für Millimeter. Bis sie anstand.

Wartete.

Holte tief Luft.

Öffnete sie mit einem Ruck.

Genau in diesem Moment hörte ich ein Knarren hinter mir. Alles ging so schnell. Für den Bruchteil einer Sekunde zu spät begriff ich, dass es von der Tür auf der rechten Seite kam. Mein Schrei blieb mir in der Kehle stecken. Keine Zeit, um in Deckung zu gehen oder den Angriff abzuwehren. Noch während ich die Hände hochriss, raste schon etwas auf mich zu. Der Schlag traf mich. Ungebremst. Wuchtig. Für einen Augenblick fühlte sich mein Kopf an, als würde er explodieren. Dann wurde alles schwarz.

16

»Lisa?« Eine vertraute Stimme erreichte mich aus der Dunkelheit. »Lisa, kannst du mich hören?« Die Worte schienen erst weit entfernt, dann aber rasch immer näher zu kommen. »Lisa, wach auf!«

Langsam schwand meine Benommenheit. Lichtblitze durch meine geschlossenen Lider. Irgendjemand tätschelte meine Wange.

»Lisa, komm schon, wach auf!«

Ich blinzelte. Das Licht war zu grell. Ich konnte nichts erkennen. Hielt die Augen geschlossen.

»Gott sei Dank, sie wacht auf!«, rief die Stimme.

Es waren noch andere Menschen da. Sie sprachen durcheinander. Irgendeine Frau schrie in einiger Entfernung. Schritte um mich herum. Ein schriller Klingelton eines Handys.

»Lisa, bleib ruhig. Ich bin's, Patrick. Du bist in Sicherheit.«

Ich verstand gar nichts. In dem Ausmaß, in dem meine Benommenheit wich, setzten die Kopfschmerzen ein. Ein dumpfes Pochen in meinem ganzen Schädel. Härter und immer härter. Das Licht tat so weh. Die Stimmen um mich herum waren so laut. Dieses verdammte Handy hörte nicht auf zu klingeln.

Ich blinzelte wieder. Erkannte nur Patricks Umrisse. Eine Korona umgab ihn. Schatten durchschnitten den Hintergrund.

»Wo … wo bin ich?«

»Bleib ruhig, Lisa. Es ist alles gut.«

»Aber ich … wo …?«

»Es ist alles ihre Schuld!«, drangen Frau Grafs Schreie auf einmal von irgendwo aus der Ferne zu mir durch. »Sie gehört nicht hierher!«

Schlagartig war die Erinnerung zurück: Frau Grafs offen stehende Tür. Der dunkle Flur. Die Küche. Das schmutzige Geschirr. Der ganze Müll. Der Gestank. Die Katze. Die Vase. Die Joghurtbecher. Glassplitter. Blutspritzer auf dem Boden. Das Knarren. Der Schlag auf meinen Kopf.

Meine Gedanken schossen wild durcheinander. Die Kopfschmerzen wurden immer heftiger.

»Dr. Wallner ist unterwegs«, sagte Patrick.

»Sie gehört nicht hierher!«, brüllte Frau Graf.

Das grelle Licht brannte. Ich schloss meine Augen.

Es war gerade einmal 9 Uhr vormittags, als ich kurze Zeit später zu Hause in meinem Bett lag. Schulz und Mayerhofer hatten sich eben mit einem herzhaften Gähnen verabschiedet – natürlich nicht, ohne dass Schulz zuvor noch jedem, bis auf seinem jüngeren Kollegen, dessen Pickel am Kinn über Nacht nachgewachsen war, ein Zuckerl angeboten hatte. Die beiden Kriminalpolizisten waren gelinde gesagt wenig begeistert davon gewesen, dass ich alleine in Frau Grafs Haus gegangen war und nicht sofort Hilfe geholt hatte.

»Haben Sie eine Ahnung, wie leichtsinnig und gefährlich das gewesen ist?«, hatte Schulz mich ermahnt. Das Zuckerl in seinem Mund hatte dabei ständig gegen die Zähne geklappert.

»Leichtsinnig und gefährlich«, hatte Mayerhofer murmelnd wiederholt.

Ich hatte gewusst, dass sie recht hatten, und reumütig genickt.

Dr. Wallner saß an der Bettkante und maß erneut meinen Puls, Patrick stand mit besorgter Miene am Fußende und mein Vater schweigend im Türrahmen. Sein Blick sprach Bände – er hatte keine Ahnung, was hier passierte. Wahrscheinlich hatte das niemand von uns.

»Mh, nur mehr leicht erhöht«, sagte Dr. Wallner mit konzentrierter Miene. Er hatte eine Brille mit filigranem

Gestell aufgesetzt, die nur an seiner Nasenspitze hing. »Mir wäre trotzdem lieber, du ließest dir die Beule im Krankenhaus anschauen, Lisa. Damit ist nicht zu spaßen.«

Jetzt im Licht sah der Dorfarzt viel hagerer aus als am Abend zuvor nach der Trauermesse. Die Falten in seinem Gesicht wirkten wie tiefe Risse in einer ausgetrockneten Landschaft. Er sah müde aus.

»Nein, es geht schon«, log ich. »Ehrlich.«

Bei jedem Wort, das ich sprach, gab es mir einen Stich – wie ein dicker, rostiger Nagel, der mit einem schweren Hammer immer weiter in meinen Kopf geschlagen wurde. Dennoch: Auf keinen Fall wollte ich ins Krankenhaus gefahren werden. Dort würde ich nur wertvolle Zeit verlieren. Und die hatte ich nicht. Ich musste Maria finden. Musste herausfinden, was in Grundendorf vorging – denn anstatt Lösungen taten sich mir immer mehr Fragen auf.

Als Dr. Wallner im Haus der alten Frau Graf eingetroffen war, war ich bereits zu Bewusstsein gekommen. Patrick hatte mir erzählt, was passiert war: Ein maskierter und noch unbekannter Täter hatte irgendwann in den frühen Morgenstunden an Frau Grafs Tür geläutet. Als diese daraufhin schlaftrunken geöffnet hatte, hatte der Täter ohne Vorwarnung auf sie eingeschlagen. Hauptsächlich in den Magen und ins Gesicht. Nur ein paarmal, dann hatte er von ihr abgelassen und war davongestürmt. Einfach so. Frau Graf hatte sich daraufhin in völliger Panik und mit einer Platzwunde an der Stirn in ihrem Schlafzimmer eingeschlossen und dort im Dunkeln verharrt, bis sie später meine Rufe gehört hatte, als ich in ihr Haus gekommen war. Noch völlig verwirrt und in Todesangst hatte sie mir aufgelauert und mir mit einem Blumentopf eines über den Schädel gezogen. Danach war sie hysterisch, barfuß und nur mit ihrem Nachthemd bekleidet hinaus auf die Straße gelaufen und hatte immer wieder »Es ist alles ihre Schuld!« und »Sie gehört nicht hierher!« gerufen. Ihr Nachbar, ein pensionierter Eisenbahner und leidenschaftlicher Frühaufsteher, hatte ihre Rufe gehört, und nachdem er sie nicht hatte beruhigen können, die Polizei verständigt. Patrick und zwei seiner Kollegen hatten mich gefunden und sofort Dr. Wallner sowie Schulz und Mayerhofer gerufen. Weil ich mich strikt geweigert hatte, mich ins Krankenhaus fahren zu lassen, hatten Dr. Wallner und Patrick mich schließlich nach Hause gebracht.

»Und sprichst du noch einmal mit Frau Graf, wenn sie sich beruhigt hat? Vielleicht kann sie sich an irgendwas von dem Angreifer erinnern«, hakte ich nach.

»Ja, sicher«, antwortete Patrick.

»Man muss sich um eine Betreuung oder einen Heimplatz für die arme Frau kümmern«, fuhr Dr. Wallner ihn an. »Die Hygieneverhältnisse in ihrem Haus …«

»Ich denke, unser Bürgermeister wird das umgehend in die Wege leiten«, unterbrach ihn Patrick.

»Und was ist mit dem Steiner? Habt ihr den schon …?«

»Überprüft? Meine Kollegen sind gerade dabei.«

»Das ist gut. Weil …«

»Wir wissen, wie wir unsere Arbeit zu erledigen haben.«

»Ich meine ja nur. Jeder hat doch gestern Abend gehört, wie sie ihn nach der Messe angefahren hat«, rechtfertigte sich Dr. Wallner. »Ich kann mir vorstellen, dass der daraufhin eine ganz schöne Wut auf sie gehabt hat.«

»Wir überprüfen das«, bremste ihn Patrick mit Nachdruck.

»Das will ich hoffen.«

Die beiden warfen einander giftige Blicke zu.

Mir war ihr kleines Machtspiel unangenehm. Ich suchte nach besänftigenden Worten, doch mir wollten keine einfallen.

Dr. Wallner löste seinen Blick von Patrick und begann damit, sein Zeug zusammenzupacken. »Lisa, ich kann es nicht oft genug betonen – du musst dich schonen!«

»Mach ich.«

Der Arzt starrte mich eindringlich an.

»Ich versprech's«, versicherte ich ihm.

Er stand vom Bett auf, nahm die Brille ab, ließ sie in der Brusttasche seines Jacketts verschwinden, zog seinen schwarzen Mantel an und streifte die dunkelbraunen Lederhandschuhe über. »Und du rufst mich sofort an, wenn es dir schlechter gehen sollte, hast du mich verstanden?«

»Natürlich.« Ich wollte, dass er endlich ging. Wollte Ruhe.

Patrick seufzte. »Na, der Tag hat vielleicht beschissen begonnen.«

Ich versuchte mich in einem hoffnungsvollen Lächeln. Ich hatte natürlich keine Ahnung, dass der Tag noch viel beschissener enden würde.

Mein Vater brachte Dr. Wallner und Patrick zur Tür.

17

Es war kurz nach zwei Uhr nachmittags, als ich aufwachte und mich fühlte, als wäre ich von einem tonnenschweren Mähdrescher überfahren worden. Ich warf eine Schmerztablette ein, versuchte mich nicht zu bewegen und starrte so lange an die Holzdecke, bis ihre lindernde Wirkung einsetzte. Dann beschloss ich, mein Versprechen an Dr. Wallner zu brechen und das Bett zu verlassen. Ich hatte ohnehin schon viel zu viel Zeit verloren.

Die ersten Schritte waren wackelig, ich musste mich immer wieder irgendwo abstützen und warten, bis sich das Schwindelgefühl legte. Ich wurde von mehreren Niesanfällen gebeutelt. Ich schleppte mich nach unten ins Erdgeschoss, wo es noch kälter war. Von meinem Vater war nichts zu sehen. Ich schaute durch das Fenster hinaus in den Garten: Alles war grau in grau, Nebel, ein Rabe hüpfte über die nasse Wiese. Ein Blick in den Kühlschrank: gähnende Leere. Ich hielt meinen Kopf unter den Wasserhahn, drehte ihn auf und trank gierig. Dabei wurde mir schwindelig und ich musste mich setzen. Der Wasserhahn tropfte nach. Der Heizkörper gluckste. Ansonsten völlige Stille.

Eine wärmende Dusche später machte ich mich auf den Weg. Als ob ich unter Beobachtung stand, läutete mein Handy genau in dem Moment, als ich das Haus verließ und die Tür absperrte. Ein Blick auf das Display ließ mich zusammenzucken: Tom.

Auch das noch!

Mich überkam ein seltsames Gefühl – eine Mischung aus Angst und Freude zugleich. Angst deswegen, weil ich völlig vergessen hatte, mich seit gestern Abend bei ihm zu melden. Garantiert war er stinksauer deswegen – und das hatte niemals etwas Gutes zu bedeuten. Und Freude aus demselben Grund: Ich hatte nicht an Tom gedacht.

Ich atmete tief durch, fasste Mut und nahm ab.

»Hallo, Tom.«

»Hi, Süße.«

Er wollte etwas, das war klar. Diesen zuckersüßen Ton hatte Tom nur drauf, wenn er etwas brauchte.

»Wie geht's dir?«, fragte er.

»Ganz okay.«

»Ich vermiss dich.«

»Ich … mh …«

»Du, warum ich anrufe.«

»Ja?«

»Wann kommst du endlich wieder?«

»Ich weiß nicht genau.«

»Was soll das heißen, du weißt nicht genau?«

»Tom, ich hab dir doch gesagt, dass meine Schwester …«

»Meine Schwester«, äffte er mich nach. »Jetzt vergiss mal deine Schwester. Der wird's schon gut gehen.«

»Aber …«

»Du musst endlich heimkommen!« Seine Stimme hatte sich schlagartig verändert. Ein Hauch von Wut hatte sich daruntergemischt.

Mein ganzer Körper verkrampfte sich instinktiv.

»Wieso?«, fragte ich zögerlich.

»Ich, nun ja, ich brauch etwas Geld.«

»Schon wieder?«

»Ja, ich, ich hab wohl etwas über die Stränge geschlagen in den letzten Tagen – und da sind so ein paar Typen, die …«

»In den letzten Tagen?«

»Ja, na und?«

»Für wen brauchst du denn das ganze Geld schon wieder?«

»Was geht dich das eigentlich an?«

»Tom, ich …«

»Wer bin ich denn, dass ich mich vor dir rechtfertigen muss?«

Er war laut geworden. Ich konnte seinen zornigen Blick förmlich vor mir sehen. Die Falten zwischen seinen Augenbrauen.

»Bitte, schrei mich nicht an.«

»Ich schrei, wann ich will!«

»Tom, ich bin selbst knapp bei Kasse in diesem Monat. Du weißt genau, dass die Galerie …«

»Das sagst du immer – das sind doch nur Ausreden!« Seine Stimme klang aggressiv. »Ich glaub dir kein Wort!«

Ich versuchte, ganz sanft zu klingen. »Hör zu, Tom, ich hab jetzt wirklich keine …«

»Ach, leck mich doch! Ich brauch 500 Euro bis morgen, hast du gehört?«

»500? Tom, so viel hab ich nicht.«

»Lüg mich nicht an!«

»Ich lüge nicht.«

Er hatte aufgelegt.

Ich zitterte, fühlte mich einsam. Tom hatte meistens diese Wirkung auf mich. Keine Ahnung, wie es so weit hatte kommen können. Ich musste mich am Gartenzaun abstützen. Musste mich beruhigen. Der Wind blies mir heftig um die Ohren. Es war deutlich kühler als in den letzten Tagen geworden.

Ich wollte gerade mein Handy zurück in die Tasche stecken, als es schon wieder zu läuten begann.

»Was denn noch?«, fuhr ich Tom eine Spur zu genervt an. Keine gute Idee, denn so etwas rächte sich meistens.

»Oh, bitte entschuldige. Ich wollte nicht … ich … wollte nur wissen, wie es dir geht«, stammelte Patrick verunsichert zusammen.

Scheiße!

»Patrick, bitte, mir tut es leid. Ich dachte nur, ach, egal. Ha…« Ich musste niesen. Dreimal.

»Gesundheit.«

»Danke.« Ich hatte kein Taschentuch zur Hand, musste mir die Nase am Ärmel meines Mantels trocken wischen.

»Bist du denn nicht im Bett?«

»Ich bin nur kurz vorm Haus. Brauche frische Luft.«

»Ah.«

Stille zwischen uns. In der Leitung rauschte es leise.

»Und wie geht's dir?«

»Gut«, log ich.

»Das ist schön, zu hören.«

Wieder Stille.

»Habt ihr schon mit dem Steiner gesprochen?«

»Lisa.« Patrick seufzte.

»Was?«

»Du weißt genau, dass ich mit dir nicht darüber sprechen darf.«

»Aber …«

»Kein Aber. Das sind laufende Ermittlungen.«

»Patrick, hier geht es um meine Schwester!«

»Lisa, wir werden Maria finden.«

»Hör auf das zu sagen!«, fuhr ich ihn an. Ich konnte diesen Satz nicht mehr hören. »Du hast keine Ahnung, wo sie ist! Niemand weiß das!«

»Lisa, bitte.«

»Warum will mir eigentlich jeder einreden, dass alles gut ist?«

»Das will ich doch gar nicht. Es ist nur, wir wissen nicht, wo Maria steckt. Aber es macht doch keinen Sinn, den Teufel an die Wand zu malen. Vielleicht ist sie ja nur …«

»Den Teufel an die Wand malen?« Ich war laut geworden. »Linda und Markus sind seit über drei Jahren verschwunden. Wer kann denn garantieren, dass wir sie überhaupt finden? Wer sagt mir, dass sie nicht längst tot sind? Wer sagt, dass Maria noch am Leben ist?«

»Lisa, ich …« Patrick verstummte.

»Wer?«, schrie ich und versuchte, meine Tränen zu unterdrücken.

Patrick schwieg. Eine ganze Weile. Nur das Rauschen in der Leitung war zu hören. Ich rang nach Luft, versuchte mich zu beruhigen. Ich hasste mich dafür, dass meine Augen feucht waren. Ich hasste mich für meine Schwäche. Ich musste stark bleiben. Jammern half Maria nicht.

»Lisa, es tut mir leid. Ich …«

»Nein, mir tut es leid, Patrick. Ich weiß, dass du nichts dafürkannst. Es ist nur, ich …«

»Ist schon gut. Du stehst unter Druck.«

»Ich hab Angst, Patrick.«

»Du brauchst Ablenkung.«

»Ich brauch Antworten.«

Stille.

»Lisa, wie wär's, wenn du heute Abend zu mir kommst? Natürlich nur, wenn es dir dann besser geht«, sagte Patrick nach einer Weile. »Einfach zum Tratschen und ich könnte ja auch etwas kochen.«

»Patrick, ich glaube nicht, dass …«

»Vielleicht deine Lieblingspasta? Der alten Zeiten wegen?«

»Ich weiß nicht.«

Ich wollte ja zusagen. Wollte reden. Wollte Antworten auf meine Fragen. Musste wissen, ob sie mit den Ermittlungen weitergekommen waren. Aber gleichzeitig fühlte ich mich Maria gegenüber schuldig. Wie konnte ich Pasta essen, wo ich doch keine Ahnung hatte, ob es Maria gut ging? Außerdem musste ich an Annas Warnung denken, mich von Patrick fernzuhalten. An ihren giftigen Blick. Ob sie davon wusste, dass Patrick mich gerade zu sich eingeladen hatte? Ob sie dabei sein würde? Ob ich gerade einen riesengroßen Fehler machte?

»Komm schon, Lisa, sag nicht Nein«, drängte Patrick.

Ich sagte nichts.

»Die Ablenkung wird dir guttun, Lisa.«

Ich seufzte. »Also gut. Wann soll ich kommen?«

18

Nachdem das Gasthaus Fichtner vor einigen Jahren zugesperrt hatte, war die Sportkantine des örtlichen Fußballvereins zum einzigen Lokal in Grundendorf geworden. Wie sich herausstellte, hatte die mangelnde Konkurrenz die Betreiber nicht gerade dazu animiert, dem Lokal auch nur einen Funken Charme oder Originalität zu verpassen. Geschweige denn, regelmäßig sauber zu machen. Es war ein trostloser Ort, an den mich normalerweise keine zehn Pferde gebracht hätten – aber nun war es meine größte Hoffnung, bei der Suche nach meiner Schwester weiterzukommen, denn hier hatte am vergangenen Samstag das Faschingsfest stattgefunden, zu dem Maria hatte gehen wollen.

Als ich gegen drei Uhr nachmittags eintrat, empfingen mich nichts als gähnende Leere, ein mit erdigen Fußabdrücken übersäter Fliesenboden und beißender Zigarettengestank. Nicht einmal eine Angestellte war zu sehen. Nur ein leises regelmäßiges Klopfen drang von irgendwo her zu mir durch.

»Hallo?«, fragte ich zögerlich. Es war nicht mehr als ein Flüstern aus mir herausgekommen.

Keine Antwort.

Ich setzte mich an einen Tisch, auf dem noch die Getränkereste meiner Vorgänger klebten. Der Aschenbecher quoll über mit Zigarettenstummeln, Salz- und Pfefferstreuer waren leer, Karte gab es keine. Ich ließ meinen Mantel an, weil ich fror. Ich rieb mir die Hände, hauchte sie an und rieb sie wieder. Meine Fingerknöchel knacksten, während ich sie ständig in Bewegung hielt, zu einer Faust formte und wieder öffnete. Ich sah mich um. Nahezu die gesamte Einrichtung der Kantine war in den Vereinsfarben des SV Grundendorf gehalten – Schwarz und Weiß. Keine Farben. Wie passend für diesen Ort. An den Wänden hingen unzählige Wimpel und Mannschaftsfotos aus den letzten Jahrzehnten. Ich betrachtete ein Bild hinter mir an der Wand näher, laut dem Datum in der rechten unteren Ecke stammte es aus dem Vorjahr. Bis auf Patrick erkannte ich niemanden darauf. Ein paar weitere Gesichter kamen mir höchstens bekannt vor. Besonders erfolgreich durfte der SV Grundendorf nicht gerade gewesen sein – ich konnte nur zwei einsame Pokale über der Bar entdecken, die kaum für einen ersten Platz vergeben worden sein konnten. Sie sahen eher wie Trostpreise aus.

Das regelmäßige Klopfen wurde lauter. Ich versuchte herauszufinden, woher es kam, und gelangte zu der Erkenntnis, dass es eigentlich nur aus der Toilette kommen konnte.

»Hallo?«, rief ich deutlich lauter als zuvor. »Ist hier jemand?«

Das Klopfen verstummte abrupt. Ein Krachen, irgendetwas fiel um. Dann ein leises Kichern und eine tiefe Männerstimme, die irgendetwas sagte. Ich konnte die Worte nicht verstehen. Wenige Augenblicke später öffnete sich die Toilettentür und eine Frau um die 40, die sich gerade ihre Bluse zurechtzupfte und ihr widerspenstiges dunkles Haar in Fasson brachte, kam heraus – offensichtlich die Kellnerin. Unmittelbar dahinter Alois Stumpf, der Bürgermeister, der damit beschäftigt war, seinen Hosenstall zu schließen. Ein Zipfel seines rot-weiß karierten Hemds lugte heraus. Sein Kopf war knallrot angelaufen, Schweiß stand ihm auf der Stirn.

Unwillkürlich musste ich an Eleonora Stumpf, seine Frau, denken.

Die beiden erstarrten, als sie mich sahen. Ihre Münder standen offen, ihre Augen weit aufgerissen. Ich konnte spüren, wie meine Wangen heiß wurden. Betreten sah ich auf die verdreckte Tischplatte und schob den leeren Salzstreuer zur Ablenkung vor mir hin und her.

»Hallo, Lisa«, begrüßte mich die Frau. »Ich hab dich gar nicht kommen gehört.« Eine Haarsträhne wollte einfach nicht hinterm Ohr bleiben und fiel ihr immer wieder ins Gesicht.

»Hallo«, antwortete ich so leise, dass die beiden mich vermutlich gar nicht gehört hatten. Ich fragte mich, warum die Frau meinen Namen kannte, und versuchte mich zu erinnern, wer sie war.

»Na, sieh einer an, die feine Dame aus Wien ist noch immer hier in unserem schönen Grundendorf.« Der Bürgermeister hatte sich rasch von seinem Schock gefangen, den Schweiß von seiner Stirn gewischt, den Hemdzipfel in der Hose verstaut und war zum Angriff übergegangen. Sein Doppelkinn schwabbelte dabei heftig. »Pass gut auf, dass du dir deine zarten manikürten Finger nicht dreckig machst bei uns.«

Was?

Die Kellnerin boxte ihn auf den Oberarm. »Geh, Alois, lass die Kleine doch in Ruh'!«

Doch der zog die Nase hoch und rechtfertigte sich mit einem einfachen: »Was denn? Stimmt doch«, und stichelte unbeirrt weiter: »Ihre Schwester hat uns ohnehin schon viel zu viel Scherereien bereitet.«

Dann nahm er seinen Mantel vom Kleiderständer, streifte ihn über und hatte alle Mühe, die Knöpfe um seine Wampe zuzubekommen. Geschafft! Er gab der Frau zum Abschied einen Klaps auf den Hintern. »Unsere kleine Besprechung können wir morgen weiterführen.« Er presste sich seinen mit einer Feder bestückten Hut auf den Kopf, stapfte mit wackelndem Doppelkinn zum Ausgang und hinterließ noch mehr Erdabdrücke auf den Fliesen. »Wiederschau'n die Damen.« Dann ließ er lautstark die Tür hinter sich zufallen.

Ich starrte fassungslos die Tür an.

»Mach dir nichts aus seinen Sticheleien, Lisa. Der hat nur so einen Stress mit der Polizei und den ganzen Reportern und so. Das musst du verstehen.«

Ich war nicht einmal wütend, war viel zu überwältigt dafür. Dieses Arschloch!

Aber so war er immer schon gewesen. Ich weiß noch, dass meine Mutter ihn auch nie hatte leiden können und ihn immer einen schmierigen Kotzbrocken genannt hatte, der seine Finger nicht unter Kontrolle hatte. Keine Ahnung, ob es ein grundlegendes Gefühl von ihr gewesen war oder ob es einen auslösenden Moment gegeben hatte, in dem Alois Stumpf ihr gegenüber zu weit gegangen war. Wahrscheinlich Letzteres.

»Was willst du denn trinken?«

Ich bemühte mich, den Frust von mir abzuschütteln und meine Wut auf diesen fetten Gockel zu verdrängen. »Haben Sie Tee?«

»Tee?« Sie hatte es ausgesprochen, als wäre es etwas Unanständiges. »Puh, da muss ich nachschauen.«

Sie verschwand hinter der Theke und öffnete unzählige Kästchen und Laden, stemmte die Hände in die Hüften und blies sich die widerspenstige Haarsträhne aus dem Gesicht. »Irgendwo muss doch noch«, murmelte sie vor sich hin und durchforstete weiter das Mobiliar. Nach einer knappen Minute stieß sie einen euphorischen Jubelschrei aus, klatschte in die Hände und hielt triumphierend einen Beutel in die Höhe. »Hagebutte, passt das?«

Ich nickte, mir war alles recht. Hauptsache heiß!

Nachdem sie sich eine Zigarette angezündet und ein paar gierige Züge gemacht hatte, fing sie an, mir mein Getränk zuzubereiten, und schaltete das Radio an. Ich hatte den Eindruck, als fühlte sie sich dazu verpflichtet, mir zumindest ein Minimum an Entertainment zu bieten. Aus den kleinen verstaubten Boxen über der Theke drang der Wetterbericht. Für das kommende Wochenende wurde ein deutlicher Temperatursturz vorhergesagt und heftiger Schneefall vor allem im Osten Österreichs. Das bedeutete nichts Gutes, denn östlicher als Grundendorf ging es kaum – trennte doch nur noch die March das Dorf von der angrenzenden Slowakei. Schlagermusik setzte ein:

Die Gefühle haben Schweigepflicht.
Was ich für dich fühle, zeig ich nicht
…

Der Sender war schlecht eingestellt, und immer wieder wurde das Gedudel von Rauschen unterbrochen. Die Kellnerin schien es nicht zu stören, sie summte fröhlich mit, während sie weiter mein Getränk zubereitete. Irgendwann knallte sie mir die Tasse auf den Tisch. Dabei krachte es so laut, dass ich Angst hatte, das Porzellan war in die Brüche gegangen.

»Danke.«

Sie blieb neben meinem Tisch stehen, der Rauch ihrer Zigarette umhüllte mich. Ich sah zu ihr auf.

»Du warst doch damals mit dem Patrick zusammen, richtig?« Sie zog an ihrem Glimmstängel.

»Ja, warum?«

»Wie hast du nur mit dem Schluss machen können?«

»Ich … was?«

»Also, ich würd den sicher nicht von der Bettkante stoßen.«

Ich wusste nicht, was ich darauf hätte antworten sollen.

»Ich glaub, in Grundendorf steht jede auf den.«

»Aha.«

Sie starrte mich an, machte einen tiefen Zug von ihrer Zigarette. Den Rauch behielt sie einfach in den Lungen. »Wie geht's eigentlich deinem Vater?«

»Geht so.«

»Früher ist der öfters hier gewesen, war ein fescher Kerl und immer gut drauf. Aber jetzt lässt der sich überhaupt nicht mehr im Dorf blicken.«

»Mh.« Verlegen nippte ich an meinem Tee und verbrannte mir die Oberlippe. »Kommt denn meine Schwester auch ab und zu hierher?«

»Selten.«

Ich wartete auf eine Fortsetzung. Der Rauch ihrer Zigarette stieg mir in die Augen. Sie begannen zu tränen.

»Das hier ist wohl nichts für junge Leute.«

»Und mit wem ist sie die paarmal hier gewesen?«

»Na, eh meistens mit der Natalie. Meine Güte, ist das nicht schlimm, was mit der passiert ist? Also ich kann mir beim besten Willen nicht vorstellen, welches kranke Arschloch dem armen Ding das angetan hat.« Sie dämpfte ihre Zigarette in dem überquellenden Aschenbecher auf meinem Tisch aus und machte sich eine neue an. »Wirklich schlimm ist das«, wiederholte sie mehr zu sich selbst. Wieder fiel ihr die Strähne ins Gesicht. »Wirklich schlimm.«

»Sonst ist niemand mit ihr hier gewesen?«

Sie stülpte die Unterlippe vor und schüttelte nachdenklich den Kopf. »Früher halt mit der Linda, wenn ich mich richtig erinnere. Mein Gott, die war so ein hübsches Ding, die Linda. Hat allen den Kopf verdreht, den Jungen und den Alten.«

»Was glauben Sie, was damals passiert ist?«

Sie zuckte mit den Schultern. »Was weiß ich, vielleicht hat's der Markus irgendwohin verschleppt. Der war ja nicht ganz richtig im Kopf, also, ich mein, weißt eh …«

Ich kannte die blöde Rederei über Markus, wollte mich aber nicht daran beteiligen. »Haben Sie am Samstag beim Faschingsfest auch hier gearbeitet?«

»Wieso sagst du eigentlich immer ›Sie‹ zu mir?«

Ich zuckte mit den Schultern. Wer zum Teufel war sie?

»Haben Sie?« Ich hatte mich entschieden, beim Sie zu bleiben.

»Ich bin immer hier.«

»Und Sie haben Maria an dem Abend nicht gesehen?«

Sie seufzte. »Lisa, am Samstag waren um die 200 Leute hier. Und bis auf ein paar Langweiler waren alle verkleidet. Du glaubst doch nicht wirklich …«

»Gibt's Fotos von dem Abend?«, unterbrach ich sie.

»Na sicher, die hab ich längst der Polizei gegeben.«

»Haben Sie Kopien?«

»Ich hab sie auf meinem Handy.«

Ich bekam große Augen. »Darf ich sie sehen?«

Sie seufzte wieder – dieses Mal genervt –, zückte ihr Handy, suchte nach den Fotos und streckte es mir entgegen. »Hier, nach rechts blättern.« Sie blieb mit verschränkten Armen neben mir stehen und blies sich immer und immer wieder die Haarsträhne aus dem Gesicht.

Meine Euphorie verflog rasch. Die Fotos waren alle ohne Blitz fotografiert worden und viel zu dunkel. Aber selbst wenn sie besser belichtet gewesen wären, hätte ich nur verschwommene Masken und alberne Verkleidungen gesehen. Nur auf wenigen war wirklich etwas zu erkennen: Auf einem trug irgendjemand einen schwarzen Kapuzenumhang und eine Maske aus »Scream«, dahinter war ein Clown mit knallroten Haaren zu sehen. Auf dem nächsten Bild streckten ein Mann als Frau verkleidet und ein Indianer ihre Bierflaschen in die Kamera. Auf zwei weiteren Fotos knutschten eine Krankenschwester und ein Priester miteinander. Alle anderen Bilder waren nicht zu gebrauchen – keine Chance, Maria oder auch nur irgendjemand anderen darauf zu erkennen. Enttäuscht gab ich ihr das Handy zurück. Sie verschwand damit wortlos hinter dem Tresen und begann wie wild darauf herumzutippen. Sie sah konzentriert aus, ihre Augen wurden groß. Ihre brennende Zigarette hatte sie in meinem Aschenbecher zurückgelassen. Ich dämpfte sie aus.

Im Radio regierte immer noch der deutsche Schlager. Eine weibliche Piepsstimme trällerte aus den Boxen:

Komm wir drehen die Zeit zurück
Nur für einen Augenblick
…

Ich nippte weiter an meinem Tee und grübelte. Plötzlich fielen mir die Worte des Bürgermeisters ein. Was hatte er mit »Ihre Schwester hat uns ohnehin schon viel zu viel Scherereien bereitet« gemeint? Wollte er mich damit nur provozieren oder steckte mehr dahinter?

»Darf ich Sie noch etwas fragen?«, rief ich der Kellnerin zu.

»Mh?« Sie blickte nicht von ihrem Handy auf.

»Was hat der Bürgermeister vorhin gemeint?«

»Womit?«, fragte sie nach ein paar Sekunden – abwesend und auf ihr Telefon konzentriert.

»Welche Scherereien soll Maria dem Bürgermeister bereitet haben?«

»Gleich.« Sie streckte die Zungenspitze raus, ihr Gesicht zuckte wild, ihr Oberkörper wanderte nach links und dann nach rechts. »Verdammt!« Sie knallte das Handy auf den Tresen. »Nie schaff ich die 5.000 Punkte.«

Ich sah sie fragend an. Sie sah mich fragend an. Ich half ihr auf die Sprünge.

»Der Bürgermeister hat gesagt, dass Maria ihm Scherereien bereitet hat.«

»Ja und?«

»Womit?«

»Womit? Na, mit dieser verdammten Homepage natürlich. Mit der sind sie ja jedem hier im Ort auf die Nerven gegangen.«

19

Zurück zu Hause in meinem Bett klickte ich mich auf meinem Notebook durch die Website, die meine Schwester gemeinsam mit Natalie betrieb – sie hieß www.wo-sind-linda-und-markus.at. Darauf zu finden waren unzählige Bilder von Linda und ein paar wenige von Markus. Es war offensichtlich, für wen Maria und Natalie den ganzen Aufwand betrieben. Außerdem eine vage Rekonstruktion der letzten Tage und Stunden vor ihrem Verschwinden, eingescannte Zeitungsartikel, Fotos (die meisten davon verschwommen, unterbelichtet oder unbrauchbar, weil sie ausschließlich maskierte Personen zeigten) und eine Anwesenheitsliste des Faschingsfestes (soweit sie ihnen bekannt war) und ein Video-Appell an eventuelle Entführer, den beiden nichts anzutun und sie freizulassen. Außerdem noch eine Sektion »News«, in der die letzten Einträge ausschließlich damit zu tun hatten, dass Alois Stumpf und der Gemeinderat angeblich alles dafür taten, das Verschwinden der beiden Jugendlichen zu verharmlosen und den Fall in Vergessenheit geraten zu lassen. Grundendorfs Ansehen war für sie, so behaupteten Maria und Natalie, wichtiger als die Aufklärung des Verbrechens.

Ich hatte keine Ahnung gehabt, wie verbissen meine Schwester hinter der Aufklärung von Lindas spurlosem Verschwinden her war. Ich glaube, der Mensch hat die Angewohnheit zu denken, dass schlimme Dinge nicht passieren, wenn er sie so weit wie möglich von sich weghält und ignoriert. Seit ich nach Wien gezogen war, verhalf mir die Distanz zu meiner Schwester, zu glauben, dass es ihr gut ging und alles in Ordnung war. Wie töricht von mir!

Ich vergaß völlig die Zeit, las sämtliche Einträge und klickte mich durch die umfangreiche Fotosammlung. Zwei Passfotos von Linda, ein paar gemeinsam mit ihren Eltern und ihrer Schwester Anna, unzählige zusammen mit Maria, Natalie und anderen Mädchen – beim Sport, beim Feiern, im Schwimmbad oder nur zu Hause in ihren Zimmern. Außerdem das Klassenfoto von Marias Kommode. Wieder betrachtete ich es eine ganze Weile, wieder dieselben quälenden Fragen, die ich einfach nicht mehr aus meinem Kopf bekam: Was ging bloß in Grundendorf vor? Und hatte Alois Stumpf etwas mit der Sache zu tun? Konnte er wirklich dazu fähig sein, vier Menschen zu entführen und eine junge Frau zu ermorden? Nur, um wieder seine Ruhe zu haben? Und hatte ihm vielleicht jemand dabei geholfen? Und wenn es der Bürgermeister nicht war, wer konnte es dann gewesen sein?

Draußen war es dunkel geworden und heftiger Wind aufgekommen. Sein Pfeifen drang zu mir in mein Zimmer. Obwohl ich in meinem Bett saß und mir die Decke hoch bis über die Brust gezogen hatte, fror ich. Die Nachtkästchenlampe war an, trotzdem war mein Zimmer voller Schatten. Ich hatte das Gefühl, dass sie in ständiger Bewegung waren, jedoch blitzartig stillstanden, sobald ich in ihre Richtung sah. Das Notebook auf meinen Oberschenkeln begann leise zu surren, das grelle Licht des Displays brannte in meinen Augen. Ich rieb sie mir, bis sie zu tränen begannen.

Es war so deprimierend: Anstatt Antworten zu bekommen, taten sich mir immer mehr Fragen auf. Ich kam überhaupt nicht weiter. Oder spielte die Website vielleicht doch eine wichtige Rolle bei Marias Verschwinden?

Lange war ich standhaft geblieben, doch auf einmal hielt ich es nicht mehr aus. Und obwohl ich mir fest vorgenommen hatte, es nicht zu tun, rief ich schließlich doch eine Nachrichtenseite auf. »MORD IN GRUNDENDORF!«, sprang mir dick und schwarz entgegen. Ich schloss das Browserfenster sofort und klappte mein Notebook zu, als könnte ich so die bösen Geister daran hindern, zu mir nach draußen zu kriechen.

Genau in diesem Moment hörte ich die Türglocke aus dem Erdgeschoss. Ich wollte gerade aus dem Bett und nach unten laufen, als ich hörte, dass mein Vater die Tür öffnete. Komisch, ich hatte ihn gar nicht ins Haus kommen gehört. Ich lauschte. Ein paar Sekunden verstrichen.

»Lisa?«, rief mein Vater schließlich von unten.

»Ja?«

»Da ist ein Polizist, der dich sprechen will.«

20

Ich hatte den Tag, an dem ich Patrick verließ, lange geplant. Und trotzdem lief alles ganz anders, als ich erwartet hatte. Auf einen Schmerz kann man sich zwar vorbereiten, doch er verliert dadurch nichts von seiner Wirkung.

Schon viele Wochen zuvor hatte ich damit begonnen, mich in Wien um eine Wohnung umzusehen. Leichter gesagt als getan, denn es war unheimlich schwierig gewesen, etwas Leistbares zu finden, das auch nur annähernd meinen minimalen Vorstellungen entsprach. In den Kleinanzeigen war geschummelt und gelogen worden, was das Zeug hielt. Eine Wohnung in ruhiger Lage war neben einer Autobahnauffahrt gelegen, eine liebevoll möblierte Wohnung hatte sich als Bruchbude herausgestellt, deren Einrichtung höchstens noch als Filmrequisite für einen Weltuntergangsfilm hätte dienen können. Einmal hatte ich mich auf das vielversprechende Inserat einer Studenten-WG gemeldet und einen Besichtigungstermin vereinbart. Empfangen hatte mich dann ein etwa 50-Jähriger im Bademantel, der nach Alkohol gestunken und mir erklärt hatte, dass er gerne Frauen studierte. Als er mir das Badezimmer gezeigt und mir zu verstehen gegeben hatte, dass es nur über sein Schlafzimmer zugänglich war, hatte ich die Flucht ergriffen. Ich bin mir bis heute nicht sicher, ob ich mir die Erektion, die ich im Augenwinkel geglaubt hatte zu sehen, nur eingebildet hatte.

Immer mehr Wochen waren verstrichen, ohne Ergebnis. Es war eine unheimliche Herausforderung gewesen, die Wohnungsbesichtigungen, die unzähligen Telefonate und E-Mails, die zahlreichen Rückschläge, die Anspannung, die wachsende Ungeduld und meine Heulanfälle vor Patrick zu verheimlichen.

Doch irgendwann war es dann so weit gewesen und ich hatte ein neues Zuhause gefunden. Aber der Stress hatte nicht nachgelassen, denn die Handwerker und die Transportunternehmen schienen prinzipiell nicht besonders viel von Terminen, Preis- und anderen Absprachen zu halten. Ich war eine junge, alleinstehende Frau gewesen, die bis dahin zu Hause gewohnt und keine Ahnung von solchen Dingen gehabt hatte – ein gefundenes Fressen also.

»Du kannst doch nicht schon wieder länger arbeiten müssen«, war Patrick verwundert gewesen. »Du solltest ernsthaft überlegen, dir einen neuen Job zu suchen. Diese Überstunden machen dich völlig fertig.«

Ja, ich war tatsächlich völlig fertig gewesen. Nur war es nicht mein Job als Angestellte einer Kleinbank gewesen, wie ich Patrick glauben ließ – es war mein Leben in Grundendorf gewesen und alles, was damit zusammengehangen hatte: das Haus, das seit dem Tod meiner Mutter jegliches Leben verloren hatte. Mein Vater, der auf einmal ein anderer Mensch geworden war, der geschwiegen, sich in seiner Werkstatt verkrochen und zu dem ich keinen Zugang mehr gefunden hatte. Meine Schwester, die so sehr unter dem Tod unserer Mutter und dem Verschwinden ihrer besten Freundin Linda gelitten hatte, dass sie sich völlig verändert hatte – so sehr, dass ich keinen Draht mehr zu ihr gefunden hatte. Es waren all die anderen Menschen in Grundendorf gewesen – engstirnige und ignorante Männer, die sich gegen jede Veränderung sträubten, und antriebslose und sich unterordnende Frauen, die ihren Männern aufs Wort gehorchten und ihr Leben in deren raue Hände legten. Es waren diese endlosen, hügellosen und monotonen Ackerlandschaften gewesen, die jegliche Kreativität und jeden Veränderungswunsch in mir im Keim zu ersticken drohten. Ich hatte es zu Hause nicht mehr ausgehalten, hatte das Gefühl gehabt, keine Luft mehr zu bekommen. Zu Patrick zu ziehen, hätte nicht gereicht. Das wäre nicht weit genug entfernt gewesen und hätte den Druck um meinen Brustkorb nicht verringert. Außerdem hatte er in letzter Zeit immer öfters davon gesprochen, wie gerne er eigene Kinder hätte und dass es doch langsam Zeit für uns werden würde zu heiraten. Jeden Tag hatte ich mich mehr davor gefürchtet, dass er vor mir auf die Knie fallen und mir einen Antrag machen würde. Nein, ich hatte weiter weg müssen – weg aus Grundendorf, weg aus dem Marchfeld und weg von alldem, was mir die Luft zum Atmen nahm. Auch von Patrick.

An jenem frühen Morgen im Juli, als ich Patrick verließ, strahlte die Sonne durch das geöffnete Fenster. Keine Wolke war am Himmel zu sehen, nicht die leichteste Brise wehte, der zur Seite geschobene Vorhang hing absolut still. Von draußen drangen das hektische Gezwitscher der Vögel und das rhythmische Zischen einer überdimensionalen Bewässerungsanlage zu uns ans Bett. Auf dem Acker hinterm Haus zog ein Bauer seine Kreise mit dem Traktor. Das Motorengeräusch kam langsam näher, entfernte sich, um anschließend abermals näher zu kommen. Es duftete nach Sommer, was in Grundendorf dem Geruch von Stroh und feiner, staubtrockener Ackererde, die durch die Luft schwebte, gleichkam. Es hätte ein schöner Tag werden können, wenn … tja, wenn!

Ich hatte die ganze Nacht über keine Sekunde geschlafen. Hatte stundenlang Patricks leisem Schnarchen gelauscht und darauf gewartet, dass er endlich aufwachte und sich von hinten an mich kuschelte – so, wie er es immer getan hatte. Eigentlich hatte ich ihm schon am Vorabend von meinem Auszug erzählen und ihm alles erklären wollen. Aber als er dann vor mir gestanden hatte, mit seinem treuherzigen Blick, den unschuldigen Augen und seiner kindlichen Freude über den Ausgang eines Fußballspiels im Fernsehen, hatte ich es nicht übers Herz gebracht. Aber nun durfte es keinen weiteren Aufschub mehr geben, kein Weglaufen. Sobald Patrick aufwachte, musste es geschehen.

Die Minuten schienen sich in alle Ewigkeit zu dehnen. Doch dann war es endlich so weit: ein herzhaftes Gähnen. Ein Schmatzen. Die Zehen, die unter der Decke hervorlugten, als er die Glieder von sich streckte. Sein Arm, der nach mir griff, um mich an sich zu ziehen. Das vertraute Gefühl seiner nackten Haut auf meiner. Das Heben und Senken seines Brustkorbs. Die Wärme. Ein weiteres Gähnen. Das Kratzen in seiner Stimme, als er mir einen guten Morgen wünschte.

Ich fühlte mich gefangen in seiner Umarmung, schaffte es kaum zu atmen. Panik hatte sich um meinen Hals geschlossen. Eine kalte Schweißschicht überzog meine Haut.

»Was ist los mit dir?«

Mir standen die Tränen in den Augen. Mein ganzer Körper zitterte, meine Lippen bewegten sich, aber es wollten keine Worte meinen Mund verlassen. Krampfhaft sog ich nach Luft.

»Lisa, was ist los?« Der Schlaf war aus seiner Stimme verschwunden. Patrick war plötzlich hellwach.

Kein Weglaufen mehr! Ich durfte nicht länger warten, musste es hinter mich bringen! Jetzt!

Ich nahm all meinen Mut zusammen, löste mich aus seiner Umklammerung, drehte mich zu ihm um. Ich sah ihn nur an, spürte, wie mein Gesicht zuckte und die Tränen über meine Wangen liefen. Aber ich brachte kein Wort heraus.

»Lisa!« Patrick wischte meine Wangen trocken. Auch in seinen Augen standen Tränen, eine löste sich. Dann noch eine und noch eine. Seine Wangen zuckten. Sein Gesicht eine schmerzverzerrte Grimasse.

»Lisa, bitte, was …«

»Patrick, ich … wir … ich …«

»Bitte nicht!«

Sein Anblick zerriss mir das Herz.

»Lisa, bitte, tu mir das nicht an.«

»Patrick …«

»Lisa …«

In all den Jahren, in denen wir zusammen gewesen waren, hatten Patrick und ich keinen wortärmeren Dialog geführt. Doch es bedurfte nicht mehr Worte. Was unsere nassen Augen, unsere gequälten Grimassen und unsere rasenden Herzen sagten, zählte. Ich hatte mich auf ein Streitgespräch eingestellt. Hatte Vorwürfe erwartet. Zorn und Verzweiflung. Doch nichts von alledem – und das schmerzte noch viel mehr.

Patrick hatte verstanden.

Er hatte längst verstanden gehabt.

Und er hatte meine Entscheidung akzeptiert.

Wir fielen uns in die Arme. Hielten einander so fest, wie wir es nie zuvor getan hatten. Ich konnte seinen warmen muffigen Atem in meinem Nacken spüren, seinen Pulsschlag, roch seinen Duft, tastete die Knochen und Muskeln unter seiner Haut. Keine Ahnung mehr, wie lange wir so verharrten. Vielleicht waren es ein paar Minuten, es könnten aber auch Stunden gewesen sein. Keiner von uns beiden sagte mehr ein Wort. Das war nicht nötig.

Ein kurzer Windhauch ließ die Vorhänge tanzen. Draußen zwitscherten die Vögel spöttisch, der Bauer drehte weiter einsam seine Runden auf dem Feld, und die Sonne stieg rasch höher und heizte die Luft auf. Irgendwann schnaufte Patrick tief durch, löste sich aus meiner Umarmung, wischte sich die Augen trocken und kroch aus dem Bett. Wortlos, mit hochrotem Kopf und hängenden Schultern. Er verschwand in der Dusche, leerte einen doppelten Espresso hinunter, zog seine Polizeiuniform über und fuhr nach Obermarch, um seinen Dienst anzutreten. Ich blieb alleine zurück, starrte vor mich hin ins Leere und ließ mir immer wieder Patricks letzte Worte durch den Kopf gehen, die er an mich gerichtet hatte, bevor er das Haus verlassen hatte: »Lisa, ich weiß, dass ich dich jetzt nicht zurückhalten kann. Ich verstehe, dass du Zeit brauchst. Und Abstand. Aber glaube mir, ich werde alles tun, damit du wieder zu mir zurückkommst. Alles.«

Für den Bruchteil einer Sekunde schossen mir Patricks Worte von damals durch den Kopf, als ich ihn vor der Haustür auf mich warten sah. Mein Vater hatte ihn nicht hereingebeten und ihn, als er mich gerufen hatte, einen Polizisten genannt. Und das, obwohl wir über fünf Jahre zusammen gewesen waren. Keine Ahnung, ob er Patrick wirklich nicht wiedererkannt, seinen Namen vergessen oder keine Lust gehabt hatte, ihn so zu nennen.

»Ich komm gerade vom Dienst und ich … ich hab mir gedacht, ich hol dich gleich ab. Ich meine, natürlich nur, wenn du schon fertig bist«, stammelte Patrick.

Ich hatte seine Essenseinladung völlig vergessen.

21

Zwei Stunden später ließ ich mich mehr als satt in Patricks Wohnzimmer auf die weiße Ledercouch fallen. In meinem Magen rumorte es, ich hatte ordentlich zugelangt. Patrick hatte es immer noch drauf – er machte die beste Pasta, die man sich nur vorstellen konnte. Er erklärte dies vor allem mit den sonnengetrockneten

Tomaten, die er mindestens eine Woche vor deren Verarbeitung in eine spezielle Soße einlegte, deren Rezeptur er streng geheim hielt. Da half kein Bitten und Betteln – er blieb stumm, was die Zutaten betraf.

Mein Magen gab ein beängstigendes Glucksen von sich, das selbst Patrick in der Küche gehört hatte.

»Wie ich höre, hat's dir geschmeckt!«, rief er zufrieden.

Ich stöhnte zur Antwort und massierte kreisförmig meinen Bauch. Dabei betrachtete ich die Couch näher und wunderte mich, dass sie immer noch wie neu aussah. Wehmut stieg in mir hoch und Erinnerungen keimten in mir auf. Es war einige Jahre her gewesen, als wir sie gemeinsam an einem Samstagvormittag in einem völlig überfüllten Wiener Möbelhaus ausgesucht und in unserem viel zu kleinen Auto mit offen stehendem Kofferraum zu Patrick nach Hause transportiert hatten. Es war damals ebenfalls Winter gewesen, die Straßen glatt, und im Wagen hatte es wie verrückt gezogen. Als wir endlich in Grundendorf angekommen waren, war ich komplett durchgefroren und mein Nacken steif gewesen. Aber glücklich, denn die Couch war unser erstes gemeinsames Möbelstück gewesen. Wir beide hatten damals mit dem Gedanken gespielt, dass ich zu Patrick ziehe.

Patrick steckte den Kopf aus der Küche und riss mich aus meinen Gedanken. »Ich bin gleich bei dir.«

»Ja, ja.«

»Nachspeise gefällig?«

»Bloß nicht!« Schon beim Gedanken daran, auch nur einen einzigen weiteren Bissen hinunterschlucken zu müssen, wurde mir übel.

Patrick lachte, und sein Kopf verschwand in der Küche. Er verstaute die schmutzigen Teller im Geschirrspüler, wischte die Arbeitsfläche sauber und brachte die Küche so weit auf Vordermann, dass er beruhigt den Abend genießen konnte. Ich ließ ihn machen, denn ich wusste, dass es zwecklos gewesen wäre, ihm meine Hilfe anzubieten. So war er nämlich immer schon gewesen: penibel, sauberkeitsfanatisch und ein Perfektionist, was den Haushalt betraf. Anfangs noch Anlass für Verständnislosigkeit und teils heftige Diskussionen, hatte sich Patricks Macke bald zum Vorteil für mich entwickelt, denn mir war das Putzen erspart geblieben. Da ich es ihm ohnehin niemals hatte recht machen können und in seinen Augen prinzipiell alles falsch gemacht hatte, hatten Patrick und ich den Entschluss getroffen, dass ausschließlich er für den Haushalt zuständig war. Für Patrick eine prima Lösung und für mich erst recht.

»Wie geht's eigentlich mit deiner Galerie?«, rief er angestrengt aus der Küche, und ich konnte mir vorstellen, wie er gerade den Herd schrubbte. Er sah gut aus in seinem weißen T-Shirt mit V-Ausschnitt und seinen Bluejeans.

»Ganz okay«, log ich.

»Deine Bilder sind der Hammer!«

Ich konnte spüren, wie meine Wangen heiß wurden.

»Ich hab damals den Bericht über dich gelesen. Alle Achtung, was du da auf die Beine gestellt hast.«

»Ach was …«, antwortete ich und versuchte es mit einer Handbewegung abzutun.

Der Bericht, den Patrick angesprochen hatte, war zur Zeit meines äußerst kurzen künstlerischen Höhepunkts erschienen. Ich hatte erst zu malen begonnen, als ich nach Wien gezogen war. Eigentlich aus Langeweile, schnell wurde mir aber von allen Seiten mein besonderes Talent und mein unvergleichbarer Stil attestiert. Die ersten Abnehmer hatten sich schnell gefunden, und es waren rasch immer mehr geworden. Eine blutjunge Kunst- und Kulturjournalistin eines Wirtschaftswochenmagazins war auf mich aufmerksam geworden und hatte einen zweiseitigen Bericht über mich gebracht, wobei ihr Hauptaugenmerk auf meinen kleinunternehmerischen Grundsätzen gelegen hatte. Solche hatte ich bis zu diesem Zeitpunkt nicht gehabt und daher aus dem Stehgreif irgendetwas dahergeschwafelt. Die Journalistin hatte die Stirn gerunzelt und mir daraufhin mitgeteilt, was sie zu schreiben gedachte. Mir war es recht gewesen, und ich hatte ihr meinen Segen gegeben. Der Artikel war schlecht geschrieben gewesen, und das Foto von mir so stark bearbeitet worden, dass ich mich darauf kaum wiedererkannt hatte. Nichtsdestotrotz hatte der Artikel gereicht, um eine große Wiener Anwaltskanzlei namens KOVACIC & FINK auf mich aufmerksam zu machen, die mir auf einen Schlag 25 Bilder für ihre frisch renovierten Büroräume abgekauft hatte. Dr. Rudolf Kovacic war ein schmieriger Angeber gewesen, den ich nicht ausstehen hatte können – doch sein Geld war mir gelegen gekommen, denn damit hatte ich mir meine Galerie gekauft. Alles war perfekt gewesen. So lange, bis Tom in mein Leben gekommen war.

Patrick war fertig. Die Küche glänzte garantiert, was das Zeug hielt.

»Gib mir nur noch eine Minute, dann bin ich bei dir«, sagte er und verschwand im Badezimmer.

Ich gab ihm die Minute. Aber wenn er zurückkam, musste er endlich mit Informationen herausrücken. Er hatte es mir versprochen. Natalies Ermordung und das unerklärliche Verschwinden meiner Schwester baumelten den ganzen Abend wie rostige, blutverschmierte Klingen über uns. Die Ungewissheit brachte mich noch um den Verstand. Patrick hatte jedoch darauf bestanden, zumindest während des Kochens und Essens nicht darüber zu sprechen. Das Einzige, das ich bisher aus ihm hatte herausquetschen können, war die Information, dass Steiner anscheinend kein Alibi für die letzte Nacht gehabt hatte, als Frau Graf angegriffen worden war. Alles andere wäre auch komisch gewesen, denn wer hat schon ein Alibi für die frühen Morgenstunden? Zu dieser Zeit schläft man. Und der alleinstehende Steiner hatte angegeben, so wie jede Nacht alleine geschlafen zu haben. Er konnte also derjenige gewesen sein, der Frau Graf attackiert hatte. Aber genauso gut hätte es auch jeder andere aus Grundendorf gewesen sein können. Und solange die Polizei keine stichhaltigen Beweise hatte, galt für Steiner die Unschuldsvermutung.

Aus den Boxen der Stereoanlage drang Xavier Naidoos traurige Stimme:

Und ich wollte noch Abschied nehmen
das werd ich mir nie vergeben
…

Patrick hatte eine seiner alten Kuschelrock-CDs aufgelegt, und ich hatte bisher einfach nicht die richtigen

Worte gefunden, ihm zu sagen, dass ich das äußerst unpassend fand.

Mein Magen gab erneut ein kräftiges Knurren von sich, gerade in dem Moment, in dem Patrick aus dem Bad kam.

»Ich hab's also noch drauf?« Er grinste. Sein weißes T-Shirt hatte einen kleinen Sugo-Spritzer abbekommen.

Ich nickte. »Hast du.«

Er nahm sein halb volles Glas Bier vom Esstisch und setzte sich neben mich. Eine Spur zu nahe. Ich konnte riechen, dass er Parfüm nachgelegt hatte. Derselbe Duft, den er schon verwendet hatte, als wir noch zusammen gewesen waren. Mein Unbehagen wuchs. Ich rutschte von ihm weg, so unauffällig wie möglich, Millimeter für Millimeter und fragte mich, was wohl seine Freundin Anna zu diesem Schauspiel gesagt hätte. Ich sah ihren stechenden Blick vor meinem inneren Auge. Konnte ihre mahnenden Worte im Geiste hören: »Ich lasse mir Patrick nicht wegnehmen. Nicht von dir und auch von niemandem sonst!« Es hätte mich so sehr interessiert, ob sie von unserem Treffen wusste, doch ich fand nicht den Mut, Patrick zu fragen.

Stille zwischen uns.

Xavier Naidoo hatte fertig getrauert. Irgendein Ex-Spice-Girl folgte ihm. Ich hielt ihre kreischende Stimme nicht aus, sprang auf und schaltete die Stereoanlage aus. Meine Geduld war erschöpft.

Patrick sah mich verdutzt an. »Alles in Ordnung mit dir?«

»Patrick, ich will jetzt endlich Antworten.«

»Aber …«

»Du hast gesagt nach dem Essen.«

»Aber du weißt doch, das sind polizeiliche …«

»Komm mir nicht damit!«

»Lisa, bitte beruhige dich.«

»Ich bin ruhig. Ich will, dass du mir sagst, was ihr bisher herausgefunden habt.«

»Lisa …«

»Wo ist Maria?«

»Das wissen wir nicht.«

»Warum ist sie verschwunden?«

Er starrte mich einfach nur an.

»Warum?«, schrie ich. Ich hatte all meine Wut und Verzweiflung in dieses Wort gepackt.

»Lisa, wir haben leider keine Ahnung.«

»Was wisst ihr dann überhaupt?«

Patrick blieb stumm. Betrachtete betreten sein Glas Bier und trank es leer. Nach einer Weile griff er meine Hand. »Versuch dir nicht so große Sorgen zu machen. Wir werden Maria …«

»Versprich nichts, was du nicht halten kannst.« Ich entzog ihm meine Hand.

»Ich glaub aber fest daran. Wir werden sie finden.«

Ich rieb mir mit beiden Händen das Gesicht.

»Vertrau mir«, sagte Patrick und strich mir über den Rücken.

»Ich soll dir vertrauen?«

»Ja.«

»Dann rede mit mir!«

»Das tue ich doch.«

»Okay, dann sag mir, was ihr über Natalies Ermordung herausgefunden habt.«

»Lisa, das …«

Ich hielt Patricks Herumgetue nicht länger aus, wollte aufstehen. Doch er hielt mich zurück.

»Warte«, sagte er und seufzte. »Ist ja gut.«

Ich blieb sitzen. Wartete.

»Du weißt, dass ich überhaupt nicht mit dir darüber sprechen darf.«

»Und du weißt, dass du mir vertrauen kannst.«

Mein Satz blieb wie Gift zwischen uns hängen. Schuldgefühle überfielen mich.

Patrick schluckte. »Aber du musst mir versprechen, wirklich niemandem etwas davon zu sagen. Das sind streng geheime Informationen. Wenn die Medien Wind davon bekommen, dann …«

»Ja doch«, schnitt ich ihm das Wort ab. Seine Geheimnistuerei nervte.

»Also gut.« Er seufzte. Holte tief Luft. »Natalie wurde nicht im Wald umgebracht, wo wir sie gefunden haben.«

Das hatte ich mir bereits gedacht. Ich sagte nichts. Wartete, dass Patrick fortfuhr.

»Sie hatte Spuren an ihren Handgelenken und an den Knöcheln, die unter anderem darauf hindeuten, dass sie zu dem Fundort getragen worden ist.«

»Unter anderem? Worauf deuten sie noch hin?«

»Nun ja.« Er rieb sich das Gesicht. »Lisa, das ist jetzt wirklich topsecret. Davon weiß niemand etwas außerhalb der Polizei.«

»Ja doch.«

»Wir gehen deshalb auch von mindestens zwei Tätern aus.«

Es war wie ein Schlag ins Gesicht. Ich saß da, mit offenem Mund, starrte ins Leere und ließ diese Information auf mich einwirken. Rasch begriff ich – das bedeutete Schlimmes: nicht eine Bestie. Nein, es gab also mindestens zwei Bestien, die in Grundendorf ihr Unwesen trieben. Zwei Mörder.

»Alles okay, Lisa?«

»Ja.«

»Du siehst blass aus.«

»Mir geht's gut.«

»Möchtest du ein Glas Wasser?«

»Nein, es geht schon.«

In Gedanken ging ich alle Möglichkeiten durch – wer konnten die Mörder sein? Waren es zwei Täter oder vielleicht sogar drei oder noch mehr? Und waren die anderen Vermissten noch am Leben?

»Woran ist Natalie gestorben?«, fragte ich irgendwann.

»An einem Schlag auf ihren Hinterkopf. Mit einem stumpfen Gegenstand, wir wissen noch nicht, womit.«

»Und die ganzen anderen Verletzungen? Was ist mit dem Ast, der … der zwischen ihren Beinen? Ist sie vergewaltigt worden?«

»Nein.«

»Gequält?«

»Na ja, das ist das, woraus wir nicht ganz schlau werden.«

»Was meinst du?«

»Natalie ist schon tot gewesen, als ihr die Verletzungen zugefügt worden sind.«

22

Die eiskalte Nachtluft stach in meinen Lungen und schmerzte in meinem Gesicht. Ein grausiger Wind blies mir um die Ohren und ließ die Straßenlaternen schwanken. Ihr spärliches Licht zuckte wild über den gefrorenen Asphalt der Straße. Kein Mond, keine Sterne – nur endloses Schwarz über mir. Kaum noch ein Haus, in dem Licht an war. Grundendorf wirkte wie ein Geisterdorf. Und dennoch hatte ich das Gefühl, nicht alleine da draußen zu sein. Ein grauenvolles Unbehagen war meinen Nacken hochgekrochen, seit ich Patricks Haus verlassen hatte. Warum war ich nur so dumm gewesen und hatte mich so strikt gegen sein Angebot, mich nach Hause zu bringen, gewehrt?

»Ich begleite dich heim.«

»Nein, ich geh alleine.«

»Du kannst doch jetzt nicht im Dunkeln zu Fuß heimgehen!«, hatte er mich bedrängt. »Lisa, wer weiß, wer da draußen herumläuft?«

Doch ich war stur geblieben und hatte drauf bestanden. Ich hatte Patrick nicht länger in meiner Nähe haben wollen. Hatte dringend Zeit für mich gebraucht. Zeit zum Nachdenken. Ich musste begreifen, was Patrick mir da erzählt hatte – wieso nur war Natalies Leiche nachträglich geschändet worden? Der Gedanke daran verstörte mich völlig.

»Lisa, mir ist gar nicht wohl bei der Sache«, hatte Patrick noch gesagt. »Lass mich doch zumindest …«

Dann war ich mit einem leer klingenden »Danke für den netten Abend« durch die Tür geschlüpft und hatte noch lange seinen bohrenden Blick in meinem Nacken gespürt.

Nun verfluchte ich mich für meine Dummheit und wünschte mir aus ganzem Herzen, dass er an meiner Seite war. Die Dunkelheit ließ Panik in mir hochsteigen. Überall um mich herum diese verfluchten Schatten.

Ein leises Knarren hinter mir.

Ich wirbelte erschrocken herum.

Nichts.

Ich blinzelte, spähte in die Dunkelheit, versuchte, etwas zu erkennen. Hielt die Luft an. Keine Menschenseele war zu sehen. Nichts, bis auf zuckende Schatten und vom Wind gepeitschte Baumwipfel. Und dennoch hatte ich das Gefühl, dass da eine Bestie lauerte, mich beobachtete und auf den richtigen Zeitpunkt wartete, um sich auf mich zu stürzen.

Sollte ich zurück zu Patrick laufen? Nein, bloß nicht!

Ich musste mich zusammenreißen. Versuchte, ruhig zu bleiben, mein wild pochendes Herz zu ignorieren, die Angst zu verdrängen. Ich wollte nach Hause, so schnell wie möglich. Ich ging weiter, beschleunigte meine Schritte. Nach ein paar Metern fing ich zu laufen an.

Auf einmal eine Eisplatte.

Ich rutschte. Geriet ins Wanken. Ruderte mit den Armen. Konnte mich gerade noch auf den Beinen halten. Geschafft. Keuchend stand ich da. Die Hände gegen meine Oberschenkel gestemmt, versuchte ich, meine Angst in den Griff zu bekommen. Es war ja lächerlich, wie ich mich aufführte.

Eine besonders starke Windböe fegte über mich hinweg.

Die letzten Meter zum Haus ermahnte ich mich, nicht zu laufen. Ich ging schnell, sehr schnell, kramte schon währenddessen in meiner Tasche nach dem Schlüssel.

Reiß dich zusammen, Lisa!

Vor der Haustür überfiel mich eine Welle der Erleichterung. Ich konnte es kaum erwarten, endlich ins Warme zu treten und mich ins Bett fallen zu lassen. Vielleicht noch eine heiße Dusche davor.

Die Geräusche hinter mir waren zu leise, als dass sie zu mir durchdrangen. Ich führte gerade den Schlüssel zum Schloss, als ich auf einmal das Knirschen eines Kieselsteins hinter mir hörte. Ich fuhr erschrocken herum. Wollte schreien, die Hände hochreißen. Doch da stürzte sich die dunkle Gestalt bereits auf mich.

23

»Hilf…« Mein Schrei verstummte.

Der dunkle Angreifer stieß mit voller Wucht gegen meinen Brustkorb. Raubte mir mit einem Stoß alle Luft zum Atmen. Ich stolperte nach hinten. Ruderte mit den Armen. Versuchte, mich zu fangen, fand keinen Halt. Krachte mit dem Hinterkopf gegen die Hauswand. Schmerz schoss durch meinen Schädel.

Der Angreifer kam mir nach. Ich schlug um mich. Erwischte ihn im Gesicht. Doch das schien ihm nichts auszumachen. Er packte mich an den Haaren, zerrte mich hoch. Stieß meinen Kopf gegen die Mauer. Und noch einmal. Keine Chance, mich zu wehren. Alles ging viel zu schnell.

»Hilfe!« Es war mehr ein Flüstern als ein Schrei.

Ein Schlag in meinen Magen. Ein zweiter. Patricks Pasta stieß in mir hoch. Ich sank ins nasse Gras des Vorgartens. Hielt mir die Hände vors Gesicht. Trat nach dem Angreifer, doch mein Bein fuhr ins Leere. Ein weiterer Versuch. Wieder daneben. Ein Tritt traf mich in die Leiste. Und noch einer.

Ich wand mich am Boden. Sah zwischen meine Haare hindurch zu meinem Angreifer hoch. »Bitte!«

Der Unbekannte trug eine schwarze Haube, die er sich über das ganze Gesicht gezogen hatte. Zwei kleine Löcher für die Augen. Außerdem einen schwarzen Schal, den er sich breit um den Kopf gewickelt hatte, und eine

Kapuze. Schwarze Kleidung. Darunter hätte jeder stecken können.

Der nächste Tritt traf mich. Ein dumpfer Schmerz im Oberschenkel.

Plötzlich kam eine weitere Gestalt aus der Dunkelheit auf uns zugestürmt.

»Lass sie in Ruhe!«, schrie sie und stürzte sich auf meinen Angreifer.

Die beiden gingen zu Boden. Schlugen sich mit den Fäusten, traten aufeinander ein. Stöhnen. Stoff riss.

Ich fing mich nur langsam wieder. Alles drehte sich. Stechende Schmerzen im Schädel, dumpfer Druck im Magen. Ich strich mir die Haare aus dem Gesicht. Versuchte zu begreifen, was da vor sich ging. Konnte nicht erkennen, wer der zweite Mann war. Benommen kämpfte ich mich an der Hauswand hoch. Mein Gesicht fühlte sich nass an. Ich griff danach, betrachtete meine Hand im fahlen Licht der Straßenlaterne. Blut.

Scheiße!

Die beiden Unbekannten wälzten sich weiter am Boden. Fäuste flogen. Wieder riss Stoff. Stöhnen.

Endlich fand ich zu mir.

»Hilfe«, krächzte ich. Meine Magengrube schmerzte höllisch.

Ich erreichte die Türklingel. Drückte sie. Hämmerte gegen die Eingangstür.

»Hilfe!«, schrie ich. Ich hatte meine Stimme wieder gefunden. Sie hallte durch die leere Straße. »Hilfe!«

Als mein Angreifer das mitbekam, kämpfte er sich hoch, trat noch einmal nach meinem Helfer, sprang über den Gartenzaun und rannte weg. In einiger Entfernung hielt er inne und warf mir aus dem Halbdunkel noch einen letzten Blick zu – stechend und bedrohlich. Dann sprintete er davon, und Sekunden später war er in der Dunkelheit untergetaucht.

Endlich hörte ich das Türschloss. Die Tür ging auf und das warme Licht des Flurs strömte mir entgegen. Erleichterung überkam mich, aber auch Überraschung. Denn es war nicht mein Vater, der mir öffnete. Es war Tante Hannelore, die sich erschrocken die Hand vor den Mund hielt, die Augen weit aufgerissen.

»Um Gottes willen, Kindchen, was ist denn hier los?«, kreischte sie.

Ich verstand genauso wenig wie meine Tante. Um mich herum fing sich wieder alles zu drehen an. Das Flurlicht brannte in meinen Augen.

»Kindchen, du blutest ja.«

Tante Hannelores Stimme hallte durch meinen Kopf. Ich verlor das Gleichgewicht, stolperte einen Schritt zur Seite. Konnte mich gerade noch an der Hauswand abstützen.

»Lisa, Kindchen, sag doch etwas!« Meine Tante kam mir entgegen, hielt mich fest.

Mein Vater tauchte auf und blieb im Türrahmen stehen. Er starrte mich entsetzt an.

Ich warf einen Blick auf meinen Retter. Auf den Mann, der in unserem Vorgarten im nassen Rasen saß, schmerzverzerrt stöhnte und sich die rechte Gesichtshälfte hielt. Der Schein des Flurlichts fiel auf ihn, und ich konnte genau erkennen, wer er war. Nur verstand ich nicht, warum er hier saß.

»Danke«, flüsterte ich ihm zu.
Dann fiel ich Tante Hannelore in die Arme.

24

Kurz nach halb elf. Tante Hannelore und ich saßen am Küchentisch, mein Vater stand mit vor der Brust verschränkten Armen ans Fensterbrett gelehnt und starrte auf die Bodenfliesen. Wir schwiegen uns an, versuchten zu begreifen, was da eben passiert war. Der Wasserhahn tropfte. Der Heizkörper glühte, trotzdem war es kalt. Ich betrachtete das Taschentuch, das ich gegen meine Stirn gepresst hatte: kein Blut mehr. Ich hatte Glück gehabt, hatte nur einen größeren Kratzer von dem Angriff davongetragen. Allerdings schon den zweiten an diesem Tag, nachdem mir Frau Graf eins mit dem Blumentopf drübergezogen hatte.

»Kindchen, willst ein Schnapserl?«, fragte Tante Hannelore und klopfte dabei auf die Tischplatte, als hätte sie gerade den Einfall des Jahrhunderts gehabt.

Ich schüttelte den Kopf, hob abwehrend die Hand.

»Geh, bring ihr doch endlich ein Schnapserl!«, kommandierte sie meinen Vater herum, der regungslos dastand, und uns abwechselnd mit einem riesengroßen Fragezeichen im Gesicht anstarrte.

Als er sich nicht von der Stelle rührte, sprang meine Tante auf, stieß ein genervtes »Meine Güte« aus und holte mit geübter Hand drei Stamperl-Gläser und eine schlanke, unbeschriftete Flasche mit einer durchsichtigen Flüssigkeit aus dem Schrank über der Spüle. Ich hatte gar nicht gewusst, dass mein Vater da oben Schnaps hatte. Sie goss die drei Gläser voll und sah uns erwartungsvoll an. Ihre Augen waren ganz groß und gierig.

»Was ist? Worauf wartet ihr?«, fragte sie mit schriller Stimme. »Ich finde, den haben wir uns redlich verdient.«

Mein Vater hatte sich nicht gerührt. Er blieb stumm. Schien tief in Gedanken versunken.

»Ich will wirklich keinen«, bekräftigte ich.

»Ach, kommt schon, seid doch nicht solche Langweiler!«

»Ich …« Ich hielt inne, wusste nicht, was ich darauf antworten sollte.

»Wie ihr meint.« Meine Tante kippte das erste Stamperl und dann gleich das zweite nach.

Mein Vater zeigte eine erste Regung: Kaum merkbar schüttelte er den Kopf und schnaufte dabei.

Tante Hannelore verzog das Gesicht, als der Alkohol in ihrem Schädel zu brennen begann. Keine Minute später zeigte sie auf das Dritte. »Wirklich niemand?«

»Wirklich«, antwortete ich.

Sie zuckte mit den Schultern und trank auch dieses Glas leer. Ein zufriedeneres »Ahhh« hatte ich in meinem Leben nicht gehört. Sie wischte sich mit dem Handrücken über den Mund, ihre Augen glänzten. Vielleicht sollte ich mich doch auch betäuben? Drei, vier Stamperl hätten dafür sicher gereicht. Immerhin schien Tante Hannelore Marias Verschwinden nicht so zuzusetzen wie meinem Vater und mir.

»Kindchen, Gott sei Dank, hab ich gerade nach deinem Vater gesehen, als das passiert ist.« Sie machte eine abfällige Handbewegung. »Der hätte das Klopfen ja gar nicht mitbekommen.«

»Was hat der Steiner überhaupt hier gewollt, mitten in der Nacht?«, fragte mein Vater auf einmal.

Tante Hannelore und ich sahen überrascht zu ihm auf – etwa so, als stünde auf einmal ein Zauberer samt Zylinder, feuerrotem Umhang und einem weißen Tiger an der Leine neben uns. Mein Vater hatte doch tatsächlich gesprochen. Meine Tante bekam Schluckauf.

»Das ist doch jetzt egal. Wer weiß, was dieses Schwein noch mit Lisa angestellt hätte, wenn der Steiner nicht dazwischengegangen wäre«, sagte sie.

»Hast du wirklich nicht erkannt, wer dich angegriffen hat?«, wollte mein Vater wissen.

»Nein.«

»Aber du musst doch …«

»Es ist alles viel zu schnell gegangen.«

Meine Tante hickste. »Jedenfalls werden wir beide morgen Vormittag zum Steiner gehen und uns bedanken. Mit der Beule, die der davongetragen hat, geht der sicher nicht zur Arbeit.« Sie tätschelte meine Hand, die auf der Tischplatte lag, und beugte sich weit zu mir hinüber. Dabei schlug mir ihre Fahne entgegen. »Was hältst du davon, Kindchen?«

Ich nickte. Mir war alles recht, ich wollte nur meine Ruhe haben. Wollte ins Bett, die Decke bis unters Kinn ziehen. Ich brauchte Zeit für mich. Zeit zum Nachdenken. Zeit, um das alles zu begreifen.

»Fein«, gab sich meine Tante zufrieden und goss die drei Stamperlgläser wieder voll, als ob es irgendetwas zu feiern gäbe.

Wir schwiegen uns an. Nur Tante Hannelores Schluckauf und ihre Ahhhhs durchbrachen in unregelmäßigen Abständen die Stille zwischen uns. Und das Tropfen des Wasserhahns.

Ich grübelte, versuchte endlich zu verstehen, was in Grundendorf vor sich ging. Wer hatte die arme Frau Graf verprügelt? Wer war die vermummte Gestalt gewesen, die mich vor der Haustür angegriffen hatte? Warum hatte sie mich überhaupt angegriffen? War ich jemandem zu nahegekommen oder auf etwas gestoßen, ohne es bemerkt zu haben? Und war der Steiner wirklich nur gerade zufällig vorbeigekommen und mein Retter in der Not gewesen? War er tatsächlich der arme Kerl, für den ich ihn die ganze Zeit über gehalten hatte? Ich musste feststellen, dass mein fester Glaube an seine Unschuld Risse bekommen hatte – vielleicht hatten die Gerüchte, die in Grundendorf kursierten, ja doch etwas Wahres.

Ich dachte an das Abendessen bei Patrick, das mir mittlerweile ewig her schien, zurück. Er hatte doch gesagt, dass sie von mindestens zwei Tätern ausgingen. Konnte einer der beiden etwa Steiner sein? War der Überfall auf mich vielleicht gar nur inszeniert gewesen und hatte zur Ablenkung dienen sollen? Oder war ich tatsächlich in Gefahr?

Ja, Tante Hannelore hatte völlig recht – wir mussten Steiner am nächsten Vormittag einen Besuch abstatten.

Aber nicht nur, um uns bei ihm zu bedanken. Nein, vor allem, um herauszufinden, ob er wirklich der unschuldige, arme Kerl war, für den ich ihn die ganze Zeit über gehalten hatte.

DONNERSTAG, 12. FEBRUAR

25

Widerwillig trat Steiner einen Schritt zur Seite, da ihn Tante Hannelore sonst wohl über den Haufen gerannt hätte. Sie schien sich nicht ganz unter Kontrolle zu haben und zog schon wieder eine ordentliche Alkoholfahne mit sich; und das, obwohl es noch nicht einmal zehn Uhr vormittags war. Selbst das rosige Parfüm, mit dem sie sich in der Dusche übergossen haben musste, konnte den Schnapsgeruch nicht völlig überdecken. Im Vorbeigehen drückte sie dem verdutzt dreinschauenden Steiner eine bereits geöffnete Schachtel Schokoladenpralinen als Dankeschön in die Hand und schwankte unaufgefordert durch den dunklen Flur. Von hinten war nur ihre Silhouette mit ihrem hochgesteckten Haar erkennbar, bis sie in einem Zimmer am anderen Ende des Gangs verschwand.

»Danke, aber das war wirklich nicht nötig«, stammelte er und betrachtete die Schachtel skeptisch durch seine dicken Brillengläser.

Ich schämte mich für das Geschenk.

Steiner trug strahlend weiße Birkenstock-Hausschuhe, eine hellgraue Jogginghose, ein weißes Poloshirt und darüber eine rostrote Strickweste, die er bis zur Brust zugeknöpft hatte.

Ich zögerte einen Augenblick, trat dann ebenfalls ins Haus, obwohl ich das Gefühl hatte, dass es Steiner ganz und gar nicht recht war. Er schloss die Tür hinter mir, nahm mir meinen Mantel ab und hängte ihn an den Kleiderständer. Haube und Handschuhe stopfte ich in die Manteltaschen. Ich konnte es nicht mit Sicherheit sagen, aber ich glaubte, ganz leise von irgendwoher ein helles Glockengebimmel zu hören.

»Bitte, ähm, komm doch weiter ins Wohnzimmer.«

Steiner zeigte auf das Zimmer, in dem meine Tante verschwunden war. Er ließ mich vorangehen, blieb aber dicht hinter mir. Unbehagen kroch meinen Nacken hoch. Zweifel. Was machte ich hier überhaupt?

Ich schwitzte, das T-Shirt unter meinem Pullover klebte an mir und fühlte sich unangenehm an. Ich wedelte mit dem Pullover. Mein eigener Schweißgeruch stieg mir in die Nase. Meine Handflächen waren nass, ich fühlte mich kränklich. Das fiebersenkende Mittel, das ich eine halbe Stunde zuvor eingenommen hatte, begann nur langsam zu wirken. Außerdem war ich unglaublich müde. Ich hatte die dritte Nacht in Folge kaum geschlafen, hatte meine Sorgen nicht ausblenden können und mir pausenlos den Kopf darüber zermartert, wo meine Schwester stecken konnte. Jedes Mal, wenn ich dann doch kurz eingenickt war, hatten mich sofort absurde Albträume geplagt, in denen karge Nussbäume mit ihren bizarren Ästen nach mir gegriffen und sich dunkle Gestalten aus dem Nichts auf mich gestürzt hatten. In meinem letzten Traum war ich vor irgendjemandem auf der Flucht gewesen, aus Grundendorf hinaus in die Dunkelheit gerannt und im schlammigen Ackerboden stecken geblieben, Natalies Hand war plötzlich aus der Erde geschossen, klebrig und blutverschmiert, sie hatte mich am Fuß gepackt und mit einer ungeheuren Kraft nach unten in die Tiefe gezogen. Ich hatte versucht, mich zu wehren, hatte um mich geschlagen und geschrien wie am Spieß. Doch die Menschen, die auf einmal aus dem Nebel aufgetaucht waren und sich um mich herum geschart hatten, hatten mir nicht geholfen. Sie waren stehen geblieben und hatten zugesehen, wie ich ums Überleben kämpfte. Ich hatte den Bürgermeister unter ihnen erkannt – ein Zipfel seines Hemds hatte aus seinem offenen Hosenstall hervorgelugt. Sein Blick war zu meinen Brüsten gewandert. Lüstern hatte er über seine eigenen Lippen geleckt, sich in die Hose gegriffen und seinen Schwanz massiert.

Ein grausiger Schauer beutelte mich bei der Erinnerung daran, doch jetzt hatte ich keine Zeit, Trübsal zu blasen oder im Selbstmitleid zu versinken. Die würde ich erst wieder haben, wenn ich Maria wiedergefunden hatte. Ich musste mich zusammenreißen.

Die Wände in Steiners Flur waren mit einer grauenvollen rot-braunen Blümchentapete beklebt, der Fußboden mit einem dunkelgrauen Teppich ausgelegt, der alle Geräusche zu schlucken schien. Fast lautlos gingen wir den Gang entlang, an dessen beiden Seiten die Türen geschlossen waren – zwei zur Linken und zwei zur Rechten. Nur die Tür zum Wohnzimmer am Ende des Flurs stand offen.

Tante Hannelore inspizierte gerade das dunkelbraune Stoffsofa, als Steiner und ich eintraten.

»Nett haben Sie's hier«, sagte sie ein wenig zu schrill und setzte sich.

»Danke.«

Steiner fegte ein schwarzes T-Shirt von der Lehne, suchte nach einer neuen Ablagemöglichkeit, fand keine und behielt es schließlich unbeholfen in der Hand. Mir fielen wieder seine jugendlichen Finger auf. Mit der freien Linken begann er seinen rechten Handrücken zu streicheln. Es war so offensichtlich, dass er sich unwohl fühlte und uns nicht hierhaben wollte. Aber warum?

Ich sah mich im Wohnzimmer um. Von draußen fiel nur wenig Licht durch die beiden kleinen Fenster, die mit blickdichten vergilbten Vorhängen verhangen waren. Auch hier war der Boden mit einem grauen Teppich ausgelegt, allerdings eine Spur heller als jener am Gang. Vor dem Sofa zusätzlich ein Perserteppich. Gegenüber ein riesiger Flachbildfernseher, ein Blu-Ray-Player, ein altmodischer Kassettenrekorder und eine Stereoanlage samt Plattenspieler. Daneben ein Regal mit Hunderten von Blu-Rays, DVDs, CDs und Platten. Erst jetzt nahm ich die Musik wahr, die leise im Hintergrund lief – irgendein klassisches Klavierkonzert. Eine Schmalseite des Raums war zur Gänze mit einem vollgestopften Bücherregal verbaut. Es mussten Hunderte Bücher gewesen sein, wenn nicht sogar Tausende. Davor stand ein Schaukelstuhl aus dunklem Holz und weißem Polsterüberzug. Die andere Schmalseite des Zimmers war kahl, in der Mitte eine Verbindungstür zu einem Nebenraum. Daneben eine mannshohe Yuccapalme. An der Längsseite zwischen den beiden Fenstern hingen zwei gedruckte Leinwandbilder mit Palmen-, Strand- und türkisfarbenen Meer-Motiven.

»Hawaii?«, fragte ich, nur um irgendetwas zu sagen.

»Thailand.«

»Ah.«

»Wie schön.« Tante Hannelore hatte sich nicht einmal zu den Bildern umgedreht.

In diesem Raum passte einfach nichts zusammen.

Steiner zupfte mit seiner freien Hand am Bund seiner Strickweste. Alles an ihm strahlte Unsicherheit aus. Ich fragte mich, wie ich in meiner Schulzeit nur so viel Respekt vor ihm gehabt haben konnte. Er war weder mein noch Marias Lehrer gewesen. Ich kannte ihn nur von Gangaufsichten und Vertretungsstunden. Doch sein Ruf war ihm vorausgeeilt – er war als strenger und bei Beurteilungen unbarmherziger Lehrer verschrien gewesen, der auf knallharte Disziplin setzte und dem kaum einmal ein Lachen entkam. Und dann war da noch der Vorfall gewesen, um den sich viele Mythen und Gerüchte rankten: Eine zierliche Erstklässlerin mit Stupsnase und besonders vielen Sommersprossen im Gesicht hatte ihn damals beschuldigt, sie nach dem Unterricht im Klassenzimmer zurückgehalten zu haben, als ihre Mitschüler bereits nach Hause gestürmt waren. Er soll behauptet haben, mit ihr über ihre schlechte schulische Leistung sprechen und nachsehen zu wollen, ob sie auch einen entsprechenden Körperbau für ein Mädchen in ihrem Alter hatte. Wenn dem nicht so gewesen wäre, hätte das eine Erklärung für ihre Schwäche in Mathematik sein können, soll er ihr eingeredet haben. Angeblich hatte er ihre Arme abgetastet, ihre Beine, ihren Po und schließlich auch ihre Brust. Die Aufregung war groß gewesen, dafür aber umso kürzer – die Schulleitung soll den Vorfall geregelt, die Familie keine Anzeige erstattet haben und kurz darauf aus Obermarch weggezogen sein. Ich hätte so gerne gewusst, was damals wirklich passiert war.

»Tut's noch sehr weh?«, fragte ich und zeigte auf das Cut über seinem blauen geschwollenen Auge.

»Ein bisschen.«

»Danke nochmals wegen gestern.«

»Gern geschehen.«

»Sie sind ein wahrer Engel!«, krächzte Tante Hannelore. »Das war ja wirklich ein ausgesprochen glücklicher Zufall, dass Sie gestern gerade im richtigen Augenblick vorbeispaziert sind.« Ihr leicht sarkastischer Unterton war nicht zu überhören gewesen.

»Ja.«

Steiner zupfte mit seiner freien Hand wieder an seiner Weste. Als er bemerkte, dass ich ihn beobachtete, steckte er die Hand in die Hosentaschen und trat unsicher von einem Bein auf das andere.

Warum zum Teufel war er nur so nervös?

»Wieso waren Sie so spät noch unterwegs?«, hakte ich nach.

»Nun ja. Zurzeit ist es – wie soll ich sagen – nicht gerade schön, wenn ich durch den Ort gehe. Die Leute reden über mich, aber ich glaube, das brauche ich Ihnen nicht zu erklären. Deshalb bin ich meistens abends unterwegs, wenn mich keiner sieht und ich meine Ruhe habe.«

Ich nickte und wollte damit Verständnis ausdrücken.

Tante Hannelore räusperte sich.

Betretene Stille.

»Also es ist wirklich sehr nett, dass Sie extra vorbeigekommen sind, aber mein Kopf – ich bin müde und denke, ich möchte mich ein wenig hinlegen. Ich …«

In diesem Moment begann Tante Hannelore heftig zu husten. Einmal, ein zweites Mal und immer weiter. Ihr Kopf lief rot an, und ihre glasigen Augen stachen hervor. Sie schien sich gar nicht mehr zu fangen, klopfte mit der Faust gegen ihren Brustkorb, doch das machte alles nur noch schlimmer.

»Um Gottes willen, Tante Hannelore, was ist denn los?«

»Ist alles … kann ich etwas tun?«, stammelte Steiner unbeholfen.

Ich tat besorgt, eilte zu ihr hinüber und klopfte ihr auf den Rücken.

»Tun Sie doch was!«, forderte ich Steiner auf.

»Ich … was …« Er war überfordert.

»Wasser«, röchelte meine Tante. »Nein, Tee.«

»Tee?«, fragte Steiner verdutzt.

»Ja, etwas Warmes«, bekräftigte ich.

»Gut also, ich …«

»Schnell, machen Sie schon!«

»Ich komme mit Ihnen mit«, presste Tante Hannelore zwischen ihren Hustern heraus und sprang vom Sofa auf.

»Das ist aber wirklich nicht …«

»Ich brauche Tee!« Sie drängte Steiner hinaus in den Flur und stieß einen grässlichen Huster nach dem anderen heraus. »Wo ist die Küche?«

»Vorne die erste Tür links, aber …«

»Gut, bitte schnell!«

Tante Hannelore schob ihn weiter vor sich her. Bevor sie um die Ecke verschwand, drehte sie sich zu mir um und zwinkerte mir mit einem spitzbübischen Lächeln und sichtlich stolz auf ihre schauspielerische Leistung zu. Dann gab sie mir mit einer hektischen Handbewegung zu verstehen, dass ich loslegen sollte, und verfiel wieder in einen heftigen Hustenanfall.

Es hatte geklappt. Tante Hannelore hatte trotz ihres Alkoholpegels eine hollywoodreife Vorstellung abgeliefert und Steiner erfolgreich von mir weggeführt. In den nächsten Minuten würde sie ihn hoffentlich gehörig auf Trab halten und ich hatte somit die Möglichkeit, mich in seinem Haus umzusehen. Auch wenn ich zu diesem Zeitpunkt noch an seine Unschuld glaubte, fühlte ich doch, dass irgendetwas mit ihm nicht stimmte. Ich musste herausfinden, was es war, musste auf Nummer sicher gehen.

Der Teppich, der die Geräusche meiner Schritte schluckte, kam mir zur Hilfe. Ich hetzte zur Tür und spähte hinaus in den dunklen Flur. Die erste Tür links neben dem Eingang stand nun offen. Licht drang heraus. Tante Hannelore hustete, was das Zeug hielt. Zurück ins Wohnzimmer. Ich schlich zur Verbindungstür neben der Yuccapalme und griff die kalte Türklinke. Meine Hände waren schweißnass. Mein Puls beschleunigte sich. Millimeter für Millimeter drückte ich sie nach unten. Immer weiter, bis sie anstand. Ich öffnete die Tür.

Ein leises Knarren.

Ich erstarrte vor Schreck.

Wartete. Lauschte.

Atmete erleichtert durch. Keine Schritte, die sich näherten. Steiner redete weiter besänftigend auf Tante Hannelore ein. Die hustete um ihr Leben. Kästchen wurden geöffnet und wieder zugeworfen.

Ganz vorsichtig öffnete ich die Tür weiter. Bis der Spalt breit genug war, dass ich durchschlüpfen konnte.

Dann stand ich in Steiners Schlafzimmer. Schweißgebadet.

Auch hier drang nur düsteres Licht durch die ebenso blickdichten und vergilbten Vorhänge in den Raum. Ein dunkelgrauer Teppich (der gleiche wie im Flur), dunkle Holzmöbel, die den kleinen Raum noch kleiner erscheinen ließen, das Bett in einen Wandverbau eingelassen. Ein Doppelbett. Obwohl Steiner alleine lebte, waren beide Hälften mit Decke und Polster ausgestattet und mit einem weißen Satinbettzeug überzogen. Das Bett gemacht, Decken und Polster akribisch glatt gestrichen. Nachtkästchen an beiden Seiten.

Ich schlich zum ersten: nichts darauf, die Lade leer. Dann zum zweiten: darauf eine kleine Lampe mit weißem Schirm, in der Lade eine kleine Taschenlampe, eine Packung Taschentücher und drei Pornoheftchen. Auf dem Cover des obersten hatte eine Frau zwei Schwänze gleichzeitig im Mund und ihre Augen waren ganz groß. Ich schloss die Lade, bevor mir übel wurde – darin war ohnehin nichts, das mir weiterhalf. Ich überlegte, die Kleiderkästen zu durchforsten, aber meine innere Stimme sagte mir, dass ich hier nichts finden würde. Nichts, das mir half, Maria zu finden.

Nichts wie raus hier!

Ich schlüpfte durch den schmalen Spalt zurück ins Wohnzimmer und schloss mit angehaltenem Atem die Tür hinter mir. Geschafft. Aber keine Zeit, zu verschnaufen, ich musste mich beeilen. Überlegte. Huschte hinaus in den Flur. Hielt inne. Lauschte.

Der Wasserkocher in der Küche brodelte. Tante Hannelore sorgte weiter dafür, das Steiner nicht zur Ruhe kam: »Kamille schlägt mir immer so auf den Magen. Haben Sie keinen Schwarztee?«

Ich schlich zur nächstgelegenen Tür. Darauf ein Metallschild: Keller. Ich versuchte mein Glück, drückte behutsam die Klinke nach unten. Meine Hände waren so schweißnass, dass ich Angst hatte, ich würde von der Schnalle abrutschen. Ich war so aufgeregt, fürchtete jeden Moment zusammenzubrechen.

Verdammt!

Die Tür war verschlossen.

Was nun? Ich kaute an meiner Unterlippe. Sollte ich es wirklich wagen? Die nächste Tür lag unmittelbar neben der Küche, das Risiko, erwischt zu werden, war groß. Aber ich hatte keine andere Wahl, ich musste das nun durchziehen. Das war ich meiner Schwester schuldig.

Ich hielt die Luft an. Schlich zur nächsten Tür. Steiner und Tante Hannelore waren höchstens vier bis fünf Meter von mir entfernt.

»Keinen Schwarztee? Vielleicht Pfefferminze?«

»Ich weiß nicht, ich …«

»Und haben Sie keine größere Tasse?«

Kein Schlüssel – wahrscheinlich steckte der in der Innenseite. Ich griff die Schnalle. Eiskaltes Metall unter meiner heißen Hand. Schweißperlen auf meiner Stirn. Mein Herz hämmerte gegen meinen Brustkorb. Ich drückte die Klinke nach unten, bis sie anstand. Und dann, tatsächlich: Die Tür ließ sich nach innen öffnen. Ich stieß sie langsam auf.

Auf einmal ein helles Bimmeln.

Scheiße!

Ich zuckte zusammen. Verstand nicht. Panik schoss durch meinen Körper. Wie ein Blitz.

Scheiße! Scheiße! Scheiße!

Ich blickte nach oben. Dort baumelte ein kleines Glöckchen, das am Türstock befestigt war. Die aufgehende Tür hatte sie zum Klingeln gebracht.

Ein Krach. Steiner kam aus der Küche geschossen. »Was ist hier los?«

Ich war wie vom Schlag getroffen. Meine Beine drohten mir wegzusacken.

»Ich …«

Tante Hannelore kam ihm nach.

Er schrie mich an: »Was hast du hier zu suchen?«

»Ich habe nur … ich wollte … das Klo?«

Steiner stieß mich zur Seite. Zog die Tür mit einem lauten Knall zu, bevor ich sehen konnte, was sich darin befand.

»Um Gottes willen«, kreischte Tante Hannelore und hielt sich die Hände vors Gesicht.

»Raus!«

Ich wich zurück. »Aber …«

»Raus aus meinem Haus! Sofort!«

Steiner rastete völlig aus. Er packte mich am Arm. Zerrte mich den Flur entlang. Ich bekam es mit der Angst zu tun. Er riss meinen Mantel vom Kleiderständer, drückte ihn mir in die Hand und schloss die Haustür auf.

»Ihr seid um nichts besser als all die anderen!«

»Es tut mir …«

»Raus, habe ich gesagt!« Er legte mir die Hand auf den Rücken und schob mich nach draußen.

Tante Hannelore folgte mir. »Aber was ist denn jetzt mit meinem Tee?«

26

Das Wetter war beschissen. Wieder einmal. Wieder diese verdammte Kälte, wieder diese dichte Wolkendecke, wieder dieser hartnäckige Nebel. Seit ich in Grundendorf angekommen war, beherrschte diese düstere Stimmung das Dorf, und ich hatte keinen einzigen Sonnenstrahl gesehen. Gab es sie vielleicht gar nicht mehr? Ich war es leid. Der eisige Wind blies mir entgegen und brannte in meinem Gesicht. Leichter Nieselregen, der in den letzten Minuten stärker geworden war. Meine Kleidung fühlte sich feucht an und wurde schwerer.

Meine Stimmung war um nichts besser als dieses Sauwetter. Ich irrte durch Grundendorf. Ohne Plan, ohne Ziel und nicht fähig, einen klaren Gedanken zu fassen. Tante Hannelore verursachte mir Kopfzerbrechen: Nachdem uns Steiner aus seinem Haus geschmissen hatte, hatte sie getan, als wäre nichts geschehen. Sie hatte mir einen alkoholtrunkenen Kuss auf die

Wange gedrückt und bis über beide Ohren gegrinst. Ihre Augen hatten geglänzt.

»Hat doch gut geklappt, findest du nicht, Kindchen? Diese Angelika Jolie ist gar nichts gegen mich.«

»Angelina«

»Was?«

»Nichts«, sagte ich, weil alles andere vermutlich keinen Sinn gehabt hätte.

»Was ist denn los? Hast du etwas?«

»Nein, ich bin nur müde.«

»Dann solltest du eine Runde schlafen, Kindchen.«

Ich hatte nicht geantwortet, ihr nicht gesagt, wie verrückt sie klang – es wäre zwecklos gewesen.

»Also dann.«

Sie hatte mich an sich gedrückt, wobei mir die grauenvolle Mischung aus ihrem rosigen Parfüm und ihrer Schnapsfahne in die Nase gestiegen war. Ich musste mich aus ihrer Umarmung befreien, da ich es keine Sekunde länger ausgehalten hätte, ohne mich übergeben zu müssen.

»Einen schönen Tag noch, Kindchen. Ich glaub, ich genehmige mir jetzt ein kleines Schnapserl. Ich find, das hab ich mir verdient.«

Dann war sie nach Hause getorkelt.

Ich schwankte irgendwo zwischen Wut und völliger Fassungslosigkeit und fragte mich, in welcher Welt meine Tante eigentlich lebte. Bekam sie denn wirklich überhaupt nichts mehr mit? Hatte der Alkohol sie derart abstumpfen lassen? War es ihr völlig egal, dass Maria verschwunden war und wir keine Ahnung hatten, ob ihr etwas passiert war? Dass Natalie ermordet worden war?

Ich zwang mich, nicht weiter darüber nachzudenken – ich würde sie ohnehin nicht mehr ändern können. Vermutlich würde sie es sich auf ihrem roten Sofa bequem machen und ein Schnapserl nach dem anderen kippen.

Es regnete nun heftiger. Ich beschloss, nach Hause zu gehen und mir trockene Sachen anzuziehen. Vielleicht noch eine heiße Dusche und irgendetwas einnehmen, um halbwegs zu Kräften zu kommen. Denn ich fühlte mich fiebrig und hatte höllische Kopfschmerzen. Ich musste pausenlos niesen und meine Nase hörte gar nicht mehr auf zu laufen. Der Stress, die Anspannung und der Schlafmangel der letzten Tage machten sich immer stärker bemerkbar. Ich hätte eigentlich ins Bett gehört, mit einer heißen Tasse Tee und viel Schlaf, doch daran war nicht zu denken gewesen. Nicht, solange ich Maria nicht gefunden hatte. Körperlich war ich zwar ausgelaugt, aber geistig rastlos. Zu der Angst um meine Schwester hatte sich seit letzter Nacht eine weitere Sorge gemischt: War ich in Gefahr? Sollte ich mit Patrick darüber sprechen, dass ich überfallen worden war? Alles in mir sagte, dass es besser für mich gewesen wäre, wenn ich Grundendorf auf der Stelle verlassen hätte und zurück nach Wien in meine kleine Wohnung gefahren wäre. Doch das kam für mich nicht infrage. Nicht, bevor Maria wieder gesund und sicher zu Hause war.

Aber auch Steiners Wutausbruch ging mir nicht mehr aus dem Kopf. Was war in diesem Raum und weshalb die Glocke am Türstock? War sie als eine Art Alarmanlage gedacht gewesen? Warum war Steiner derart ausgerastet? Mein Herz wollte mir weismachen, dass er unschuldig war und die Menschen in Grundendorf ihm

Unrecht taten. Aber mein Verstand glaubte nicht mehr so recht daran.

Ich erreichte das Gemeindeamt, bei dem aufgrund des trüben Wetters aus allen Fenstern Licht drang. Schatten bewegten sich hinter den Vorhängen, jemand ging unmittelbar dahinter auf und ab. Davor parkten unzählige zivile Autos, zwei Polizeiwagen und ein Kleinbus eines überregionalen Fernsehteams. Eine schwarze Fahne wehte auf einem Masten über dem Eingang. Ein kräftiger Windstoß peitschte mir den Regen ins Gesicht.

Genau in diesem Moment fuhr ein Streifenwagen an mir vorüber. Er bremste abrupt ab, setzte zurück und hielt auf meiner Höhe. Die Scheibe der Beifahrertür fuhr hinunter.

»Um Gottes willen, Lisa, hast du denn keinen Schirm?«, rief mir Patrick über den Beifahrersitz gebeugt zu.

»Doch, ich …«

»Du bist ja patschnass.«

»Ist nicht so schlimm.«

Ich musste niesen. Ausgerechnet jetzt!

»Komm, steig ein!«

»Es geht schon, danke.«

Ich wollte alleine sein. Ich musste meine Gedanken ordnen, einen klaren Kopf bekommen. Hatte überhaupt keine Lust zu reden.

»Unsinn, stell dich nicht so an!« Patrick beugte sich noch weiter über den Beifahrersitz und stieß die Tür auf.

Ich seufzte und stieg zu ihm in den Wagen.

Wir saßen vor meinem Elternhaus in Patricks Dienstwagen. Der Motor surrte leise. Ich hatte das Heizungsgebläse so eingestellt, dass mir die warme Luft entgegenblies – es fühlte sich gut an, dafür beschlug das Seitenfenster. Schwere Regentropfen hämmerten auf das Autodach ein. Die Scheibenwischer hetzten unermüdlich hin und her, um uns die Sicht ins trübe Grau frei zu halten. Im Autoradio lief Bon Jovis »Bed Of Roses« – einer meiner Lieblingssongs. Normalerweise, aber in diesem Moment viel zu schnulzig. Wahrscheinlich zu schnulzig für jeden Moment.

Mein nasses Haar und meine Kleidung tropften, meine Nase lief. Ich war froh, dass die Schramme, die ich von dem Angriff davongetragen hatte, auf meiner rechten Stirnhälfte saß und Patrick sie somit nicht sehen konnte. Ich war ständig darauf bedacht, meinen Kopf nicht zu weit zu ihm zu drehen, und ließ mir die Haare ins Gesicht hängen.

»Okay, also dann, danke fürs Heimbringen«, sagte ich schließlich, nachdem wir eine ganze Weile schweigend vor meinem Haus gestanden hatten. »Und vielen Dank für den netten Abend gestern. Die Ablenkung hat gutgetan.«

Ich hatte beschlossen, Patrick nichts von dem nächtlichen Überfall zu erzählen. Keine Ahnung, wieso. Vielleicht wollte ich die Situation nicht noch komplizierter machen, als sie ohnehin schon war. Vielleicht wollte ich nicht, dass er sich Sorgen um mich machte. Vielleicht war ich auch einfach nur dumm.

»Wir könnten ihn vielleicht wiederholen.«

»Mh.«

»Was?«

»Patrick, ich weiß nicht, ob ...«

»Ich meine ja nur vielleicht.«

Ich seufzte. »Ja, vielleicht.«

Wir sahen einander in die Augen. Einen Augenblick zu lange.

»Danke fürs Heimbringen.«

Er hatte seinen Blick immer noch nicht von mir gelöst. »Das hast du schon gesagt.«

Bon Jovi schmalzte im Hintergrund:

I wanna lay you down in a bed of roses

For tonight I sleep on a bed of nails

…

Patrick beugte sich langsam zu mir hinüber. Ich wich zurück. Er kam weiter auf mich zu. Ich drängte weiter nach hinten, bis ich mit dem Kopf an der Seitenscheibe anstieß. Er spitzte die Lippen, wollte gerade die Augen schließen. Da reichte es mir. Ich gab ihm einen kräftigen Schubser. Würgte Bon Jovi ab, drückte den falschen Knopf und wechselte nur den Sender. Noch ein Versuch, das Radio verstummte.

»Was hast du?«

»Patrick, lass das!«

»Was denn?«

»Hör auf, mich zu verarschen! Das weißt du ganz genau.«

Er hielt entschuldigend die Hände hoch. »Ist ja gut, tut mir leid, ich dachte nur …«

»Du dachtest was?«

Er schwieg.

»Ich hab einen Freund, Patrick.« Hatte ich den wirklich noch? Bedeutete mir Tom überhaupt noch etwas? »Und du hast eine Freundin, falls ich dich daran erinnern muss.«

»Ich hab was?«

»Tu nicht so.«
»Wovon redest du?«
»Anna hat mir von euch erzählt.«
»Anna?«
»Ja, Anna!«
»Scheiße.«
»Ja, scheiße, was?«
»Nicht, was du denkst.«
»Ja, was denk ich denn?«
»Ich hätte es wissen müssen.«
»Was?«
»Anna und ich sind nicht zusammen.«
»Und warum erzählt sie es mir dann?«
»Weil sie verrückt ist.«

27

»Sie ist was?«

»Anna ist verrückt.«

Ich wartete auf eine Fortsetzung.

»Ich halt's nicht aus«, murmelte Patrick vor sich hin. Er seufzte, rieb sich das Gesicht.

»Patrick, kannst du mir bitte erklären, was du meinst.«

»Wir ... das darf nicht wahr sein.«

»Was?«

»Wir haben einmal miteinander geschlafen.«

»Also doch!«

»EINMAL!« Er hielt den Daumen hochgestreckt. »Und das war vor über einem Jahr nach dem Faschingsfest. Seitdem geht das schon so.«

»Was geht so?«

»Sie ruft ständig an, lauert mir auf, erzählt überall herum, dass wir zusammen sind.«

»Aber …«

Ich war verwirrt, grübelte. Erinnerte mich an Annas stechenden Blick, als sie mich davor gewarnt hatte, Patrick zu nahe zu kommen. Die Veränderung ihrer Stimme. Fast hatte es so geklungen, als sprach plötzlich ein anderer Mensch zu mir. Ein eiskalter Schauer lief mir den Rücken hinunter.

»Und hast du ihr das auch schon mal erklärt?«

»Na, was glaubst du denn?«

»Ich weiß nicht, ich …«

»Natürlich hab ich versucht ihr zu erklären, dass das mit uns nichts wird und sie mich in Ruhe lassen soll. Ungefähr schon hundertmal.«

»Oh.«

»Ja, oh. Aber es nützt gar nichts. Sie ruft ständig bei mir, auf der Polizeiinspektion und bei meinen Großeltern an und steht vor meiner Haustür – zu den absurdesten Zeiten, manchmal mehrmals am Tag. Sie will es einfach nicht verstehen. Diese Frau treibt mich noch in den Wahnsinn.«

»Aber du bist doch Polizist.«

»Was soll ich denn machen? Soll ich sie anzeigen? Da mach ich mich doch nur lächerlich. Meine Kollegen lachen mich jetzt schon aus.«

»Patrick, das tut mir leid.«

»Ja, mir auch.« Er klang stinksauer.

Für eine ganze Weile sagten wir beide nichts und starrten hinaus in den Regen. Die Scheibenwischer hetzten hektisch von einer Seite zur anderen, konnten mit den Regenmassen aber kaum mithalten. Das Funkgerät rauschte kurz auf.

Patrick rieb sich mit beiden Händen das Gesicht und schnaufte tief durch. Dann sah er zu mir auf.

»Bitte halte dich von ihr fern, Lisa.«

Dafür war es zu spät.

»Ich meine es ernst. Ich weiß langsam wirklich nicht mehr, wozu sie noch fähig ist.«

Ich ahnte es bereits.

»Versprich es mir.«

Ich nickte. Versuchte zu lächeln, aber ich wusste nicht, ob es mir gelang. Dann griff ich nach der Schnalle und öffnete die Tür. Der Regen war ohrenbetäubend laut. Ich setzte einen Fuß nach draußen, doch Patrick hielt mich zurück.

»Lisa!«

»Ja?«

»Bitte gib mir Bescheid, wenn ich etwas für dich tun kann, ja?«

Ich nickte wieder. Ich war Patrick dankbar dafür, dass er sich um mich kümmerte. Aber das, was ich nun vorhatte, wollte ich alleine durchziehen.

28

Nachdem mich Patrick zu Hause aussteigen hatte lassen, tat ich so, als würde ich ins Haus gehen. Tatsächlich aber wartete ich nur unterm Dachvorsprung, bis sein Dienstwagen im dichten Regen verschwunden war, und machte mich dann auf den Weg. Ich wollte Patrick nicht als mein Schoßhündchen dabeihaben – ich wollte Anna alleine zur Rede stellen.

Ich brauchte nur etwa fünf Minuten zu ihrem Haus. Aber als ich dort ankam, war ich bis auf die Unterwäsche durchnässt, und meine Kleidung fühlte sich unglaublich schwer an. Erst jetzt fiel mir ein, dass ich nicht einmal wusste, ob Anna überhaupt noch bei ihren Eltern wohnte, und ich ärgerte mich, Patrick nicht danach gefragt zu haben.

Annas Elternhaus war eine Spur größer als die meisten anderen in Grundendorf, jedoch um nichts schöner. Kein liebevoll gestalteter und mit Pflanzen bestückter Vorgarten, das Haus war nur durch einen schmalen Grasstreifen vom Gehsteig und der dahinterliegenden Straße getrennt. Das Gras war eine Ewigkeit nicht mehr gemäht worden und viel zu lang, mehr gelb als grün und mit vielen kahlen Flächen durchsetzt. Die Fassade bestand aus karoförmigen gelben Eternitplatten, die teils an den Kanten abgeschlagen und vereinzelt gar nicht mehr vorhanden waren. Das Dach war ebenfalls mit Eternitplatten verkleidet – dunkelgrau, brüchig und bemoost. Die Fenster waren verdreckt, die blickdichten Vorhänge zugezogen. Das Holz der Fensterrahmen war spröde, und die dunkelbraune Farbe blätterte ab. Die Eingangstür war aus weißem Kunststoff, sah nagelneu aus und passte so gar nicht zum Rest des Hauses. Darüber ein schmales Vordach, das höchstens einen halben Meter hervorstand, daneben ein Briefkasten, aus dem eine vom Regen aufgeweichte Tageszeitung ragte.

Ich läutete und presste mein Ohr gegen die Tür, um zu hören, ob jemand zu Hause war. Doch keine Chance, der tosende Regen, der auf das Vordach einschlug, war viel zu laut.

Niemand öffnete, nichts tat sich.

Ich läutete noch einmal.

Wieder nichts.

Also setzte ich mich vor die Eingangstür. Und wartete. Eine geschlagene Stunde, in der ich nicht einen einzigen Menschen auf der Straße sah. Kein Licht, das in den Häusern an- oder ausging, und das obwohl es ein finsterer Tag war. Keine Katze, die durch die Vorgärten huschte, kein Hundegebell, ja nicht einmal eine Krähe traute sich hinaus in den Regen. Lediglich ein Auto und ein Traktor fuhren an mir vorüber. Sonst nichts. Und das in einer ganzen Stunde. Grundendorf: ein lebendes Geisterdorf.

Ich zog schon in Erwägung, aufzugeben – was machte ich hier überhaupt? –, als sich endlich etwas tat. Erst hörte ich nur das sich nähernde Motorengeräusch durch das Prasseln des Regens hindurch, dann fuhr ein weißer VW Passat älteren Baujahrs und mit defektem linken Vorderlicht vor und parkte am Straßenrand. Der Motor erstarb und das Licht ging aus.

Dann passierte eine Weile gar nichts.

Es dauerte eine gute Minute, bis Anna endlich aus dem Wagen stieg und durch den Regen zu mir hinübergelaufen kam. Wut stieg in mir hoch.

»Was willst du hier?«, fragte sie. Ohne Begrüßung und ohne jede Freundlichkeit in der Stimme.

»Ich will hinein.«

»Und dann?«

»Will ich mit deinen Eltern sprechen.«

»Wozu?«

»Kannst du dir das nicht denken?«

»Nein.«

»Sie sollen wissen, wie du drauf bist.«

»Wie bin ich denn drauf?«

»Hör auf, mich zu verarschen.«

Anna warf mir einen eiskalten Blick zu.

»Ich will ihnen erklären, wie verrückt du bist.«

Mir war klar, dass es wohl keine gute Idee war, sie zu provozieren, aber ich konnte nichts dagegen tun – ihr Anblick machte mich rasend. Die Vorstellung, dass sie mich angegriffen hatte, nur weil ich bei Patrick zu Abend gegessen hatte, ließ mich jegliche Vernunft vergessen.

Anna blieb weiter stumm, drängte sich mit einem Schubser an mir vorbei, sperrte auf, ging ins Haus und ließ die Tür für mich offen stehen. Ich zögerte einen Augenblick, hatte auf einmal ein mulmiges Gefühl, folgte ihr aber schließlich doch.

Anna machte Licht. Ein billiger Kunststoffleuchter hing von der Decke, der nur spärlich Licht abwarf.

Genug aber, um zu bemerken, dass es seltsam aussah. Das Vorzimmer war leer. Wirklich leer. Kein Kleiderständer, kein Spiegel, keine Kommode, keine Ablage und nichts, um die Schuhe darauf zu platzieren. Keine Bilder an den Wänden, kein Teppich, nur nackte weiße Bodenfliesen.

Anna behielt die Schuhe an und hinterließ nasse, matschige Abdrücke. Sie verschwand im ersten Raum an der linken Seite. Ihre Schritte hallten durchs Haus. Ich folgte ihr. Als ich das geräumige Zimmer betrat, das wohl als Wohnzimmer dienen sollte, streifte Anna gerade ihre regennasse Jacke ab und warf sie auf das weiße Zweier-Sofa gegenüber dem Fernseher, der auf dem nackten Fliesenboden stand. Vor dem Sofa ein kleiner weiß lackierter Holztisch mit einer übergroßen feuerroten Tasse, einem Zigarettenpäckchen und einem überquellenden Aschenbecher darauf – sonst keinerlei Möbelstücke. Der Boden war mit eingetrockneten und nassen Schuhabdrücken übersät – auch jetzt ließ Anna ihre nassen, schwarzen Winterstiefel an.

Sie setzte sich, schlug lässig die Beine übereinander und breitete ihre Arme auf der Rückenlehne aus.

Ich blieb im Türrahmen stehen.

»Also, wie du siehst, sind meine Eltern nicht hier«, sagte sie irgendwann und fischte sich eine Zigarette aus dem Päckchen.

Nur langsam begriff ich. »Sie sind nicht im Urlaub, wie du gesagt hast, richtig?«

Anna antwortete nicht. Umständlich holte sie ein Feuerzeug aus ihrer Hosentasche und zündete sich die Zigarette an. Sie machte einen tiefen Zug, hielt den Rauch lange in den Lungen, stieß ihn schließlich kraftvoll in meine Richtung und sah dabei zu, wie er sich in Luft auflöste.

»Wo sind sie?«

»Was geht dich das an?«

Ich starrte sie an, wartete auf eine Antwort. Sie starrte zurück, grinste arrogant. Wir fochten ein Duell mit unseren Blicken aus.

Nach ein paar Sekunden antwortete sie schließlich doch: »Weggezogen. Vor fast zwei Jahren schon, weil sie es in diesem Kaff nicht mehr ausgehalten haben.«

»Wohin?«

»Wien und Linz.«

Ich runzelte die Stirn.

»Haben sich scheiden lassen, war wahrscheinlich besser so. Die Streitereien waren ja nicht mehr auszuhalten.«

Anna machte einen weiteren tiefen Zug und sah schielend zu, wie die Zigarettenspitze aufglühte. Nachdem sie den Rauch ausgeblasen hatte, betrachtete sie die rote Tasse auf dem Tisch skeptisch, nahm sie, roch am Inhalt, verzog das Gesicht zu einer angewiderten Grimasse und nahm einen kräftigen Schluck. Sie stöhnte zufrieden auf und wischte sich mit dem Handrücken über den Mund. Ich nahm an, dass sich kein Tee darin befand.

Dann setzte sie ihren stechenden Blick auf, erhob sich vom Sofa, kam auf mich zu und blieb dicht vor mir stehen. »Jetzt weißt du Bescheid, also verpiss dich.«

»Du bist das gestern Nacht gewesen, hab ich recht?« Ich deutete auf den kaum sichtbaren blauen Fleck über ihrem leicht geschwollenen rechten Auge. Den hatte ich ihr verpasst, als ich während ihres Angriffs um mich geschlagen und sie im Gesicht getroffen hatte.

»Bin ich nicht.«

»Fragst du denn gar nicht, was?«

Ihre Nasenflügel zuckten kaum merkbar. »Selbst schuld. Ich hab dir doch gesagt, dass du dich von ihm fernhalten sollst.«

»Warum behauptest du, dass du mit Patrick zusammen bist?«

»Leck mich«, zischte sie und gab mir ansatzlos einen kräftigen Stoß gegen meinen Brustkorb.

Ich stolperte zurück, rang nach Luft. Anna kam mir nach. Ihr Gesicht ganz nah an meinem. Ihr Blick brannte in meinen Augen.

»Ist es, weil er der Einzige ist, der nach all der Zeit noch nach deiner Schwester gesucht hat?«

»Du bist so naiv.«

»Du brauchst Hilfe, Anna.«

»Was willst du überhaupt hier?«, schrie sie mich plötzlich an. »Glaubst du wirklich, du kannst Maria finden?«

Mein Mund öffnete sich, aber ich blieb stumm.

Anna schnaufte verächtlich. »Meine Güte, du glaubst das wirklich, hab ich recht?«

Sie lachte. Es war ein schrilles, fast schon hysterisches Lachen. Ihr ganzer Körper bebte. Die Haare hingen ihr ins Gesicht, sie schien es gar nicht zu merken.

Sie trat ganz nah an mich heran, tippte mir mit dem Zeigefinger gegen das Brustbein und betonte so jedes Wort: »Maria ist tot, hörst du? Tot!«

Ich wich zurück. »Wieso bist du dir so sicher?«

»Sie sind alle tot! Begreif das doch endlich! Und es gibt nichts, was du dagegen machen kannst! Rein gar nichts!«

»Das stimmt nicht.« Meine Stimme zitterte. »Du bist krank!«

»Ich bin Realist!«

»Sie sind nicht tot!«

»Und selbst wenn. Glaubst du, das wäre besser für sie? Vielleicht fickt sie ja jemand – ganz hart, von hinten und jeden Tag aufs Neue. Würde dich das besser schlafen lassen? Sag schon, würde es das? Wenn Maria aus all ihren Löchern blutet, weil das irgendeinem beschissenen Wichser so gefällt?«

»Wie kannst du nur …«

»Vielleicht ist es ja Markus, der Linda seit Jahren durchvögelt – wenn der so etwas überhaupt kann. Vielleicht ist sie ihm jetzt zu langweilig geworden und er hat sich Maria geholt. Frischfleisch. Ein neues Spielzeug, was weiß ich.«

»Das ist Schwachsinn, das …«

»Einen Scheiß! Markus hat Linda gewollt. Jetzt hat er sie.«

»Was heißt, er hat sie gewollt?«

»Meine Güte, bist du wirklich so begriffsstutzig? Linda war das Heißeste, was dieses scheiß Kaff je gesehen hat – jeder hat sie gewollt. Markus war total in sie verschossen, hat ihr dauernd aufgelauert, sie angerufen und ihr SMS geschrieben. Einmal in der Nacht, als ich später heimgekommen bin, hab ich ihn sogar vor ihrem Fenster erwischt und ihn vertrieben. Linda wollte den zurückgebliebenen Spasti nicht, da hat er sie sich eben geholt.«

Stimmte das? War Markus wirklich so heftig in Linda verliebt gewesen? Warum hatte ich das nicht gewusst?

»Ah, jetzt hab ich dich zum Nachdenken gebracht, was?« Anna grinste zufrieden. »Du fragst dich, warum nichts darüber in den Zeitungen gestanden hat, richtig?«

Ich sagte nichts.

Anna gab mir trotzdem eine Antwort: »Weil die Polizei diese Information zurückgehalten und mich nicht ernst genommen hat. Am Anfang jedenfalls. Und als sie mir endlich geglaubt und das veröffentlicht haben, hat sich kein Schwein mehr um Linda geschert. Da war dann irgendein Krieg in Dschibuti oder was weiß ich wo wichtiger als sie ...«

»Aber ...«

»Linda ist jetzt über drei Jahre verschwunden. Drei ganze Jahre. Und? Was hat die Polizei erreicht? Was haben die ganzen Suchaktionen gebracht? Was haben die Fernsehberichte gebracht, die ganzen Zeitungsartikel? Die Website deiner Schwester? Na, was? Nichts! Wir werden sie nie finden, komm damit klar und verschwinde endlich aus Grundendorf!«

»Doch, ich finde Maria«, flüsterte ich. In diesem Moment hatte ich aber selbst jeden Glauben an meine Worte verloren.

Wieder lachte Anna schrill. Ihr stechender Blick durchdrang mich regelrecht. Ihre Worte fühlten sich an wie Peitschenhiebe auf nackter Haut: »Du nennst mich verrückt? Ich sag dir, du bist verrückt, wenn du glaubst, dass du Maria jemals wiedersehen wirst!«

29

Als ich damals nach Wien zog, war ich jung, unerfahren und hatte keine Ahnung, was es bedeutete, alleine in einer großen, fremden Stadt zu leben. Doch das war mir egal – was zählte, war, dass ich Grundendorf endlich hinter mir gelassen hatte. Ich verspürte eine unglaubliche Erleichterung, der Druck auf meiner Brust hatte sich gelöst, und ich hatte das Gefühl, wieder frei atmen zu können. Alles war so aufregend, so laut, so neu. In jeder freien Minute ging ich hinaus auf die Straße, erkundschaftete neue Straßen, Viertel und Bezirke, verbrachte ganze Nachmittage in Kaffeehäusern und besuchte Museen, Theater und Kinos. Ich genoss die Anonymität im Meer der Menschen, die Ablenkung und die neuen Perspektiven, die sich mir auf einmal auftaten. Es fühlte sich an, als hätte ich ein neues Leben geschenkt bekommen.

Es dauerte jedoch nicht lange, und die anfängliche Euphorie und die Aufregung waren verflogen. Schon nach ein paar Wochen war der Alltag eingekehrt, ich fühlte mich einsam und verloren. Ich zweifelte an meiner Entscheidung, Grundendorf und vor allem Patrick verlassen zu haben, und war davon überzeugt, ein Mensch zu sein, der nicht glücklich sein konnte und wollte. Waren es vielleicht gar nicht die anderen gewesen, die mir im Weg gestanden hatten, sondern ich selbst? War ich zum Unglücklichsein bestimmt? Innerhalb weniger

Wochen fiel ich in eine Depression, die ich zuvor noch nie erlebt hatte – nicht einmal, als meine Mutter gestorben war. Ich meldete mich im Büro krank, ging, außer zum Einkaufen, kaum raus und verkroch mich in meiner Wohnung, die sich so fremd anfühlte.

Alleine.

Ich überlegte, mir eine Katze anzuschaffen, verwarf den Gedanken aber. Die hätte mir nur Verantwortung abverlangt, die ich nicht bereit war, aufzubringen. Dafür fand ich etwas anderes: Ich begann zu malen – einfach so, aus Langeweile, aber vor allem auch, weil sich auf der gegenüberliegenden Straßenseite ein kleines Fachgeschäft für Farben und Lacke befand. Es gehörte einer alten Frau mit ausgeprägtem Buckel und der größten Nase, die ich jemals in einem menschlichen Gesicht gesehen hatte. Sie war schwerhörig und antwortete prinzipiell auf jeden meiner Sätze mit einem schrillen »Waaas?« – egal, ob sie mich verstanden hatte oder nicht. Ich besorgte mir dort Ölfarben, Pinsel, eine Staffelei und Leinwände und verbrachte ganze Tage damit, ein einziges Bild zu malen. Verlor mich in noch so kleinen Details, die auf einmal die Welt für mich bedeuteten. Ich vergaß oft zu essen und zu trinken, ging nicht mehr ans Telefon, und der Fernseher war bald mit einer feinen Staubschicht bedeckt. Es war eine regelrechte Befreiung. Mit jedem Pinselstrich arbeitete ich einen dunklen Fleck in meiner Seele auf, mit jedem Bild fühlte ich mich freier und lebendiger. Grundendorf war weit weg und doch so nah vor mir in den Farbstrichen auf den Leinwänden.

Es war eine Verkettung von Zufällen, die mir zum Erfolg verhalfen und mich schließlich auch Tom kennenlernen ließen: In die Nachbarwohnung war eine alleinstehende Frau um die 50 gezogen. Wir begegneten uns zwei-, dreimal im Stiegenhaus, ich hatte sie freundlich gegrüßt, sie hatte mich ignoriert und wie Luft behandelt. Jedes Mal, wenn ich sie sah, trug sie ausschließlich schwarze Kleidung und eine Brille mit knallrotem Gestell. Ihr burschikos kurz geschnittenes Haar war im selben Rotton gefärbt. Aus ihrer Wohnung dröhnte zu jeder Tages- und manchmal auch Nachtzeit klassische Musik – meistens irgendwelche Klavierkonzerte, die mir nichts sagten –, und das Klappern der Absätze ihrer Stöckelschuhe, die sie niemals auszuziehen schien, begleitete mich rund um die Uhr. Die Frau fing langsam, aber sicher an, mir auf die Nerven zu gehen.

Eines frühen Abends, als ich gerade damit begonnen hatte, an einem neuen Bild zu arbeiten, läutete es an meiner Tür. Ich zuckte zusammen, Aufregung stieg in mir hoch – zum ersten Mal, seit ich in die Wohnung eingezogen war, hatte jemand bei mir geklingelt. Das konnte doch nichts Gutes bedeuten, oder? Mit der Farbpalette in der einen und einem Pinsel in der anderen Hand öffnete ich.

Meine Nachbarin stand vor mir.

Ich staunte nicht schlecht, und in diesem Moment fiel mir eine Haarsträhne ins Gesicht. Ich versuchte sie wegzublasen, es wollte mir aber nicht gelingen.

»Guten Abend. Es tut mir leid, dass ich so spät störe.«

Zum ersten Mal hörte ich ihre tiefe Raucherstimme. Ihre äußerst tiefe Raucherstimme. Das Kratzen ihrer Stimmbänder tat fast schon in den Ohren weh.

»Aber ich erwarte Besuch und bin gerade am Kochen. Tja, und bedauerlicherweise ist der Zucker ausge…«

Sie hielt auf einmal inne. Nahm ihre knallrote Brille ab und starrte über meine Schultern hinweg in meine Wohnung.

»Ist etwas nicht in Ordnung?«, fragte ich.

Sie drängte sich wortlos an mir vorbei in die Wohnung und ging weiter ins Wohnzimmer. Dort waren die Wände übersät mit meinen Bildern. Zielstrebig ging sie zu einem meiner neuesten Werke. Die Absätze ihrer Stöckelschuhe machten einen unglaublichen Lärm auf dem Holzboden, und ich weiß noch, dass ich Angst hatte, sie würden hässliche Schrammen darin hinterlassen.

»Diese Farben«, hörte ich sie murmeln.

Ich hatte die Eingangstür geschlossen und war ihr verdutzt ins Wohnzimmer gefolgt.

»Diese Bilder sind so reich an Farben, so kräftig und selbstbewusst, und dennoch steckt so viel Trauer und Schmerz in ihnen«, murmelte sie weiter und kaute konzentriert am Bügel ihrer Brille.

»Sie brauchen also Zucker?«, fragte ich, weil ich die Situation komisch fand.

»Von wem sind die?«

»Die? Von mir«, antwortete ich unsicher.

Sie wandte sich dem nächsten Bild zu, betrachtete es aus der Nähe, machte drei Schritte zurück und ging dann ganz nah ran.

»Diese Linien«, schwärmte sie weiter. »Großartig.«

»Brauchen Sie nun Zucker?«

»Wie heißen Sie?«

»Ich?«

»Wer sonst?«

»Ähm, Lisa.«

»Also, Ähm Lisa, Ihre Bilder sind großartig.«

»Danke.«

»Die gehören ausgestellt.«

»Aber …«

»Ich kenne da genau den Richtigen.«

Sie zückte ihr Handy aus der Hosentasche und wählte eine Nummer.

»Ich finde …«

Sie hob mahnend den Zeigefinger und gab mir zu verstehen, dass ich ruhig sein sollte.

»Jean, grüß dich. Ich bin's, Ilse. Wie geht es dir, mein Lieber?«

Sie klapperte hinüber zu meinem Sofa, setzte sich, schlug die Beine übereinander, telefonierte und fühlte sich ganz wie zu Hause. Etwa zehn Minuten später beendete sie das Telefonat mit einem: »Jean: du bist der Beste. Küsschen.«

Ich stand da, wie bestellt und nicht abgeholt. Trat unsicher von einem Bein aufs andere, immer noch Pinsel und Farbpalette in der Hand, die widerspenstige Haarsträhne im Gesicht.

Ilse sah zu mir auf. »Jean erwartet uns morgen um 18 Uhr in seiner Galerie.«

»Okay«, sagte ich und wartete auf eine Erklärung.

Ilse grinste stolz. »Das sollten wir feiern, Ähm Lisa. Wie wär's mit einem guten Wein? Was hast du zu Hause?«

»Ich dachte, Sie bekommen Besuch.«

»Richtig, stimmt.« Sie tippte hastig in ihr Handy und schaute dann grinsend zu mir auf. »So, abgesagt. Wo bleibt der Wein?«

Jean war nicht unbedingt der Typ Mann, den ich mir unter dem Namen Jean vorgestellt hatte. Natürlich hatte ich irgendetwas Französisches im Kopf – vielleicht ein großer, dünner Kerl mit gezwirbeltem Schnurrbart, langen schwarzen Haaren und Pferdeschwanz. Eine Brille wahrscheinlich, jemand, der wie Ilse nur Schwarz trug und jeden mit Bussi Bussi begrüßte. Irgend so etwas in der Art. Tatsächlich sah Jean aber eher wie ein Motorrad-Rocker aus. Er dürfte in etwa in Ilses Alter gewesen sein, kahlköpfig, auftrainiert, hatte Unterarme, die fast so dick wie meine Oberschenkel waren, war am ganzen Körper tätowiert und trug stets ausgewaschene und löchrige T-Shirts von irgendwelchen Hardrock- oder Metal-Bands. Wie ich später erfahren sollte, kam er aber aus gutem Hause und hatte sich nie um Geld Sorgen machen müssen. Anstatt es zu verprassen, hatte er jedoch stets sparsam gelebt, sich im Laufe der Jahrzehnte eine ansehnliche Kunstsammlung angeeignet und sich der Förderung junger, unbekannter Künstler verschrieben.

Das war mein Glück. Denn er war so begeistert von meinen Bildern, dass er sie kurze Zeit später in einer seiner Galerien ausstellte – und das mit großem Erfolg. Gleich bei der Eröffnung am ersten Ausstellungstag verkaufte Jean das erste Bild, und dem folgten bald mehr. Ich machte mir einen Namen, lernte wichtige Leute kennen, gab Interviews und als KOVA-

CIC & FINK mir mit einem Schlag 25 Bilder abkauften, konnte ich mein Glück kaum fassen und mir meine eigene Galerie leisten.

Innerhalb weniger Monate hatte sich mein Leben komplett verändert und auf den Kopf gestellt. Grundendorf war nur noch eine dunkelgraue Erinnerung, die viel zu unwirklich erschien, als dass sie jemals hätte wahr sein können. Mein Leben war endlich in die richtigen Bahnen geraten und so aufregend, wie ich es mir in den dunkelsten Stunden in Grundendorf nicht einmal zu träumen gewagt hatte. Alles war perfekt.

Auf Ilses Geburtstagsfeier – obwohl sie behauptete, dass es ihr 35. wäre, war ich davon überzeugt, dass sie mindestens zehn Jahre älter sein musste – kam die Wende. Es war der Zeitpunkt, ab dem mein Leben wieder einen Gang nahm, den ich nicht wollte. An diesem Abend lernte ich Tom kennen – einen jungen Maler, dessen Erfolg sich nicht einstellen wollte und an den weder Ilse noch Jean glaubten. Wie sie später einmal zugeben sollten, konnten sie ihn überhaupt nicht ausstehen. Wieso er dennoch auf ihrer Party war, wusste Ilse selbst nicht.

Aber Tom und ich verstanden uns sofort. Er bewunderte meine Arbeit, mir gefiel seine. Wir tranken gemeinsam, philosophierten über dieses und jenes, tauschten Nummern aus und trafen uns bereits am nächsten Abend wieder. Es war der Abend unseres ersten Kusses.

Tom war nicht immer dieses Arschloch gewesen, zu dem er sich entwickelte. Anfangs war er ein aufmerksamer, liebevoller, witziger und lockerer Typ – zumindest hatte er sich nach außen hin so gegeben. Wir unternahmen viel zusammen, waren ständig unterwegs, lachten und konnten nicht die Finger voneinander lassen. Ich glaubte, endlich angekommen zu sein.

Ich kann mich noch genau an den Tag erinnern, an dem seine Fassade zum ersten Mal zu bröckeln begann – und das gleich ganz gewaltig: Ich rief ihn von einer Freundin aus an.

»Was soll das heißen, du kommst später?«, fragte er.

»Sylvia hat Geburtstag, wir wollen noch auf ein Glas Sekt gehen.«

»Wer wir?«

»Na, Sylvia und ich.«

»Kenne ich die? Wieso hast du mir noch nie von ihr erzählt?«

»Tom, das hab ich sicher schon.«

»Hast du nicht.«

»Okay, dann …«

»Und wer ist noch dabei?«

»Niemand, nur Sylvia und ich. Was ist denn los?«

»Was los ist?«

»Tom, ich bin spätestens um neun daheim.«

»Und was soll ich machen? Ich hätte mir auch etwas vornehmen können, wenn ich das gewusst hätte.«

»Es tut mir leid, Tom. Sylvia hat mich spontan gefragt. Außerdem kannst du dich doch immer noch mit jemandem verabreden.«

»Und das Essen?«

»Welches Essen?«

»Das ich gerade für uns koche.«

»Oh, ich wusste gar nicht, dass du heute kochst.« Er hatte noch nie zuvor gekocht.

»Ja, oh. Tu ich aber.«

»Das tut mir leid, aber ich versprech dir, ich bring einen Riesenhunger mit, wenn ich heimkomme.«

»Ja, irgendwann in der Nacht dann.«

»Tom, ich hab dir schon gesagt, dass ich spätestens um neun daheim bin.«

»Genau, und dann rufst du an und wirfst wieder alles über den Haufen.«

»Tom!«

»Ach, leck mich doch!«

»Was?«

Ich hörte einen ohrenbetäubenden Krach am anderen Ende der Leitung, dann war die Verbindung tot. Immer und immer wieder wählte ich Toms Nummer, doch er ging nicht ran. Ich geriet in Sorge, schrieb ihm eine SMS nach der anderen. Die Sorge wurde irgendwann zu Panik. Ich sagte Sylvia ab und hetzte zu ihm nach Hause. Dort angekommen, konnte ich nicht glauben, was ich sah, und ich fühlte mich wie in einem schlechten Film. Ich fand Tom betrunken im Wohnzimmer vor. Eine Flasche Wodka am Tisch, eine Rotweinflasche lag ausgelaufen neben ihm auf der beigen Couch, ein Glas zersprungen auf dem Boden. Auf dem weißen Teppich ebenfalls ein Rotweinfleck.

»Ah, hast du's dir doch anders überlegt?«, lallte Tom mit Sabber vorm Mund und fiel ins Delirium.

Ich fragte mich, wie er sich nur so schnell hatte besinnungslos trinken können. Es war nicht einmal eine Stunde seit unserem Telefonat vergangen.

In der Küche herrschte ein unglaubliches Chaos: Töpfe, Pfannen und Tellerscherben lagen am Boden verstreut. Eine Ketchup-Flasche war offensichtlich gegen die Wand geschleudert worden – überall klebte nun die zähe rote Flüssigkeit. Es sah ekelhaft aus. Aber keine Spur von einem Essen, das Tom angeblich gerade zubereitete, als wir telefoniert hatten.

Ich war völlig verwirrt, kannte mich überhaupt nicht aus. Fragte mich, was ich falsch gemacht hatte, und war Stunden damit beschäftigt, alles wieder in Ordnung zu bringen. Als Tom sich dann gegen elf von der Couch erhob, sich auf der Toilette übergab und anschließend reumütig zu mir angekrochen kam, sah er aus wie ein kleiner Junge, dem man einfach nicht böse sein durfte. Er nahm meine Hand, sank vor mir auf die Knie, bat mich um Verzeihung und versprach mir hoch und heilig, dass so etwas niemals wieder passieren würde.

Jetzt war ich zurück in Grundendorf – zurück in meiner bösen, dunkelgrauen Erinnerung. Zitternd vor Kälte stand ich im Badezimmer, hielt mich am Waschbecken fest, weil sich meine Beine zu schwach anfühlten, als dass sie mich hätten tragen können, und betrachtete mich im vom Dampf angelaufenen Spiegel.

Alleine und am Boden zerstört. Nackt, die regennasse Kleidung neben mir auf den Badezimmerfliesen verstreut. Die Haare hingen nass an mir herunter, meine Stirn war von Annas nächtlichem Angriff aufgeschürft, die Augen rot unterlaufen. Meine Lippen waren spröde und ich entdeckte Falten, die mir vorher noch nie aufgefallen waren. Einen Blick hinab auf meinen Bauch wagte ich nicht. Ich konnte nicht glauben, was aus mir geworden war. Fast war es so, als sah ich vor mir nicht mein eigenes Spiegelbild, sondern einen fremden Menschen. Einen Menschen, der vor dem Abgrund stand und den es zu bemitleiden galt.

Ich dachte darüber nach, wieso ich es bisher nicht geschafft hatte, mich von Tom loszureißen und ihn endlich zu verlassen. War es die Art und Weise, wie er mir in unseren schönen Momenten in die Augen sah, meine widerspenstige Haarsträhne hinters Ohr steckte und mir mit liebestrunkener Stimme sagte, dass ich der wichtigste Mensch für ihn war, dass er mich liebte und mich niemals verlieren wollte? War es seine kindische Art, die er einfach nicht ablegen konnte und durch die ich mich selbst viel jünger fühlte? War es sein Körper, sein Geruch oder unser magischer Sex? Oder war es vielleicht die Tatsache, dass, nachdem meine Mutter gestorben war, mein Vater sich in sich selbst zurückgezogen hatte und meine Schwester eigenständig geworden war, ich niemanden mehr hatte, der mich brauchte und der auf meine Hilfe angewiesen war?

Sosehr ich Grundendorf auch verfluchte und so schwer mir das Verschwinden meiner Schwester und Natalies Ermordung auf meiner Seele lastete – so wichtig waren die letzten Tage für mich gewesen, um zu begreifen, dass Tom nicht länger ein Teil meines Lebens sein durfte. Er hatte mich genug tyrannisiert, mich oft genug verletzt. Es musste ein Ende haben. Ein für alle Mal.

Auf einmal klopfte es an der Badezimmertür.

Ich erschrak, mir entfuhr ein leiser Schrei.

»Lisa?«, rief mein Vater durch die verschlossene Tür.

Ich hatte ihn gar nicht kommen gehört.

»Ja?«

»Da wartet ein Mann unten, der dich sprechen will.«

»Wer ist es?«

»Er sagt, er heißt Tom.«

30

Völlig unter Schock sammelte ich die regennasse Kleidung von den Badezimmerfliesen und zog sie rasch über. Ein grauenvolles Gefühl, das kalte Nass auf meiner Haut zu spüren. Ein letzter unnötiger Blick in den Spiegel, dann hetzte ich nach unten ins Erdgeschoss. Mein Vater wartete stumm im dunklen Flur und zeigte auf die verschlossene Eingangstür. Er hatte ihn tatsächlich draußen in der Kälte warten lassen. Ich riss sie auf.

»Tom, was machst du hier?«

Mein Vater zog sich wortlos zurück und ließ uns alleine.

Tom trat ein und rieb sich dabei die Oberarme. »Na, was glaubst du denn?«, zischte er flüsternd, um sicherzugehen, dass mein Vater ihn nicht hörte.

Für den Bruchteil einer Sekunde hatte ich ernsthaft gedacht, dass er mich vermisst hatte und mich bloß wiedersehen wollte. Wie naiv von mir.

»Ich hab dir doch gesagt, dass ich das Geld brauch. Und da du deinen Hintern nicht nach Hause bewegst, hab ich jetzt extra hier rausfahren müssen. Dabei hab ich ohnehin keine Zeit.« Seine Augen funkelten vor Wut.

Toms Auftritt war wie ein Schlag ins Gesicht. Keine Umarmung, kein »Wie geht's dir?« oder »Ich hab dich vermisst«. Keine Frage nach meiner Schwester.

»Tom, ich ... ich kann dir das Geld nicht geben. Ich hab selbst kaum noch ...«

»Erzähl mir keinen Scheiß!«, fuhr er mich an. »Jedes Mal kommst du mir mit derselben Lüge! Du hast genug.«

»Hab ich nicht.«

»Ich glaub dir kein Wort.«

»Hast du mal zusammengerechnet, wie viel ich dir in den letzten Monaten gegeben habe?«

»Na und? Immerhin sind wir zusammen, wir teilen unser Geld.«

»Nur dass es immer mein Geld ist, das wir teilen.«

In Toms Gesicht brodelte die Wut. Blitzartig kam er einen Schritt auf mich zu. Ich zuckte zusammen, drängte mich nach hinten gegen die Wand. Er hob seine Hand. Reflexartig presste ich die Augen zusammen, dreht mich weg. Wartete. Doch es kam nichts. Ich wagte einen Blick. In Toms Ausdruck schäumte Zorn, aber im letzten Moment schien er kapiert zu haben, dass wir nicht zu Hause waren.

Sonst hatte ich immer klein beigegeben. Wären wir alleine gewesen, hätte Toms Schlag längst in meinem Gesicht gebrannt. Normalerweise standen mir die Tränen im Gesicht und ich überlegte, wie ich ihn beruhigen und unsere Beziehung retten konnte. Tom war doch alles, was ich hatte.

Doch nicht so in diesem Moment.

Keinen Tag länger wollte ich mich von ihm tyrannisieren lassen.

Es musste ein Ende haben!

Jetzt!

»Verschwinde, Tom.« Meine Worte klangen ängstlich, aber immerhin hatte ich es gewagt, sie auszusprechen.

»Was?«

»Du sollst verschwinden.«

»Bist du verrückt geworden?«

»Es reicht!«

Er kaute an der Innenseite seiner Wangen. Seine Kieferknochen mahlten. Ein Blick auf seine rechte Hand. Sie zitterte, war zu einer Faust geballt.

»Fahr nach Hause. Von mir aus verwüste die Wohnung ein letztes Mal. Aber dann pack deine Sachen und verschwinde.« Ich zitterte am ganzen Körper.

Er kam ganz nah an mein Gesicht heran. Zischte die Worte, als wären sie Gift: »Ich glaub, du tickst wohl nicht richtig.«

Er deutete einen Kopfstoß an. Ich zuckte zurück, stieß mit dem Hinterkopf gegen die Wand. Tom grinste.

Arschloch!

»Ich würde vorschlagen, du gibst mir jetzt das Geld und kommst mit mir nach Wien. Und dann solltest du dich besser entschuldigen, sonst …«

»Sonst was?«, schrie ich ihn an. Die Wut der Verzweiflung brodelte in mir. Ich hob meinen nassen Pullover und das T-Shirt darunter. Die blauen Flecken von Toms letztem Ausraster, kurz bevor ich nach Grundendorf aufgebrochen war, waren noch immer zu sehen.

»Sonst zeigst du mir wieder, was für ein starker Mann du bist?« Ich schrie aus ganzer Seele: »Komm schon! Zeig's mir, Tom. Du jämmerlicher …«

Klatsch.

Sein Schlag brannte in meinem Gesicht. Er war ansatzlos und wuchtig gekommen. Wie immer. Der Schmerz begann sich im ganzen Kopf auszubreiten.

Toms Gesicht war knallrot und zuckte vor Zorn.

»Du bist so lächerlich.«

»Ach ja, bin ich das?«

Er packte mich am Pullover, presste mich gegen die Wand.

Mir war es egal. Ich hatte keine Angst mehr vor ihm. Sollte er mich halt noch einmal schlagen. Es würde nichts daran ändern. Es war aus. Aus und vorbei. Tom würde keine Vergebung mehr von mir erfahren. Keinen Kuss mehr bekommen, keine zärtliche Berührung. Keinen Cent mehr, was ihn wahrscheinlich am meisten schmerzen würde.

Er schlug mir wieder ins Gesicht. Wieder auf die linke Wange. Noch stärker als zuvor. Der Schmerz war überwältigend, aber ich zwang mich, meine Tränen zurückzuhalten, nicht zu stöhnen und keine Schwäche zu zeigen.

»Na los«, sagte ich. »Schlag ruhig noch einmal zu – und dann verschwinde! Verschwinde von hier, verschwinde aus meiner Wohnung und verschwinde aus meinem Leben.«

»Du verfluchte …«

Erneut klatschte es in meinem Gesicht.

Dann ging plötzlich alles ganz schnell. Mein Vater kam um die Ecke geschossen, stürmte auf Tom zu, packte ihn am Kragen seiner Jacke und zerrte ihn von mir weg. Mit einer ungeheuren Kraft, die ich ihm nicht zugetraut hätte, drückte er Tom nach hinten gegen die Wand. Es krachte, als Tom mit dem Hinterkopf dagegenstieß.

»Was ist hier los?«, schrie mein Vater.

Ich konnte mich nicht erinnern, ihn jemals schreien gehört zu haben. Es klang so fremd, so unwirklich, zeigte aber Wirkung. Tom war von dem Ausbruch meines Vaters so überrascht, dass er völlig überrumpelt schien. Seine Wut war verflogen, er wirkte ängstlich.

»Ich will wissen, was hier los ist!«, brüllte mein Vater ihn an. Spucketropfen schossen durch die Luft.

»Gar nichts, ich … wir haben nur …«

»Was habt ihr?«

»Nichts, gar nichts, es war nur ein Missverständnis.«

Mein Vater zerrte an Toms Kragen und sah mich erwartungsvoll an.

»Tom geht jetzt«, sagte ich.

»Aber Lisa«, wollte Tom widersprechen.

Doch ich ließ ihn nicht aussprechen, sprach zu meinem Vater, sah dabei aber Tom tief in die Augen: »Tom fährt jetzt zurück nach Wien und packt seine Sachen.«

Ich konnte sehen, dass Toms Wangen zuckten. Sein Blick sprach Bände. Die Wut kochte wieder in ihm.

Ich fuhr unbeirrt fort, zitterte dabei aber so heftig, dass ich Angst hatte, ich würde jeden Moment ohnmächtig zusammenbrechen: »Und wenn ich zurück nach Wien komme, ist er aus meiner Wohnung und aus meinem Leben verschwunden.«

Mein Vater sah mich an, dann Tom, dann wieder mich. Ließ Toms Kragen los.

»Also, du hast gehört«, sagte er.

Tom rümpfte die Nase und zupfte seine Jacke zurecht. Dann streckte er mir den Zeigefinger entgegen. »Du machst einen großen Fehler, Lisa.«

»Das glaube ich nicht.«

Mein Vater öffnete die Tür. Augenblicklich strömte eisige Kälte herein.

»Lisa, hör zu, wir können doch …«

»Mach's gut, Tom.«

Mein Vater legte ihm die Hand auf den Rücken und drängte ihn nach draußen. Dann schmiss er mit einem lauten Knall die Tür zu.

31

Es war ein düsterer, trostloser Nachmittag in Grundendorf. Die Wolken hingen noch tiefer und waren noch dunkler als in den Tagen zuvor – Vorboten der Schneemassen, die für die kommende Nacht angekündigt waren. Das orangefarbene Licht der Straßenlaternen blitzte kurz auf, hektisches Zucken, dann blieb es an. Der Tag ging langsam zu Ende, eine unheimliche Stimmung, die nichts Gutes zu verheißen schien, breitete sich aus.

Ich saß mit meinem Vater in der finsteren Küche. Durch das Fenster, unter dem die abgestorbene Orchidee stand, fiel kaum noch Licht herein. Das leise Pfeifen des Winds, der durch den Garten jagte, war lange Zeit das einzige Geräusch in der Küche, bis ich ein paarmal hintereinander niesen musste und meine Nase zu laufen begann. Kein »Gesundheit« von meinem Vater oder sonst irgendein Kommentar. Ab und zu fuhr er mit der ganzen Handfläche über die raue Tischdecke. Das war's. Der Schwarztee vor mir auf dem Tisch war längst kalt geworden. Ich hatte noch keinen Schluck genommen, hatte keinen Appetit, seit ich zurück in Grundendorf war. Es war, als saugte dieses verfluchte Dorf jegliches Leben und alle Lust aus mir heraus – ganz langsam, still und heimlich, bis nichts mehr davon übrig und ich nur noch eine leere, emotionslose Hülle war. Doch noch war es nicht ganz so weit – zumindest fühlte ich mich grauenvoll.

Mein Handy läutete ständig, Tom bombardierte mich mit SMS:

14:23: Lisa, es tut mir so furchtbar leid! Ich weiß auch nicht, was in mich gefahren ist. Ich liebe dich. Kuss Tom

14:32: Lisa, du darfst mich nicht immer so wütend machen. Du verletzt mich wirklich sehr damit. Lass uns später telefonieren, ja? Tom

14:37: Oder willst du vielleicht jetzt telefonieren? Kuss Tom

14:53: Bitte ruf mich an. Ich vermisse dich. Kuss

15:01: Hallo?

15:08: Kommst du dir eigentlich gut vor, wenn du mich ignorierst?

15:19: Warum machst du das nur immer mit mir?

15:26: Lisa, wir schaffen das! Kuss Tom

15:38: Ich liebe dich! Kuss Tom

Er hatte nichts verstanden. Rein gar nichts!

Ich seufzte, rieb mir die Augen, schaltete mein Handy stumm und legte es vor mich auf den Küchentisch. Dann seufzte ich, deutlich lauter als zuvor, und wartete, dass mein Vater irgendeine Reaktion zeigte. Doch es kam nichts. Dabei hätte ich ihn so sehr gebraucht – in diesem Moment mehr denn je, denn mein Leben war ein einziger Trümmerhaufen.

»Danke«, sagte ich mit wässrigen Augen.

Mein Vater blickte hoch, sah mich nur ganz kurz an, dann gleich wieder an mir vorbei auf die tote Orchidee. Seine Lippen zuckten kaum merklich.

»Danke, dass du mir mit Tom geholfen hast.«

Er nickte und richtete seinen Blick auf das gehäkelte Tischtuch. Er war wieder ganz der Alte – keine Spur mehr von der Energie, die vorhin kurz in ihm aufgeflammt war, als er Tom aus dem Haus geschmissen hatte. Keine Worte mehr, er kommunizierte mit Blicken und kleinsten Kopfbewegungen.

Wieder schwiegen wir uns an. Draußen kroch langsam die Dunkelheit heran, in der Küche wurde es finster. Ich machte das Licht an und wünschte mir im selben Augenblick, ich hätte es nicht getan – es sah alles so trostlos aus. Der Wind heulte, vom Wasserhahn fielen unregelmäßig Tropfen auf das schmutzige Geschirr in der Spüle, der Heizkörper gluckste ein paarmal und verstummte dann wieder, und der Sessel, auf dem mein Vater saß, knarrte leise, als er sein Gewicht verlagerte. Minuten vergingen. Quälende Minuten, die mir wie eine Ewigkeit vorkamen und in denen ich immer nervöser und ungeduldiger wurde. Ich war es leid, zu schweigen und die Stille zu ertragen. Mir war heiß, kalt, übel und schwindelig zugleich. Ich rang nach Luft, fasste all meinen Mut zusammen.

Dann verließ meine sehnlichste Frage endlich meine Lippen – jene Frage, die sich über Jahre hinweg in mir aufgestaut hatte und die ich aus irgendeinem Grund bisher nicht gewagt hatte zu fragen: »Warum?«

Es dauerte ein paar Augenblicke. Dann sah mein Vater zu mir auf, starrte mich an. Die Stirn in Falten.

»Warum, Papa?«

Nur seine Augen fragten das »Was«.

»Warum sprichst du nicht?«

Der Wasserhahn hörte plötzlich auf zu tropfen. Alles erstarrte. Hielt den Atem an.

»Warum sagst du mir nicht, was in dir vorgeht?«

Hitze war mir in den Kopf gestiegen, in meinen Augen sammelten sich immer mehr Tränen. Ich spürte, wie meine Wangen zuckten, gierig sog ich nach Luft.

Mein Vater öffnete seinen Mund, seine Lippen bewegten sich ein wenig, aber er blieb stumm. Unsicher fuhr er mit der Hand über die Tischdecke und zupfte an seinem Bart.

Ich hielt sein Schweigen nicht mehr aus. Es schnürte mir die Kehle zu und ließ Wut in mir aufsteigen. Ich wurde laut und schlug mit der Hand auf den Tisch. »Rede mit mir!«

»Ich … was?«

Ich zitterte am ganzen Körper. Meine Stimme bebte. Ich legte all meinen Frust hinein. »Sag mir endlich, was in dir vorgeht!«, schrie ich ihn an. »Sag es mir!«

»Lisa, ich …« Sein Gesicht zuckte, seine Augen füllten sich mit Tränen. »Es ist alles so …«

»Mama wird von deinem Schweigen nicht wieder lebendig!«

Eine einzelne Träne lief meinem Vater über die Wange. Er presste die Augen zusammen, massierte sie mit zittrigem Daumen und Zeigefinger. Sein Gesicht verzog sich zu einer Grimasse. Er sah so erbärmlich aus, so unendlich traurig.

Er tat mir so furchtbar leid. Gleichzeitig stieg immer größere Wut in mir hoch, weil er immer noch nicht mit mir redete. Meine Tränen fanden keinen Halt mehr. Ich wollte aufspringen, zu ihm gehen, ihn packen und rütteln, ihn umarmen, ganz fest an mich drücken. Stattdessen beugte ich mich nur weit über den Tisch und legte meine Hand auf seine. Unsere Hände zitterten und waren eiskalt.

»Maria braucht uns!«, sagte ich.

Da begann mein Vater bitterlich zu weinen. Er entzog mir die Hand und vergrub sein Gesicht darin. Sein ganzer Oberkörper bebte, er gab jämmerliche Laute von sich. Er war ein Haufen Elend. Ich hatte ihn nie zuvor so emotional gesehen.

Dennoch brachte ich es nicht über mich, aufzustehen und ihn in die Arme zu nehmen. Keine Ahnung, warum. Aber ich blieb sitzen und ließ ihn in seiner Trauer alleine. Vielleicht, weil ich in meiner Trauer alleine sein wollte. Vielleicht, weil ich nur so spürte, dass alles um mich herum Wirklichkeit war und ich noch lebte.

»Wir werden Maria finden.« Meine Worte klangen so leer, dass es offensichtlich war, dass ich nicht einmal selbst daran glaubte.

Mein Vater holte tief Luft, versuchte sich zu beruhigen. Er schniefte, wischte sich das Gesicht mit seinem Pulloverärmel trocken.

Ich starrte ihn an. Er sah zu mir auf. Seine Augen waren nass und rot unterlaufen. Da war so viel, was wir hätten sagen wollen. So viel, was wir hätten sagen sollen. Aber wir taten es nicht. Wir schwiegen. Lange Zeit. Gemeinsam und doch jeder für sich.

Irgendwann seufzte mein Vater, stemmte die Hände gegen die Knie und erhob sich. Er ging zur Gartentür und griff die Klinke. Hielt inne und sah mich an. Ich wartete darauf, dass er etwas sagte, aber er blieb stumm. Er öffnete die Tür und schritt hinaus in den Garten.

Ich blieb in der Küche zurück und schaute ihm durchs Fenster nach, bis er in seiner Werkstatt verschwand. Dann nahm ich die abgestorbene Orchidee aus dem Topf und warf sie in den Müll.

Mein Handy vibrierte stumm auf dem Küchentisch.

32

Es war kurz nach sieben Uhr abends. Das schummrige Licht der kleinen Nachttischlampe spiegelte sich im Fenster meines Zimmers. Draußen hatte sich längst ein frostiger, tiefschwarzer Abend über Grundendorf gelegt.

Der Wind war während der letzten Stunden immer stärker geworden und peitschte die eisige Kälte vor sich her. Die Landschaft hatte etwas Gespenstisches und glich einem Reich der Finsternis. Nun konnte es nicht mehr lange dauern, bis es zu schneien begann. Niemand war jetzt noch freiwillig da draußen.

Die letzten zwei Stunden hatte ich im Bett verbracht. Fröstelnd, und das obwohl ich ein T-Shirt, einen Pullover, eine Strumpfhose und darüber eine Jogginghose und dicke Wollsocken anhatte und mir meine Daunendecke bis unters Kinn gezogen hatte. Ich fühlte mich elend. In meinem Kopf saß ein stechender Schmerz und das Licht brannte in meinen Augen – es war aber immer noch besser als die Dunkelheit. Jede noch so kleine Bewegung zeigte mir, wie schwach ich war, und trieb mir den kalten Schweiß aus den Poren. Vor gut einer halben Stunde hatte ich die letzte fiebersenkende Tablette, die ich im Haus hatte finden können, eingenommen. Ihre Wirkung setzte nur langsam ein und die Schmerzen wurden kaum besser, es musste aber reichen, um heil nach Wien zu kommen.

Der Entschluss, nach Hause zu fahren, war in den letzten Stunden in mir gereift. Ich hielt es nicht mehr länger in einem Haus mit meinem Vater aus. Seine Lethargie war mir unbegreiflich, sein Schweigen brachte mich noch um den Verstand – und das durfte ich nicht zulassen. Ich musste schnell wieder zu Kräften kommen und einen klaren Kopf behalten, um Maria zu finden. Ich würde zwar schon am nächsten Morgen zurück nach Grundendorf fahren, aber so hatte ich zumindest eine Nacht in meinem eigenen Bett. Eine Nacht der Anonymität, eine Nacht der Normalität – auch wenn diese Normalität sehr wahrscheinlich eine stundenlange Diskussion und einen Streit mit Tom bedeutete. Aber das war mir egal. Ich würde das nun durchziehen, würde nicht mehr lockerlassen. Im schlimmsten Fall würde ich die Polizei zur Hilfe rufen müssen. Aber Tom durfte nicht länger ein Teil meines Lebens sein, unter keinen Umständen und nie wieder.

Alle Schuld auf meinen Vater zu schieben, wäre aber nicht fair gewesen. Er war nicht der einzige Grund, weshalb ich es nicht länger in Grundendorf aushielt. In den letzten Tagen war ein Unbehagen in mir herangewachsen, das ich nicht mehr länger unterdrücken konnte. Annas wahnsinnige Eifersucht und die Aggressivität, die diese in ihr entfacht hatte, waren völlig unberechenbar und machten mir Angst. Ich wagte nicht abzuschätzen, wie weit sie noch gehen würde, um Patrick für sich alleine zu haben. Aber auch die Sache mit Steiner machte mir zu schaffen: Über Jahre hinweg hatte ich die Grundendorfer verurteilt, weil sie ihn als einen Perversling und Mädchengrabscher abgestempelt hatten – ohne jeglichen Beweis. Als zurückgeblieben und engstirnig hatte ich sie verurteilt, und jetzt war ich um nichts besser. Ich verdächtigte ihn, etwas mit Marias Verschwinden zu tun zu haben – und das, obwohl ich keinerlei Beweise und er mir sogar geholfen hatte. Ich hatte Tante Hannelore dazu missbraucht, ihn abzulenken, damit ich in seinem Haus herumschnüffeln konnte. Ich war genauso charakterlos wie all die anderen, die ihn verurteilten. Wenn ich an Steiner dachte, dachte ich an einen Schuldigen – und ich hasste mich dafür.

Bis auf Patrick, dem es ganz offensichtlich nicht gelungen war, mich loszulassen, würde mir wohl niemand auch nur eine einzige Träne nachweinen, wenn ich nun aufbrach und zurück nach Wien fuhr. Schon gar nicht Alois Stumpf – dem arroganten und selbstgefälligen Gockel würde wohl höchstens ein schmieriges Lächeln über die Lippen huschen, wenn er davon erfuhr. Dem schien es ohnehin wichtiger zu sein, seinen Schwanz in fremden Frauen zu versenken, als herauszufinden, was mit Maria, Linda und Markus passiert war. Und Tante Hannelore, tja – die würde es in ihrem Dauerrausch wohl nicht einmal mitbekommen, wenn Maria oder ich nie wieder auftauchten. Meinem Vater war sowieso alles egal.

Ich fasste Mut. Atmete tief durch. Rieb mir das Gesicht.

Also los!

Ich schlug die schwere Daunendecke zur Seite und stemmte mich aus dem Bett. Ein Schwindelgefühl überkam mich, ich stützte mich am Bettgestell ab und wartete, bis meine Umgebung aufgehört hatte, sich zu drehen. Dann begann ich, meine Sachen zu packen.

Mein Vater saß in der finsteren Küche, als ich die Treppen hinab ins Erdgeschoss kam. Er bewegte sich keinen Millimeter, und fast hatte ich ihn übersehen. Ich machte Licht am Gang, es fiel auch zu ihm in die Küche. Er blickte zu mir auf und runzelte die Stirn, als er die Reisetasche in meiner Hand sah. Seine Augen wurden ein kleines bisschen größer, und er kratzte sich seinen Vollbart. Sonst zeigte er keinerlei Reaktion.

Ich blieb im Türrahmen stehen. Starrte ihn an, wartete und hasste mich dafür, dass sich meine Augen schon wieder mit Tränen füllten. Ich hatte mir doch so fest vorgenommen, stark zu bleiben. Ich musste schlucken, bekam den Kloß einfach nicht hinunter.

»Ich werde fahren.«

Er antwortete nicht.

Ich ging ins Vorzimmer.

Er folgte mir hinaus in den Flur und beobachtete schweigend, wie ich meine Tasche abstellte, meinen immer noch nassen Mantel von der Garderobe nahm und ihn überwarf.

»Fragst du denn gar nicht, wo ich hinwill?«

Mein Vater stand nur da, sagte nichts, seufzte.

»Interessiert es dich denn nicht, warum ich fahre?«

»Ich …« Keine weitere Antwort.

Ich spürte, wie meine Augen nasser wurden, und wusste dabei gar nicht, ob ich traurig oder wütend war. Aber im Grunde war es egal. Ich resignierte, ließ die Tränen laufen und schüttelte den Kopf.

»Mach's gut, Papa.«

Ich nahm meine Reisetasche und wandte mich ab, um zu gehen.

Und dann geschah es. Etwas, das alles auf den Kopf stellte – völlig unverhofft: Mein Handy klingelte.

Ich weiß nicht mehr, wieso ich es nicht klingeln ließ, wieso ich die Tasche abstellte und mein Telefon aus meiner Handtasche holte. Ich weiß nur noch, dass Patricks Name auf dem Display aufschien. Ich kann mich noch genau erinnern, dass ich eigentlich gar nicht rangehen wollte. Ich seufzte, und mein Daumen schwebte bereits über dem roten Telefonhörer-Symbol, um den Anruf wegzudrücken. Ich wollte alleine sein und hatte gerade überhaupt keine Lust, zu telefonieren. Für eine, vielleicht zwei Sekunden, nahm ich mir vor, Patrick später von Wien aus oder am nächsten Morgen zurückzurufen. Oder auch gar nicht. Aber aus irgendeinem Grund wollte mein Daumen mir nicht gehorchen, und ich nahm den Anruf an.

»Patrick, es ist gerade sehr unpass…«

»Lisa, wir haben sie!«

Er schrie so laut, dass es in meinem Ohr schmerzte und der Lautsprecher meines Handys krachte.

»Was?«, flüsterte ich zitternd.

»Wir haben Maria gefunden!«

33

Als mein Vater und ich von zu Hause wegfuhren, hatte es gerade erst zu schneien begonnen. Erst waren es nur ein paar weiße Flocken, die vor unserer Windschutzscheibe im Wind tanzten, aber binnen Minuten wurde der Schneefall so dicht, dass wir nur wenige Meter weit sehen konnten und die Geschwindigkeit stark drosseln mussten. Vor uns tauchte ein roter Golf auf, der im Schneckentempo fuhr und mich in den Wahnsinn trieb. Keine Chance, zu überholen, die Sicht war viel zu schlecht. Ungeduldig trommelte ich mit den Fingern aufs Lenkrad, scherte immer wieder nach links aus und versuchte, irgendetwas durch den dichten Schneefall hindurch zu erkennen.

Komm schon! Komm schon! Komm schon!

Sollte ich es doch wagen zu überholen? Gerade als ich mich dafür entschieden hatte und zum Ausscheren ansetzen wollte, kam ein Wagen aus dem Schneechaos geschossen, brauste uns entgegen und an uns vorbei. Nein, überholen war keine gute Idee! Hinter uns reihten sich schnell mehrere Autos auf, die ebenfalls ständig ausscherten und dann doch nicht zu überholen wagten. Sie fuhren mir immer wieder auf, ihr grelles Licht blendete mich im Rückspiegel und machte mich noch nervöser. Der ausgediente Tropical-Duftbaum baumelte unruhig vom Rückspiegel.

Mein Herz schlug wie verrückt, aber mein Fieber schien wie weggeblasen. Adrenalin schoss durch meinen Körper. Meine Gedanken überschlugen sich, ich konnte keinen fassen. Ich versuchte zu begreifen, was passiert war, verstand aber gar nichts. Alles ging mir viel zu langsam. Ich brauchte Ablenkung, schaltete das Radio ein. INXS »Beautiful girl« lief:

»Beautiful girl« (stay with me)

»She wants to go home«

...

Mein Vater hielt es keine zehn Sekunden aus, wollte das Radio ausschalten, suchte nach dem richtigen Knopf. Aus dem Augenwinkel konnte ich erkennen, dass seine Hand dabei zitterte. Ich half ihm und schaltete das Radio ab. Er atmete erleichtert durch und ließ sich in seinen Sitz zurückfallen. Seit wir von zu Hause weggefahren waren, hatte er kein Wort gesagt und keine Frage gestellt – und das, obwohl ich ihm ansehen konnte, dass er so viele hatte. Pausenlos zupfte er an seinem Bart oder seiner Kleidung herum und wischte über die beschlagene Seitenscheibe. Er war mindestens so aufgeregt und ungeduldig wie ich.

»Wir haben sie«, sagte ich mit zittriger Stimme – zum einen, um ihn zu beruhigen, zum anderen, weil ich es selbst noch nicht glauben konnte. »Wir haben Maria wieder!«

»Mh«, machte mein Vater und rieb sich das Gesicht.

Ich war so aufgeregt, so überwältigt von meinen Gefühlen. Ich musste mich bemühen, nicht auf der Stelle in Tränen auszubrechen.

»Dieser verfluchte Golf«, schimpfte ich, um meinen Frust abzubauen, und schlug gegen das Lenkrad.

Mein Vater rieb mit seinen zittrigen Fingern einen nicht vorhandenen Fleck von seiner Hose und kaute dabei an seiner Unterlippe.

Den Rest der Strecke fuhren wir im Stillen.

Das Landeskrankenhaus der 6.000-Seelen-Gemeinde Hainburg lag am östlichen Stadtrand, nur knapp zehn Kilometer vom slowakischen Bratislava entfernt. Bei normaler Sicht kann man von hier aus die Tausenden grellen Lichter der Großstadt sehen, die den Nachthimmel erleuchten, tagsüber sogar die Burg und einige Hochhäuser. Doch als wir nach etwa 30-minütiger Fahrt auf dem Parkplatz des Krankenhauses einfuhren, war davon nichts zu erahnen – die Sicht reichte keine zehn Meter weit. Der vierstöckige weiß-braune Betonklotz, dessen Grundriss einem Ypsilon glich, erhob sich vor uns. Im dichten Schneefall sah es aus, als wollte er mit der weißen Umgebung verschmelzen. Der Asphalt war mit einer dünnen Schneeschicht bedeckt, die im Licht der Straßenlaternen orange schimmerte. Spuren von anderen Fahrzeugen im Schnee, nur wenige Plätze waren belegt. Drei, nein vier Polizeiwagen, einer parkte gleich direkt auf der Verkehrsinsel vor dem Eingang. Daneben zwei Steinklötze, die wohl irgendetwas mit den römischen Ausgrabungen im nahe gelegenen archäologischen Park Carnuntum zu tun haben mussten.

Ich hielt und würgte den Motor ab. Mein Vater und ich befreiten uns hektisch von den Sicherheitsgurten, rissen die Türen auf und sprangen aus dem Wagen. Wir hetzten durch den dichten Schneefall zum Eingang. Mein Herz schlug wie verrückt. Unter dem Vordach standen zwei Patienten in Hausschuhen, Bademänteln und Zigaretten in den zitternden Händen. Wir stürmten an ihnen vorbei und durch zwei Schiebetüren, hinein ins Foyer. Von Patrick wusste ich bereits, dass Maria auf der Chirurgie 1 im ersten Stock lag.

Keine Notaufnahme – das war doch ein gutes Zeichen, oder? Aber was wusste ich schon.

»Da, zu den Aufzügen!«, rief ich und lief los.

Mein Vater folgte mir.

Eine blutjung aussehende Krankenschwester war gerade in einen der fünf Aufzüge gestiegen und hatte einen Knopf gedrückt. Sie sah uns auf sie zusprinten, richtete ihren Blick zu Boden und unternahm nichts, um ihn aufzuhalten. Wir kamen zu spät. Die Aufzugtüren schlossen vor unserer Nase.

»Scheiße!«

Wie eine Verrückte hämmerte ich auf den roten Knopf ein.

»Hast du das gesehen? Die hat doch gemerkt, dass wir mitfahren wollten.« Ich kochte vor Wut.

Endlich öffneten sich die Türen eines anderen Fahrstuhls. Wir stiegen ein, ich drückte die Eins und sah die beiden Raucher in ihren Bademänteln auf uns zuschlendern. Mit einer Handbewegung gaben sie uns zu verstehen, dass sie mitfahren wollten. Ich unternahm nichts, keine Zeit. Die Türen schlossen sich.

Vor der Chirugie 1 war ein spindeldürrer Polizist postiert, dessen Uniform viel zu groß für ihn wirkte und schlaff an ihm hinunterhing. Er schielte ein wenig, und seine unter der unrasierten Haut hervorstehenden Wangenknochen wirkten wie zwei spitze Felsbrocken, die jeden Moment die Erdoberfläche zu durchstoßen drohten.

»Halt, halt, halt!« Er stellte sich uns in den Weg und streckte uns seine Handflächen entgegen. »Wohin wollen Sie?« Seine Stimme war überraschend tief.

»Meine Schwester«, brachte ich vor Aufregung nur heraus und versuchte, mich an ihm vorbeizudrängen.

Doch keine Chance, er versperrte mir den Weg. »Wie heißen Sie?«

»Lisa, ich … Patrick!«

Ich hatte Patrick über die Schulter des hageren Polizisten hinweg entdeckt und winkte ihm wie eine Verrückte.

»Lisa!«, rief er zurück. Dann wandte er sich an den Polizisten: »Die beiden sind in Ordnung. Bitte lassen Sie sie durch.«

Er trat zur Seite, musterte uns dabei aber eindringlich. Ich drängte mich an ihm vorbei, stürmte auf Patrick zu und brach in Tränen aus. Er lief mir entgegen, nahm mich in die Arme, drückte mich ganz fest an sich. Meine Wange an seiner Brust. Es tat so gut.

Nach ein paar Sekunden löste ich mich aus seiner Umarmung und versuchte mir die Augen mit den Unterärmeln meines nassen Mantels trocken zu wischen. »Wo ist sie? Wie geht es ihr?«

Er legte mir die Hand auf die Schulter. »Die Ärzte sind gerade bei ihr. Sie haben uns aus dem Zimmer geschickt.«

»Was? Wieso haben sie euch rausgeschickt?«

»Lisa, mach dir keine Sorgen, die Ärzte kümmern sich ...«

Ich wurde wütend, wollte endlich Antworten. Ich schlug seine Hand von meiner Schulter. »Warum kümmern sich die Ärzte um sie? Was heißt das? Was ist mit Maria? Wie geht es ihr? Ich will ...«

»Lisa, beruhige dich. Es ...«

»Ich bin ruhig!«, schrie ich ihn an.

Der hagere Polizist wollte Patrick zu Hilfe kommen, doch der gab ihm mit einer Handbewegung zu verstehen, dass er alles unter Kontrolle hatte.

»Wo ist meine Schwester?«, schrie ich weiter und betonte dabei jedes Wort.

Patrick seufzte, zeigte zögerlich auf eine orange Tür hinter sich. »Aber Lisa, du kannst da jetzt nicht ...«

Ich drängte mich an Patrick vorbei und ließ ihn stehen. Stürmte auf die Tür zu. Stieß sie auf. So viele Menschen in weißen Kitteln. Erschrocken fuhren sie zu mir um und starrten mich an. Sie wichen zur Seite, gaben mir den Blick auf das Bett frei. Da sah ich sie.

34

»Wer sind Sie? Raus hier, aber sofort!«, keifte mich ein graubärtiger Mann im weißen Kittel und filigraner Brille auf seiner Nase an.

»Aber Maria ist meine Schwe…«

Eine zierliche Krankenschwester kam auf mich zugestürmt. »Sie müssen bitte sofort das Zimmer verlassen!« Sie versuchte, mich umzudrehen und nach draußen zu drängen.

»Maria!« Ich riss mich von ihr los und lief zu dem Bett, in dem meine Schwester lag.

»Lisa«, stöhnte Maria.

Ich fiel ihr in die Arme. Drückte sie ganz fest an mich. Konnte ihre Haut spüren, die Knochen darunter, ihren Atem, das Schlagen ihres Herzens. Ich vergaß alles um mich herum, die vielen Stimmen verschwammen zu einem dumpfen Gewirr. Nur noch Maria zählte. All meine Angst und die Anspannung der letzten Tage – in diesem Moment fielen sie von mir ab. Sie waren weg, von einer Sekunde auf die andere. Tränen der Erleichterung flossen über mein Gesicht, mein ganzer Körper bebte vor Freude.

Irgendjemand legte mir seine Hand auf die Schulter und holte mich zurück ins Hier und Jetzt. »Hören Sie, wir müssen nun …«

Ich schlug die Hand weg, ohne mich von Maria zu lösen.

»Das geht jetzt aber wirklich nicht!«

»Lisa«, stöhnte Maria immer wieder.

Ich war so unglaublich glücklich, ihre Stimme zu hören, war überzeugt, dass nun alles gut war. Ich löste die Umarmung, hielt ihre Hände, strich darüber und betrachtete Maria zum ersten Mal näher – so intensiv wie noch nie zuvor in meinem Leben. Meine Euphorie war schlagartig verpufft. Maria sah schrecklich aus, ihr Anblick schnürte mir die Kehle zu. Sie war blass, fast schon weiß im Gesicht, müde und benommen. In ihren Augen waren Äderchen geplatzt, weshalb sie nun rot schimmerten, dunkle Schatten darunter. Sie hatte sie nur halb geöffnet und es schien ihr schwerzufallen, sie offen zu halten. Ihre Lippen waren blau angelaufen und spröde, Blut klebte in einer Mundecke. Ein bläulich violetter Fleck unterhalb ihres linken Auges und eine leichte Schwellung. Ein weiterer über ihrem rechten Auge. Kratzspuren an der Stirn und am Hals, die noch weiter nach unten gingen, aber vom blassgelben Nachthemd verdeckt wurden. Ihre Haare waren völlig verfilzt.

Es fiel mir schwer zu atmen.

»Um Gottes willen, Maria, wie geht es dir?«, fragte

ich mit zittriger Stimme und fürchtete mich vor der Antwort.

»Ganz gut«, murmelte Maria schwach und leise. Ihr fielen die Augen zu.

Ich war schockiert. Gleichzeitig schluchzte ich vor Glück, war so stolz auf ihre Tapferkeit. Drückte ihre Hand und streichelte unaufhörlich darüber. Erst jetzt fielen mir die Infusionsnadel in Marias Arm auf und der dünne Schlauch, der hinauf zu einem Beutel mit einer durchsichtigen Flüssigkeit führte. Das Piepsen irgendeines elektronischen Geräts war zu hören.

Ein Räuspern in meinem Rücken.

Ich sah mich um, realisierte erst jetzt wieder, wie viele Menschen in Weiß um Marias Bett herumstanden. Alle starrten meine Schwester und mich an. Mein Vater verharrte neben Patrick im Türrahmen. Die beiden wirkten unbeholfen, doch ich konnte die Freude im Gesicht meines Vaters deutlich erkennen. Schulz und Mayerhofer warteten dahinter im Flur. Sie spähten über die Schultern meines Vaters zu uns hinein und tauschten Blicke untereinander aus.

»Mir ist so kalt«, flüsterte Maria und sah zu mir auf. »Und ich … ich bin so müde.« Sie schloss die Augen.

Eine andere Krankenschwester als vorhin, sie war klein, pummelig und hatte rabenschwarze Locken, legte mir ihre Hand auf die Schulter und redete mit sanfter, beruhigender Stimme auf mich ein: »Maria ist erschöpft und unterkühlt. Ich muss Sie bitten, das Zimmer zu verlassen. Wir müssen uns weiter um sie kümmern.«

»Aber was …«

»Haben Sie keine Sorge«, unterbrach sie mich. »Ihre Schwester wird wieder gesund.«

Maria nickte kaum merkbar und lächelte mit geschlossenen Augen. Es sah verkrampft und unglaublich erschöpft aus. »Mach dir keine Sorgen, Lisa«, murmelte sie kaum verständlich.

Langsam legte sich der Schock und ich fand zu mir. So viele Gefühle, die auf einmal gleichzeitig in mir hochkamen, so viele Fragen. Adrenalin schoss durch meinen ganzen Körper. Ich musste wissen, was geschehen war. Musste verstehen.

»Aber was ist passiert?«

Alle sahen mich fragend an, niemand antwortete.

»Maria, wer hat dir das angetan?«

Marias Lippen zuckten, aber sie sagte nichts. Sie war eingeschlafen.

Ein Arzt drängte sich zwischen Maria und mich. »Wir werden Ihnen später alles erklären, aber ich muss Sie nun wirklich bitten, das Zimmer zu verlassen!« Er zeigte zur Tür, forderte Patrick auf: »Bitte bringen Sie sie sofort raus!«

Patrick kam zu mir und nahm mich an der Hand. »Komm, Lisa, sie müssen Maria weiter untersuchen.«

»Aber wir müssen doch wissen, wer …«

»Lass uns draußen am Gang weiterreden.«

Er zog an meiner Hand, und ich ließ mich von ihm aus dem Zimmer führen. Mein Vater folgte uns, ließ sich erschöpft auf einen Stuhl gleich neben der Tür fallen, schnaufte tief durch und vergrub das Gesicht in seinen Händen. Er wirkte überglücklich und völlig fertig zugleich – genauso, wie ich mich fühlte.

Schulz trat an mich heran. Er sah unglaublich müde aus, seine Augenringe schienen schwerer als sonst. »Haben Sie einen Moment?« Er sprach mit gedämpfter Stimme, aber es war keine Frage gewesen, sondern eine Aufforderung. »Sie auch, bitte.«

Mein Vater sah zu ihm hoch, seufzte, um seinen Unmut zum Ausdruck zu bringen, stemmte die Hände auf die Knie und erhob sich schwerfällig.

Die beiden Kriminalpolizisten führten meinen Vater, Patrick und mich in eine ruhige Ecke am Ende des Flurs unmittelbar neben einem Desinfektionsmittelspender an der Wand. Schulz drückte den Hebel zweimal und rieb sich seelenruhig die Hände mit der beißend riechenden Flüssigkeit ein. Mayerhofer tat es ihm eifrig nach und erwischte ein wenig zu viel der Flüssigkeit.

»Was ist passiert?«, fuhr ich die beiden an. Meine Geduld war am Ende.

Schulz hob seinen Zeigefinger und gab mir damit zu verstehen, dass er noch einen Moment brauchte, kramte in seiner Hosentasche und streckte uns seine Hand entgegen. Auf der offenen Handfläche ein paar seiner heiß geliebten knallgelben Bonbons. »Zuckerl?«

Patrick und mein Vater schüttelten den Kopf. Ich knirschte mit meinen Zähnen, wäre ihm am liebsten an die Gurgel gesprungen.

Schulz zuckte unbeeindruckt mit den Schultern, warf sich eines ein und schmatzte zufrieden. Mayerhofer hatte anscheinend aus den letzten Tagen gelernt: Er griff ebenfalls in seine Hosentasche und holte ein Bonbon heraus, das so himbeerrot wie seine Wangen war. Ohne jemanden zu fragen, wickelte er es aus und steckte es sich genüsslich in den Mund.

»Kann mir jetzt endlich jemand erklären, was passiert ist?«, schrie ich. Ich fühlte mich wie in einem schlechten Kabarett gefangen.

»Lisa!« Patrick wollte mich beruhigen.

»Nein, nicht, Lisa«, fauchte ich ihn an. »Ich will Antworten! Was ist mit Maria passiert? Wer hat ihr das angetan? Und wo habt ihr sie gefunden?«

»Eleonora Stumpf, die Frau des Bürgermeisters, hat sie entdeckt, als sie gerade auf dem Rückweg aus Obermarch war. Sie ist dort auf der Post gewesen und hat anschließend Lebensmittel eingekauft. Kurz vorm Grundendorfer Ortsschild, auf Höhe des Windschutzgürtels gegenüber des Pferdegestüts, ist ihr Maria völlig benommen vors Auto gelaufen«, erklärte Schulz zwischen seinen Mh- und Schmatzlauten.

»Maria war nackt und Frau Stumpf hat fast nicht mehr rechtzeitig bremsen können«, fügte Mayerhofer eifrig hinzu. »Hätte sie um ein Haar überfahren.«

Schulz warf seinem jüngeren Kollegen einen mahnenden Blick zu.

»Um Gottes willen«, entfuhr es mir. »Aber was, ich verstehe nicht.« Meine Gedanken schossen wild durcheinander. »Wieso ist sie nackt gewesen? Und wie ist sie überhaupt in den Wald gekommen?«

»Wir wissen noch nicht viel. Die Ärzte sagen, dass sie nicht vernehmungsfähig ist und wir erst morgen früh mit ihr sprechen dürfen. Sie haben ja selbst gesehen, wie schwach sie ist.«

»Was heißt, sie wissen nicht viel? Was wissen Sie

denn? Hat Maria etwas gesagt? Jetzt reden Sie endlich!«

Schulz strich über seinen schneeweißen Schnauzer. »Nun ja, sie sagt, sie kann sich nicht erinnern, wie sie in den Wald gekommen ist. Sie ist dort aufgewacht. Die Ärzte meinen, dass sie noch auf die Analyse warten müssen. Aber es sieht ganz danach aus, dass ihr ein ordentlicher Cocktail aus Schlaf- und Beruhigungsmitteln verabreicht worden ist.«

»Also wurde sie betäubt und dorthin gebracht?«

»Ja, das nehmen wir an.«

»Aber ich verstehe das nicht. Das ergibt doch keinen Sinn, oder?« Plötzlich begriff ich und riss vor Schreck die Hand vor den Mund. »Oder wollten sie ... wollten die Entführer Maria etwa erfrieren lassen?«

Schulz und Mayerhofer bekamen große Augen, sahen einander kurz an und betrachteten dann Patrick prüfend. Der bekam knallrote Wangen, warf mir einen vielsagenden Blick zu und starrte dann betreten zu Boden. Er wusste, dass er Ärger bekam, denn den beiden Kriminalpolizisten war nicht entgangen, dass ich »die Entführer« gesagt hatte und somit von ihrer geheimen Theorie, dass es sich um mindestens zwei Täter handeln musste, wusste. Natürlich war ihnen sofort klar, dass nur Patrick mir das gesteckt haben konnte. Vielleicht hatte ich die beiden unterschätzt.

»Ich glaube, wir sollten uns einmal unter vier Augen unterhalten«, knurrte Schulz, und wir konnten alle hören, dass er vor Wut sein Zuckerl zerbiss.

35

Zurück in Grundendorf.

Kurz vor Mitternacht.

Es war eine frostige, stockdunkle Nacht, in der weder der Mond noch ein einziger Stern zu sehen waren. Unglaubliche Schneemengen gingen seit Stunden über dem Marchfeld nieder und hatten es in eine schier endlose weiße Wüste verwandelt. Der heftige Wind formte bizarre weiße Dünen, die in der Dunkelheit nur zu erahnen waren und gespenstisch anmuteten. Sie verschluckten alles, was sich ihnen in den Weg stellte. Die Schneeräumdienste der Gemeinden kamen mit ihrer Arbeit nicht nach, und viele abgelegene Landstraßen waren längst unpassierbar geworden. Der Klang von müden Schneeschaufeln, die über den schneebedeckten und mit Kieselsteinen übersäten Asphalt kratzten, war überall zu hören, Fluchen, Schnaufen, Stapfen, aufheulende Motoren, durchdrehende Reifen. Auffahrunfälle, Wagen in Straßengräben, Sirenengeheul, zuckendes Blaulicht in der Dunkelheit. Der gesamte Osten Österreichs drohte im Schneechaos zu versinken.

Ich lag in meinem Bett unter der schweren Decke und zitterte am ganzen Körper. Ich wusste nicht, ob es an der Kälte lag – denn obwohl der Heizkörper glühte, wollte es verdammt noch mal nicht warm werden in meinem Kinderzimmer –, an meiner Aufregung und dem Adrenalin, das durch meinen Körper schoss, oder an dem Fieber, das mir den Schweiß aus den Poren trieb. Die eingeschaltete Nachttischlampe verdrängte zwar die Dunkelheit, doch die bösen Geister spukten vor meinem Fenster weiter, und ihr Heulen vermischte sich mit jenem des tosenden Sturms. Die Fensterdichtungen waren alt und rissig, der vorgeschobene Vorhang in ständiger Bewegung. Das Haus ächzte und knarrte an allen Ecken und Enden. Vor allem der Dachstuhl über mir.

Ständig wälzte ich mich von einer Seite auf die andere, vergrub den Kopf im Polster und versuchte unzählige Stellungen, um endlich einzuschlafen. Aber keine Chance – ich war hellwach und meine Gedanken wollten nicht zur Ruhe kommen. Immer wieder sah ich meine schwache und todmüde Schwester mit all ihren grausamen Verletzungen vor meinem geistigen Auge. Das Bild ihrer rissigen Lippen und des eingetrockneten Blutes in ihrem Mundwinkel hatte sich wohl für immer und ewig in mein Gehirn gebrannt. Ich zermarterte mir den Kopf darüber, was passiert sein und wer Maria das angetan haben konnte. Waren es wirklich zwei Täter, so wie Schulz und Mayerhofer vermuteten? Und warum gingen die beiden nicht offen mit ihrer Vermutung um? Die Erinnerung an Patricks rote Wangen flammte auf. Ich konnte das Krachen von Schulz' Zuckerl hören, das wütende Knirschen seiner Zähne, konnte seine Kieferknochen mahlen sehen. Der Kriminalpolizist hatte Patrick im Krankenhaus ordentlich zur Sau gemacht, nachdem ich mich verplappert hatte. Er hatte herumgebrüllt und Patrick mit weitreichenden Konsequenzen gedroht, da er streng geheime Ermittlungsergebnisse ausgeplaudert hatte. Es tat mir so leid für ihn.

Aber Patrick würde sich schon selbst helfen können – Maria war diejenige, die meine Aufmerksamkeit brauchte. Vorhin im Krankenhaus hatte ich keine Chance gehabt, mit ihr zu sprechen. Der Schlafmittelcocktail, der ihr von den Entführern verabreicht worden war, hatte sie in einen tiefen Schlaf gerissen, der wohl die ganze Nacht andauern würde. Wahrscheinlich war es auch besser so gewesen. Sie musste sich erholen und zu Kräften kommen. Das Aufwachen würde ohnehin schlimm genug für sie werden – wenn die erste Euphorie verflogen war, würde der Albtraum sie einholen, sie packen, an ihr zerren und nicht so schnell wieder von ihr ablassen.

Ich konnte es kaum erwarten, am nächsten Morgen mit ihr zu sprechen. Ich hatte so viele Fragen und hoffte, endlich Antworten zu bekommen. Wo hatten die Entführer Maria festgehalten? Hatte sie dort auch Natalie, Linda und Markus gesehen? Wusste sie, ob Linda und Markus noch am Leben waren? Wusste Maria, warum Natalie ermordet und ihre Leiche offen ausgelegt worden war, damit sie rasch gefunden werden konnte? Wussten Schulz und Mayerhofer mehr, als sie zugegeben hatten?

Die Holzbalken des Dachstuhls knarrten besonders laut auf, und plötzlich kam mir ein entscheidender Gedanke, der mir das Blut in den Adern gefrieren ließ: Patrick hatte doch gesagt, dass Natalie erst nach ihrer Ermordung verstümmelt worden war. Maria wurde aber bereits vor ihrem Tod gequält. Das passte doch nicht zusammen, oder? Übersah ich etwas? Trieben am Ende vielleicht gar verschiedene Täter ihr Unwesen in Grundendorf?

Stundenlang quälten mich diese Fragen und ich fand keine Ruhe. Ich verstand mich selbst nicht: Eigentlich hätte ich unendlich glücklich sein und die ganze Last hätte von mir abfallen sollen – schließlich hatten wir Maria wieder! Aber eine leise Stimme tief in mir drinnen sagte mir, dass es keinen Grund zur Freude gab. Dass es noch nicht vorbei war. Dass noch etwas Schreckliches passieren würde und uns das Schlimmste noch bevorstand. Ich hatte keine Ahnung, wie recht diese leise Stimme behalten sollte. Hatte nicht die leiseste Idee, wie grausam alles enden würde.

FREITAG, 13. FEBRUAR

36

Wie befürchtet, hatte ich auch in der letzten Nacht kaum ein Auge zubekommen. Die unbändige Freude darüber, dass wir Maria endlich zurückhatten, und die gleichzeitige Anspannung, weil es so viele offene Fragen gab, waren zu groß gewesen. Mein Verstand war rastlos gewesen und von einem Gedanken zum nächsten gehetzt. Ein paarmal war ich eingedöst, jedoch rasch wieder von klebrigen, blutverschmierten Albträumen oder irgendwelchen Geräuschen, die das alte Haus von sich gab, geweckt worden.

Ich fühlte mich elend, der kalte Schweißfilm, der meine Haut überzog, ließ die Bettwäsche an mir kleben. Meine Nase war verstopft und lief unaufhörlich, ich bekam kaum Luft, in meinem Hals kratzte es, und mein Mund war staubtrocken. Meine Kopfschmerzen wurden heftiger und ich konnte spüren, wie das Fieber weiter anstieg. Arme, Beine und mein Rücken taten mir weh, egal wie ich mich drehte und wendete. Meine müden Augen brannten, doch es kam nicht infrage, die Nachttischlampe auszuschalten – die bösen Geister sollten draußen bleiben. Die Aufregung und das eisige Wetter der letzten Tage zollten nun ihren Tribut.

Gegen viertel sieben hielt ich es vor Anspannung und Schmerzen nicht mehr aus und wälzte mich umständlich aus dem Bett. Ich kämpfte mich aus meinem nassen Pyjama, der an mir klebte wie eine zweite Haut – dabei hörte ich eine Naht reißen –, schleppte mich ins Badezimmer und kroch unter die Dusche. Es war eine unbeschreibliche Wohltat, zu spüren, wie das kühle Wasser den fiebrigen Schweiß von meiner glühenden Haut wusch. Langsam ließ ich es in meine Ohren kriechen und mich davon betäuben. Ich schloss die Augen. Der exotisch-fruchtige Duft des Duschgels entführte mich in eine andere Welt – eine Welt ohne Sorgen. Nur für ein paar Augenblicke.

Vor dem Badezimmerspiegel erwischte es mich dann: Vom Fieber, dem Schlafmangel und der Anstrengung des Stehens unter der Dusche war ich auf einmal so erschöpft, dass ich mich nicht mehr auf den Beinen halten konnte. Mir wurde schwarz vor Augen, alles begann sich zu drehen. Ich versuchte, mich am Waschbecken festzuhalten, doch keine Chance – ich war viel zu schwach und sackte auf die kalten Bodenfliesen. Das Schwindelgefühl wurde immer stärker. Ich schaffte es gerade noch auf allen vieren zurück in mein Zimmer, zurück in mein kaltes, schweißnasses Bett. Dort schloss ich die Augen und schlief ein. Nackt.

Ich lag auf dem Rücken und starrte an eine hohe Decke, von der ein prachtvoller goldener Kronleuchter hing. Eisige Kälte und flackerndes Kerzenlicht um mich herum, ein feiner Luftzug, modriger Geruch. Ich blickte an meinem Körper hinab, sah, dass ich das schneeweiße Kleid von meiner Erstkommunion trug, und war überglücklich, dass es mir noch passte. Meine Hände steckten in weißen Spitzenhandschuhen, ich hatte sie auf der

Brust verschränkt. Ich wollte mich bewegen, mich aus der Kiste stemmen, in der ich lag, doch ich rührte mich keinen Millimeter. Sosehr ich mich auch anstrengte, mein ganzer Körper blieb starr.

Verflucht, was war mit mir los?

Ich versuchte es immer und immer wieder, wendete alle Kraft auf, doch es passierte rein gar nichts. Panik stieg in mir hoch.

»Hallo? Hört mich jemand?«, schrie ich, aber es war kein Laut zu hören. »Hilfe!«

Nichts. Dann ein Lachen.

Da war jemand, Gott sei Dank. Hoffnung keimte in mir auf und ich schrie, so laut ich nur konnte: »Hilfe!« Doch wieder war kein Mucks zu hören. Meine Augen hetzten in alle Richtungen. Ich versuchte zu verstehen.

Das Lachen wurde schriller und kam immer näher. Auf einmal mischte sich leises Gemurmel des Pfarrers hinzu, es klang wie ein lateinisches Gebet.

Ich riss die Augen weiter herum, konnte aber niemanden über die Kante der mit weinrotem Saum ausgepolsterten Kiste erkennen. Moment mal, plötzlich begriff ich: Diese Kiste, die Haltung in der ich lag, der Kronleuchter – ja doch! Ich lag in einem Sarg in der Grundendorfer Kirche.

Scheiße!

Alois Stumpf tauchte auf einmal auf und beugte sich über mich: »Jetzt bist du ja immer noch da! Deine Schwester ist doch wieder aufgetaucht – was willst du also noch hier bei uns in Grundendorf?« Sein Atem roch faul. Er streckte mir seine Pranke entgegen, streichelte mit seinen rauen Fingerspitzen über meine Lippen, hinunter über mein Kinn, den Hals entlang und schließlich über mein Dekolleté. Dabei leckte er sich immer wieder über die Lippen. Er ließ seine Hand, die sich wie Schleifpapier anfühlte, in meinem Kleid verschwinden.

»Hilfe!« Ich schrie, so laut ich nur konnte, aber immer noch brachte ich keinen Ton heraus.

Der Pfarrer murmelte weiter sein Gebet im Hintergrund.

Ganz langsam tastete Alois Stumpf nach meiner Brustwarze und kniff sie so fest zusammen, dass mir der Schmerz Tränen in die Augen trieb. »Na, das g'fallt dir, was? Bist sicher schon ganz nass, du Luder. Soll ich nachschauen?«

Du Arschloch!

Frau Graf tauchte plötzlich auf, drängte den Bürgermeister zur Seite und streckte mir zitternd ihren knochigen Zeigefinger entgegen. Aus voller Kehle schrie sie mich an: »Es ist alles deine Schuld! Du gehörst nicht hierher!« Ihre Stimme überschlug sich dabei.

Steiner stand auf einmal neben ihr und zupfte mit seinen kindlichen Händen an dem mit Spitzen bestückten Saum meines Kleids herum. Er blinzelte unentwegt, sein Gesicht zuckte. Das hektische Kerzenlicht spiegelte sich im Glas seiner Brille.

Patrick tauchte rechts von mir auf. Er streifte sich gerade seine Polizeiuniform über und knöpfte sein Hemd zu.

»Patrick, bitte hilf mir!«

»Lisa, ich werde alles tun, damit du zu mir zurückkommst.«

»Du solltest sie endlich töten, Patrick«, drängte Anna ihn und half ihm bei den letzten beiden Knöpfen seines Hemds. »Sie hat uns lange genug gestört.«

Hör nicht auf sie, Patrick! Hilf mir!

Anna leckte über Patricks Gesicht und zwinkerte mir dann zu.

Schulz mischte sich in die Menge und bot jedem ein Zuckerl an. Mayerhofer fummelte an dem Pickel an seinem Kinn herum. Gelblicher Eiter quoll heraus und klebte an seinen Fingern. Er machte sie an meinem Kleid sauber.

Mein Vater stand hinter den beiden und starrte mich stumm an.

Von irgendwoher konnte ich Tante Hannelores Schluckauf hören.

Zu meinen Füßen tanzten Maria und Natalie mit blutverschmierten Gesichtern und struppigen Haaren im Kreis und sangen Kinderlieder. Zwischen Natalies Beinen steckte ein Ast, der über den Boden schliff. Er schien sie nicht zu stören.

»Helft mir doch!«, schrie ich.

Ein leises Knarren riss mich aus meinem Albtraum. Ich schreckte hoch, amtete schwer, bekam kaum Luft. Brauchte einen Augenblick, um zu begreifen, wo ich war: Ich lag im Bett in meinem Kinderzimmer, musste nach dem Duschen eingeschlafen sein.

Mein Vater hatte die Tür geöffnet und stand an der Schwelle. »Wir sollten dann langsam«, sagte er und kratzte sich unbeholfen den Bart.

»Verdammt, wie spät ist es denn?«

»Fast neun.«

»Scheiße!« Um diese Zeit wollte ich längst bei Maria sein. Ich verfluchte mich, wollte aus dem Bett steigen, doch im letzten Moment fiel mir ein, dass ich nackt war. »Warum hast du mich nicht schon früher geweckt?«

Mein Vater sagte nichts, drehte sich nur um und ging hinunter ins Erdgeschoss.

37

Wir brauchten eine geschlagene Dreiviertelstunde bis zum Krankenhaus in Hainburg und kamen erst kurz nach zehn dort an. Bei normalen Straßenverhältnissen wäre diese Strecke in etwa 20 Minuten zu schaffen gewesen, aber an diesem Freitag herrschte, wie schon in der Nacht zuvor, pures Chaos auf den Straßen. Es hatte nicht aufgehört zu schneien, und die Sicht betrug keine 20 Meter. Abschnittweise waren die Straßen nur einspurig von der weißen Last befreit worden, da die Schneeräumdienste nicht mehr mit ihrer Arbeit nachkamen und lediglich Schadensbegrenzung betrieben. Da, wo der Wind den Schnee nicht zurück auf die Straßen geweht hatte, glänzte gefährliches Eis auf dem Asphalt. Auf halber Strecke hatte ein himmelblauer Opel Astra mit Alufelgen, Heckspoiler und getönter Heckscheibe im Straßengraben gehangen. Die Freiwillige Feuerwehr war gerade damit beschäftigt gewesen, ihn dort hinauszuziehen. Ein rothaariger Teenager hatte in sicherer Entfernung neben einem Polizisten gestanden, ungläubig seinen Wagen betrachtet und geheult. Als wir kurz vor Hainburg die Donau überquert hatten, konnte ich die Wassermassen auf ihrem Weg nach Bratislava über den Brückenrand hinweg und durch den dichten Schneefall hindurch nur erahnen. Auch die Burgruine, die auf dem Schlossberg im Herzen der Gemeinde thront, war nicht auszumachen. In den engen Gassen Hainburgs herrschte ein enormes Verkehrschaos, vor dem »Wienertor«, einem mittelalterlichen Stadttor, das nur einspurig durchfahrbar ist, staute es sich mehrere Hunderte Meter zurück.

Endlich am Parkplatz des Krankenhauses angekommen, rollte unser Wagen noch, als ich bereits die Tür aufgerissen hatte. Ich saß auf Nadeln, wollte keine Minute verlieren – während mein Vater den Motor abstellte und sich vom Gurt befreite, sprang ich aus dem Auto und rannte direkt auf das Krankenhaus zu. Der Boden war schneebedeckt, darunter Eis, ich war vom Fieber benommen und lief wie auf rohen Eiern.

Vor dem Haupteingang standen die gleichen zwei Patienten wie am Vorabend und zitterten, nur mit ihren Pyjamas, Frotteemorgenmänteln, weißen Tennissocken und Hausschuhen bekleidet, um die Wette. Gierig zogen sie an ihren Glimmstängeln, die vor Freude aufglühten. Ich wartete ungeduldig neben ihnen unter dem Dachvorsprung auf meinen Vater, der unsicher und mit ausgestreckten Armen balancierend durch den Schnee und das Eis stapfte.

Jetzt komm schon!

»Das soll noch den ganzen Tag so weitergehen, haben sie vorhin in den Nachrichten gesagt«, knurrte der eine Raucher. Er war groß, hatte eine bullige Statur und eine knallrote Knollnase. »Verfluchtes Scheißwetter!«

»Mir wurscht«, antwortete der andere, dessen Gesicht etwas von einem Hamster hatte. Runde, dunkle Augen, dicke Wangen und Schneidezähne, die ein wenig hervorstanden, »bleib ich halt im Bett liegen.«

Die beiden lachten. Der Hamster verfiel in einen grauenvollen Hustenanfall.

»Komm schon!«, fuhr ich meinen Vater an, der endlich nachgekommen war.

Der schnaufte zur Antwort.

Wir rannten durch die beiden Glasschiebetüren hinein in das Foyer und wurden augenblicklich von einer sterilen Duftwolke und der deprimierenden Atmosphäre umhüllt. Die grellen Neonröhren an der Decke, die blassen Farben an den Wänden, die dunklen und deprimierenden Wandfliesen an den Säulen, der beißende Geruch von Desinfektionsmittel, die vielen weißen Kittel, die traurigen Mienen, die Tränen, die Angst. Grauenvolles Unbehagen kroch in mir hoch. Mir begann es die Kehle zuzuschnüren und mein ganzer Körper verkrampfte sich. Krankenhäuser waren für mich kein Ort der Heilung – seit dem Tod meiner Mutter empfand ich sie Leid und Tod sehr viel näher. Am liebsten hätte ich auf der Stelle kehrtgemacht und wäre zurück in das dichte Schneetreiben gelaufen.

An der Information teilte uns ein gelangweilt dreinschauender und übergewichtiger Mann mit einer riesigen Narbe über der gesamten linken Gesichtshälfte und einer Automobilzeitschrift in den Händen mit, dass Maria noch im ersten Stock lag. Wir stürmten bereits zu den Aufzügen, als ich ihm ein »Danke« zurückrief. Dort hämmerte ich wie eine Verrückte auf den Knopf ein. Meine Ungeduld hatte ihren Höhepunkt erreicht, ich hatte ein verdammt schlechtes Gewissen Maria gegenüber – wir hätten bei ihr sein sollen, als sie aufgewacht war, nicht zu Hause im Bett. Das war unverzeihlich! Wieder drückte ich den roten Knopf, aber der Aufzug wollte einfach nicht kommen. Ich konnte es kaum erwarten, meine Schwester endlich wieder in die Arme zu nehmen, ihren Herzschlag und ihre Wärme zu spüren, sie um Verzeihung zu bitten, ihre Stimme zu hören und ihr all die Fragen zu stellen, die mich seit Tagen quälten.

Wo blieb der verdammte Aufzug?

Endlich! Ein helles metallisches Pling, und die Aufzugtüren öffneten sich.

Schlechtes Timing – Schulz und Mayerhofer traten heraus und hoben die Augenbrauen, als sie uns entdeckten.

Scheiße, auch das noch!

»Ah, guten Morgen. Sie kommen jetzt erst?«, begrüßte uns Schulz mit seinen Händen in den Taschen und einem Unterton in der Stimme, den ich nicht zu deuten vermochte.

»Jetzt erst?«, wiederholte Mayerhofer. Er wirkte deutlich aufgeregter als sein älterer Kollege.

Mein schlechtes Gewissen versetzte mir einen Stich. »Wie geht es Maria? Waren Sie schon bei ihr?«

Noch während ich auf die Antwort wartete, versuchte ich mich an den beiden vorbei in den Aufzug zu drängen, doch Schulz versperrte mir den Weg. »Wir müssen mit Ihnen beiden sprechen.«

»Später, zuerst muss ich …«

»Jetzt.«

»Aber ich will zu meiner Schwester!«

»Das können Sie gleich.«

»Ich will aber jetzt.«

»Es dauert nicht lange, versprochen.«

»Das ist mir egal, ich …«

»Es ist wichtig! Bitte kommen Sie mit.« Schulz' Tonfall war bestimmter geworden.

»Wichtig«, bekräftigte Mayerhofer mit roten Wangen.

Ich gab meinem Vater einen Schubser, wollte, dass er mich unterstützte. Doch der sah zu Boden und zeigte keinerlei Regung.

»Danke für Ihr Verständnis.«

Ich blies den beiden einen wütenden Schnaufer entgegen. »Aber machen Sie schnell, ich will zu meiner Schwester!«

Die beiden Kriminalpolizisten führten meinen Vater und mich in eine ruhige Ecke, in der ein Haufen gerahmter, bunter Abdrücke von Kinderhänden an der Wand hing. »Laura, 6 Jahre«, stand auf einem. Schulz drückte den Hebel eines Desinfektionsmittelspenders und rieb sich in aller Seelenruhe die Hände ein.

»Also?«, drängte ich ihn.

Schulz begann, konzentriert in seiner Hosentasche zu kramen.

Das hielt ich im Kopf nicht aus! Meine Geduld war zu Ende! Noch bevor er die Frage aller Fragen stellen konnte, fuhr ich ihn an: »Und nein, wir wollen kein verdammtes Zuckerl!«

Er sah mich verwirrt an, ein wenig beleidigt.

Es war mir egal. »Was ist mit Maria, verflucht noch mal? Wie geht es ihr?«

»Beruhigen Sie sich, es geht ihr viel besser als gestern Abend. Sie ist bei Bewusstsein, hat kaum noch Schmerzen und sogar gefrühstückt. Wir haben sie schon befragt.«

»Und?«, fuhr ich ihn an. Warum zum Teufel redete Schulz nicht endlich? Was hatte Maria gesagt? Musste ich ihm etwa alles aus der Nase ziehen? »Wer hat ihr das angetan? Hat sie jemanden erkannt?«

»Nein, leider nicht. Ihre Schwester sagt, da war nur ein maskierter Mann.«

»Wie maskiert?«

»Er hat die ganze Zeit über schwarze Kleidung und eine schwarze Wollmütze getragen, die er sich übers ganze Gesicht gezogen hat. Nur die Augen sind angeblich freigeschnitten gewesen.«

»Und sie hat die Augen nicht erkannt? Augen kann man doch oft …«

»Nein, leider. Aber …«

»Wo hat er sie festgehalten?«

»Vermutlich in einer Holzhütte. Aber da …«

»Eine Holzhütte?« In Bruchteilen von einer Sekunde suchte ich in Gedanken ganz Grundendorf nach einer Holzhütte ab, fand aber keine. »Was für eine Holzhütte?«

»Keine Ahnung, Ihre Schwester sagt, sie war in einem kleinen Zimmer an ihren Armen und Beinen an ein Bett gefesselt. Es war alles aus Holz – nicht nur eine Verkleidung, sondern eine Holzhütte. Mehr weiß sie anscheinend nicht. Ach ja, schwarze Vorhänge und die waren zugezogen, hat sie noch gesagt. Da ist aber noch etwas, das …«

»Und wie ist sie entführt worden?«

Schulz schnaufte. »Auf dem Weg zum Faschingsfest. Ihre Schwester sagt, der Entführer hat ihr am Parkplatz der Sportkantine aufgelauert, sie überwältigt und ihr irgendetwas vor Nase und Mund gehalten. Dann sei sie ohnmächtig geworden und erst gefesselt in der Hütte aufgewacht. Aber sie …«

»Und was ist mit …«

»Jetzt lassen Sie mich bitte einmal ausreden!«, fuhr er mich an.

Ich sah Schulz verdutzt an. »Na, dann reden Sie schon!«

»Ich glaube, wir haben eine Spur.«

»Was? Warum haben Sie das nicht gleich gesagt? Was für eine Spur?«

»Ein blaues Auge.«

»Wie, ein blaues Auge?«

»Nun ja, Ihre Schwester meinte, ihr kam vor, als ob der Täter zuletzt ein blaues Auge gehabt hat, das er überschminkt hat. Sie kann es nicht mit Sicherheit sagen, aber …«

Schulz' Worte verschwammen zu einem Brei und waren auf einmal ganz weit weg. Ich war längst tief in meinen Gedanken versunken. Ein blaues Auge? Erinnerungsblitze – ich sah es vor mir. Aber, konnte das wirklich wahr sein? Konnten all die Menschen in Grundendorf recht gehabt haben und ich nicht? War ich wirklich so blind gewesen, so naiv? War all das Misstrauen berechtigt gewesen? Konnte es nicht noch eine andere Lösung geben?

Schulz' Worte drangen wieder zu mir durch: »… eine große Chance. Wir dürfen jetzt keine Zeit verlieren und müssen umgehend alle männlichen Bewohner aus Grundendorf und den umliegenden Ortschaften überprüfen. Es kann sein, dass …«

Ich war so verblendet gewesen, so dumm. Ich konnte spüren, wie meine Knie weich wurden.

Schulz griff meinen Oberarm. »Alles in Ordnung mit Ihnen?«

»Ja, ich …«

»Was ist denn los?«, brach mein Vater sein Schweigen und stützte mich ebenfalls.

»Ich glaube, ich weiß, wer es ist«, flüsterte ich.

38

Früher Nachmittag.

Ich lag in meinem Bett und konnte hören, wie die Eingangstür aufgerissen und mit einem lauten Knall zugeschmissen wurde.

»Lisa?«, rief Maria aus dem Erdgeschoss. »Sie haben ihn!«

Hastige Schritte. Meine Schwester lief in Schuhen die Stufen nach oben und den Flur entlang. Meine Zimmertür stand offen. Dr. Wallner, der mit dem digitalen Fieberthermometer in der Hand an meiner Bettkante saß, und ich sahen einander erwartungsvoll an, dann starrten wir zum leeren Türrahmen. Meine Anspannung stieg mit jedem Schritt, den Maria uns näher kam.

Maria erschien völlig abgehetzt und stemmte die Hände gegen ihre Knie. Ihre Wangen leuchteten rot, die Wunden waren überschminkt, ihre Schultern und die Mütze waren schneebedeckt. »Sie haben ihn festgenommen!«, schrie sie und rang nach Luft.

»Um Gottes willen«, murmelte Dr. Wallner und hielt sich die Hand vor den Mund.

»Sie haben den Steiner wirklich verhaftet!« Marias Stimme überschlug sich vor Aufregung.

Ich wusste nicht, was ich sagen sollte. War einfach nur sprachlos. Hatte keine Ahnung, ob ich mich freuen oder schockiert sein sollte.

»Ich hab gesehen, wie sie ihn abgeführt haben – in Handschellen! Da sind mindestens 25 oder 30 Polizisten in seinem Haus – Spurensicherung mit so weißen Overalls und so – das volle Programm! Die haben alles rundherum abgesperrt. Und Reporter, überall sind Reporter. Einer hat mich sogar interviewt – fürs Fernsehen! Wir müssen heute Abend unbedingt die Nachrichten anschauen!« Maria war völlig außer sich, ihre Augen waren ganz groß und leuchteten.

»Maria, bitte beruhige dich doch.« Einerseits war ich überglücklich darüber, dass meine Schwester entlassen worden war und es ihr so gut ging, andererseits war ich besorgt, dass sie vielleicht noch unter Schock stand und die traumatischen Ereignisse der letzten Tage nur verdrängte. Ihr Verhalten machte mir Sorgen. Hätte sie denn nicht völlig verängstigt sein sollen? »Du solltest dich besser schonen.«

»Da hat deine Schwester völlig recht, Maria«, bekräftigte Dr. Wallner. »Es wäre wirklich besser, wenn …«

Doch die reagierte gar nicht auf das, was wir sagten, und unterbrach ihn: »Das ganze Dorf ist dort! Sie haben applaudiert, als sie den Steiner im Polizeiwagen weggebracht haben! Die alte Graf ist richtig ausgeflippt und hat mit einem Stein nach ihm geworfen – sie haben sie zurückhalten müssen.«

Dann war es also wirklich wahr! Wie hatte ich mich nur derart in Steiner täuschen können? War ich wirklich so blind gewesen, dass ich nicht gesehen hatte, was alle anderen in Grundendorf längst begriffen hatten? Dass Steiner böse war, ein Mörder und Sadist. Dass er derjenige war, der Linda, Markus, und meine Schwester entführt hatte? Derjenige, der Natalie ermordet und ihr einen Ast zwischen die Beine gerammt hatte? Ich musste an seine faltenfreien, kindlichen Hände denken, wie sie unnütze Bewegungen machten und aneinander herumzupften. Mir wurde schlecht beim Gedanken daran, was diese Finger mit Natalie angerichtet hatten. Hass überfiel mich und ich erwischte mich bei dem Wunsch, dasselbe mit Steiner machen zu dürfen.

»Ich muss zurück, das darf ich mir nicht entgehen lassen!« Maria verschwand ebenso schnell, wie sie gekommen war.

»Und was ist mit Linda und Markus? Hat die Polizei sie gefunden?«, rief ich ihr nach.

»Noch nicht!« Ich konnte sie die Stufen nach unten hetzen hören, durch den Flur, Tür auf und mit einem lauten Knall wieder zu.

Stille.

»Ich muss auch dorthin.« Ich richtete mich auf, wollte aus dem Bett steigen, doch augenblicklich überkam mich ein Schwindelgefühl und ein heftiger Stich durchfuhr meinen Kopf. »Ah.«

»Nein, das wirst du nicht, Lisa.« Dr. Wallner drückte mich sanft an der Schulter zurück in den Polster.

Ich kniff wegen meiner Kopfschmerzen die Augen zusammen und massierte meine Schläfen. »Aber ich muss wissen, was mit Linda und Markus ist.«

»Du hast 39,2 Grad Fieber, und wenn du so weitermachst, bald noch eine Lungenentzündung dazu. Würde mich nicht wundern, wenn du dir das am Dienstag nach der Messe eingefangen hast, als du deinen Schirm nicht benützt hast und patschnass geworden bist. Mit so etwas ist nicht zu spaßen. Du wirst dieses Bett nicht verlassen, bis du wieder gesund bist.«

Verdammt, warum hatte ich nur auf Maria und meinen Vater gehört und Dr. Wallner um Hilfe gebeten? Ich hätte nach Obermarch in die Apotheke fahren und mir dort irgendetwas Fiebersenkendes und Schmerzstillendes besorgen sollen.

»Haben wir uns verstanden?«

»Ja«, murmelte ich.

»Gut.«

Warum war ich ausgerechnet jetzt krank geworden?

»Wieso hast du eigentlich gewusst, dass es der Steiner ist?«, fragte er scheinbar ganz beiläufig, während er seinen schwarzen, ledernen Arztkoffer zusammenklappte.

»Wegen des blauen Auges.«

»Er hatte ein blaues Auge? Woher hast du davon gewusst?«

Ich beschloss, ihm nichts von Annas Angriff auf mich zu erzählen. Ich wollte, dass er endlich ging. »Hab's zufällig gesehen.«

»Aha.« Er betrachtete mich eindringlich. Skepsis lag in seinem Blick, oder bildete ich mir das nur ein? Dann griff er seinen Koffer und stemmte sich von meiner Bettkante hoch. »Na, da kannst du aber stolz auf dich sein, Lisa – dank dir haben wir endlich Natalies Mörder gefunden. Dieser Steiner ist mir sowieso ein wenig suspekt gewesen. Ich meine, … na, ist ja egal.«

»Mh«, machte ich. Ich war so vieles in diesem Moment. Aber sicher nicht stolz.

»Also gut, Lisa, wie gesagt«, er zeigte auf die Medikamentenschachtel auf meinem Nachtkästchen, »dreimal am Tag eine von den Tabletten nehmen. Morgens, mittags und abends. Ansonsten viel trinken – am besten warmen Tee, viel schlafen und keine Aufregung.«

Keine Aufregung – das war leicht gesagt!

»Und wenn du etwas brauchen solltest, kannst du mich jederzeit anrufen, hörst du?«

Ich nickte.

Dann trat Dr. Wallner aus meinem Zimmer und ließ mich in einem Nebel aus Ohnmacht und Selbstzweifel zurück.

39

Seit Dr. Wallner gegangen war, hatte ich die meiste Zeit über geschlafen und nur zweimal das Bett verlassen, um mich auf wackeligen Beinen zur Toilette zu schleppen. Die Medikamente, die er mir verschrieben hatte, taten ihre Wirkung – die Schmerzen waren weniger geworden und das Fieber gesunken, dafür fühlte ich mich benommen und unglaublich schwach. Jedes Mal, wenn ich aufgewacht war, war es gespenstisch still im Haus gewesen. Mein Vater hatte gearbeitet, keine Ahnung, wo sich meine Schwester die ganze Zeit herumtrieb. Tom hatte zweimal angerufen, doch ich war nicht rangegangen. Die drei SMS, die er mir daraufhin geschickt hatte, hatte ich ungelesen gelöscht. Aus den Augen, aus dem Sinn.

Steiner!

Immer wieder musste ich an Steiner denken. Wie hatte ich mich nur derart in ihm täuschen können? Ich hoffte, dass die Polizei herausgefunden hatte, was er mit Linda und Markus angestellt hatte. Und vor allem, dass sie noch lebten! Mehrmals hatte ich versucht, Patrick zu erreichen, um etwas herauszufinden, doch er hatte nie abgenommen. Ich saß auf Nadeln.

Kurz vor Mitternacht hörte ich endlich ein leises metallisches Klicken aus dem Erdgeschoss – die Eingangstür wurde aufgesperrt. Kaum Geräusche, Maria bemühte sich ganz offensichtlich, leise zu sein und mich nicht zu wecken. Durch den Spalt unter meiner Tür konnte ich aber sehen, dass sie das Licht im Flur angemacht hatte. Und gegen das Knarren der Treppen war sie ohnehin machtlos.

Ich war so aufgeregt. Hoffte, nun endlich Antworten zu bekommen.

»Maria?«, rief ich, als ich hörte, dass sie auf Höhe meines Zimmers war.

Sie hielt inne. Ich konnte ihren regungslosen Schatten durch den Türspalt sehen. Ein paar Sekunden passierte nichts, dann ging meine Zimmertür mit einem leisen Quietschen auf und meine Schwester streckte ihren Kopf durch einen schmalen Spalt.

»Lisa, du bist noch wach?«

»Wo bist du die ganze Zeit gewesen?«

»Unterwegs.«

»Wo?«

»Ist doch egal, schlaf jetzt.«

Sie wollte die Tür schließen.

»Maria, warte!«

»Was denn noch?«

»Haben sie Linda und Markus gefunden?«

»Ich glaub, noch nicht.«

»Hast du Patrick gesehen?«

»Nein, wieso?«

»Nur so.«

»Gut, also …«

»Willst du vielleicht reden?«

»Nein, ich bin müde. Ich geh jetzt schlafen.«

Sie schloss die Tür.

»Maria?«

Keine Antwort mehr.

DIENSTAG, 17. FEBRUAR

40

Am Dienstag, genau eine Woche, nachdem wir ihre nackte, geschundene Leiche im Wald nahe des Saugrunds gefunden hatten, war es dann so weit: Natalie war von der Gerichtsmedizin freigegeben worden und ihr Körper konnte endlich beigesetzt werden. Für mich sollte ihre Beerdigung den traurigen Abschluss meines Aufenthalts in Grundendorf darstellen, denn ich konnte es kaum erwarten, von hier wegzukommen. Die letzten Tage war ich vom Fieber gezeichnet und so schwach gewesen, dass nicht daran zu denken gewesen wäre, selbst zurück nach Wien zu fahren. Aber nun mussten meine Kräfte reichen, denn dieser verfluchte Ort sog langsam alles Leben und alle Energie aus mir, und ich wusste, dass ich es keinen Tag länger ausgehalten hätte. Alles war vorbereitet – das Bett war gemacht, mein Zimmer aufgeräumt und meine Tasche gepackt. Sie wartete auf dem Bettvorleger darauf, dass ich sie abholte und mit nach Wien nahm.

Es war ein finsterer, tiefgrauer Tag, der die Stimmung des ganzen Dorfs widerzuspiegeln schien. Selbst der Schnee war nun nicht mehr weiß, sondern schimmerte gräulich im trüben Licht. Keine Sonne, kein blauer Himmel – nur ein endloses und tief hängendes Wolkenmeer, das sich über uns ausbreitete und ganz langsam auf Grundendorf niederzusinken schien.

Gott, wie sehr ich mich nach ein wenig Sonne sehnte! Nur ein paar Strahlen!

Heftiger Wind peitschte die Baumwipfel hin und her. Bis zum Freitagabend hatte es durchgehend geschneit, danach immer wieder für einige Stunden – Grundendorf und das gesamte Marchfeld hatten unter den Schneemassen zu ersticken gedroht. Erst im Laufe des Montagvormittags war die weiße Last so weit gebändigt gewesen, dass alle Straßen passierbar gewesen waren und das Leben seinen gewohnten Lauf nehmen konnte.

Ganz Grundendorf hatte sich in trauerndes Schwarz gekleidet und war zu Natalies Begräbnis gekommen – sogar mein Vater hatte sich dazu durchgerungen. Er betrat allerdings die Kirche nicht, sondern wartete mit unzähligen anderen Trauergästen, die keinen freien Platz mehr gefunden hatten, und einer ganzen Meute an Reportern draußen in der eisigen Kälte, bis der Gottesdienst vorbei war. Ich hatte gemeinsam mit Maria einen Sitzplatz in einer der hinteren Reihen ergattert und saß eingezwängt zwischen ihr und einem alten Mann, den ich nicht kannte und der nach Mottenkugeln stank. Er blätterte unentwegt im »Gotteslob«, das vor ihm ausgelegen hatte, entfernte Eselsohren und strich mit seinen knochigen und faltigen Fingern über jede einzelne Seite. Drei Reihen vor mir erspähte ich Tante Hannelores auftoupierten Schopf – er lag schief, zuckte aber nicht, was hieß, dass sie noch keinen Schluckauf bekommen hatte. Vielleicht war sie eingeschlafen. Irgendwo räusperte sich jemand, viele andere setzten daraufhin mit ein. Lautes Schluchzen erklang – es hörte sich nach Natalies Mutter an.

Helles Glockengebimmel und schweres Orgelspiel ertönten. Alle erhoben sich, die Holzbänke knarrten.

Das Schluchzen wurde lauter, irgendwo begann noch jemand zu weinen. Ich streckte mich und stellte mich auf meine Zehenspitzen, konnte aber nichts bis auf schwarze Mäntelrücken und Hinterköpfe entdecken. Der alte Mann neben mir behielt weiter das »Gotteslob« in den Händen und fummelte daran herum.

Von der anschließenden Predigt des Pfarrers bekam ich kaum etwas mit. In Gedanken war ich weit weg – bei Steiner und all den unvorstellbaren Dingen, die in den letzten Tagen über ihn an die Öffentlichkeit gedrungen waren: Blut war auf einem schwarzen T-Shirt gefunden worden – Natalies und Marias Blut. Und Haare der beiden im ganzen Haus und vor allem im Müll. Außerdem hatte die Polizei auf seinem PC und in einem versteckten Schrank in seinem Keller ein wahres Arsenal an Kinderpornos gefunden – brutale und abartige Filme, die jedem normalen Menschen Tränen in die Augen trieben und Hass auf die erwachsenen Männer schürte, die diese armen Kinder für ihr perverses Verlangen benutzten und ihnen Schmerzen und Schäden fürs Leben zufügten. Sogar von Steiner mit thailändischen Kindern selbst gedrehte Filme waren darunter gefunden worden – sie sollen die grausamsten gewesen sein, erzählte man sich im Dorf. Dieser abartige Fund ließ die Anschuldigung von Steiners ehemaliger Schülerin auf einmal in einem ganz anderen Licht erscheinen – das Mädchen hatte damals die Wahrheit gesagt, daran bestand in Grundendorf kein Zweifel mehr. Das große Rätseln hatte nun darüber begonnen, warum es die Anschuldigungen zurückgezogen hatte: War Geld geflossen? Steckten die Eltern mit drin? Hatte Steiner dem Mädchen gedroht? Die Zeitungen hatten sich wie Aasgeier auf dieses Thema gestürzt und überboten sich seither gegenseitig mit immer wilderen Theorien. Doch die Wahrheit würde wohl nie mehr ans Licht kommen, denn Steiner schwieg hartnäckig – sowohl was die Filme, als auch was den Fall von damals betraf. Fest stand nur, dass er über Jahrzehnte hinweg ein Doppelleben geführt und die Bewohner Grundendorfs hinters Licht geführt hatte.

So widerwärtig die Dinge auch waren, die über Steiner ans Tageslicht gekommen waren – ein letzter Funke Zweifel war geblieben, denn er behauptete steif und fest, nichts mit Natalies Ermordung und dem Verschwinden der anderen zu tun zu haben. Aber ich hatte das Gefühl, dass die meisten Grundendorfer ganz gut mit diesem Restzweifel leben konnten – die Vergangenheit war ohnehin nicht rückgängig zu machen, und mit Steiner hatte man nun wenigstens einen Sündenbock gefunden, auf den man seine Wut konzentrieren und all seine eigenen Fehler abwälzen konnte. Die Menschen schienen glücklich damit zu sein – niemanden schien es besonders zu stören, dass Lindas und Markus' Schicksal ungeklärt war und man in Steiners Haus keinerlei Spuren von den beiden hatte finden können. Auch den Medien war dies höchstens eine Randnotiz wert.

Aber egal, wie ich es drehte und wendete. Für mich fühlte sich das alles nicht richtig an. Ich war überzeugt: Steiner war, wenn überhaupt, nur die halbe Lösung – es musste mehr hinter dem Ganzen stecken. Nur was? Und vor allem wer? Die Tatsache, dass ich gleich nach Natalies Beerdigung zurück nach Wien fahren wollte, bedeutete nicht, dass die Sache für mich erledigt war.

Ich fühlte mich dazu verpflichtet, weiter nach Linda und Markus zu suchen, und ich hatte mir ganz fest vorgenommen, nicht aufzugeben, bis ich herausgefunden hatte, was mit den beiden geschehen war.

Glockengebimmel riss mich nach einer guten Stunde aus meinen Gedanken. Die Trauergäste erhoben sich und ich mich mit ihnen. Orgelspiel setzte ein. Natalies Sarg wurde von sechs Männern, den Mittelgang entlang, nach draußen getragen. Der Pfarrer und die Angehörigen hinterher. Natalies Vater, selbst gebrochen, stützte seine Frau, die ihr Gesicht in ihren Händen vergrub und wirkte, als würde sie jeden Moment zusammenbrechen. Ihr bitterliches Schluchzen schnürte mir die Kehle zu. Natalies Vater versuchte tapfer zu bleiben, doch es war nicht zu übersehen, dass sich auch seine Augen mit Tränen gefüllt hatten und der Damm jeden Moment brechen würde. Zaghaft traten die Menschen hinter Natalies Eltern aus den Holzbankreihen und folgten ihnen mit versteinerten Mienen. Einige wenige tuschelten hinter vorgehaltenen Händen.

Der Grundendorfer Friedhof war unmittelbar um die Kirche herum angelegt, und das Gelände war nicht nur uneben, sondern auch noch eisig und nur sehr sporadisch vom Schnee befreit worden. In dem unwegsamen Gelände rutschte einer der sechs Sargträger weg und krachte zu Boden. Die anderen fünf hatten alle Mühe, auf den Beinen zu bleiben und den Sarg fest im Griff zu behalten. Ein entsetztes Raunen ging durch die Menge, irgendwo war ein »Um Gottes willen« zu hören. Aufgerissene Augen und Münder. Der Gestürzte kämpfte sich hoch, hielt sich mit schmerzverzerrtem Gesicht das Steißbein und murmelte einen stummen Fluch. Er schnaufte durch und griff wieder den Sarg.

Wenig später hatten sich alle zwischen, hinter und teilweise auf den schneebedeckten Grabsteinen rund um das für Natalie ausgehobene Loch im frostigen Erdboden versammelt und hofften, einen letzten guten Blick auf den Sarg und Natalies trauernde Familie zu erhaschen. Die Beklemmung, die in den engen Kirchenbankreihen geherrscht hatte, war verschwunden – die Sensationslust war zurückgekehrt. Die Menschen hatten große Augen, rote Wangen und Ohrläppchen, Atemwolken schwebten vor ihren Gesichtern, und überall wurde getuschelt.

Ich entschloss mich dazu, im Hintergrund zu bleiben und die Anwesenden zu beobachten – vielleicht benahm sich ja jemand auffällig. In einiger Entfernung entdeckte ich zwei junge Frauen, mit denen ich im Volksschulalter einmal befreundet gewesen war. Die eine, Sylvia, musste seitdem mindestens 70 oder 80 Kilo zugenommen haben – sie nickte mir kaum merkbar zu, ihr Doppelkinn quoll dabei hervor. Die andere, ich hatte keine Ahnung mehr, wie sie hieß, vergrub ihr Gesicht in einem dicken Wollschal und ignorierte mich. Sie hatte einen Jungen um die fünf oder sechs Jahre an der Hand, der mit seinem freien Zeigefinger in der Nase bohrte und anschließend eingehend die Fingerspitze betrachtete.

Ein Stück weiter rechts von ihnen sah ich Claudia, Katja und Nicole – Marias Freundinnen, wenn man sie so nennen wollte. Wie schon einige Tage zuvor bei der Suchaktion waren sie auffällig sexy geschminkt – dunkler Lidschatten, Wimperntusche und glänzender Lipgloss. Ihr langes Haar wehte im Wind und klatschte ihnen immer wieder ins Gesicht. Ich stellte mir vor, dass es nach Erdbeershampoo duftete. Pausenlos waren sie damit beschäftigt, es sich hinter ihre Ohren zu stecken.

Alois Stumpf stand den dreien gegenüber und starrte sie lüstern an. Das Bild des rot-weiß karierten Hemdzipfels, das aus seinem Hosenstall lugte, ließ mich nicht mehr los. Ich stellte mir sein steifes Glied vor und wie er mit seinen klobigen Wurstfingern daran herumfummelte. Mir wurde übel und ich zwang mich, von diesem Gedanken loszukommen.

Neben dem Bürgermeister stand Eleonora Stumpf, seine Frau. Die rundliche Frau mit knolliger Nase und knallroten Wangen wirkte betroffen und so ahnungslos zugleich. Ich war mir sicher, dass sie keinen blassen Schimmer hatte, dass ihr Mann auch andere Frauen in Grundendorf vögelte. Ob sie auch ab und zu gemeinsam mit ihrem Mann in der Sportplatzkantine war? Ob sie der Geliebten ihres Mannes besonders viel Trinkgeld gab, wenn diese ihr Kaffee servierte? Ob die Geliebte ihr in den Kaffee spuckte, wenn sie ihn ihr zubereitete? Ob sie Herzklopfen dabei hatte?

Endlich entdeckte ich auch Maria, die sich nach der Messe still und heimlich von mir abgeseilt hatte, in der Menge. Sie starrte vor sich hin ins Leere, schien berührt, nachdenklich, aber keineswegs ängstlich oder verstört. Ihre anfängliche Euphorie, nachdem sie befreit und Steiner verhaftet worden war, war übers Wochenende verflogen und sie war ruhiger geworden. Sehr ruhig sogar. Die grausamen Erlebnisse schienen sie eingeholt zu haben und seither an ihr zu nagen – das konnte ich ihr deutlich ansehen. Unzählige Male hatte ich das Gespräch mit ihr gesucht, hatte versucht, ihr die Last des Erlebten zumindest ein bisschen zu erleichtern, in dem ich mit ihr über die traumatische Erfahrung der Entführung und der Ermordung ihrer besten Freundin sprechen wollte, aber sie hatte jedes Mal abgeblockt. Es sei nicht nötig, vielleicht später einmal, hatte sie gesagt. Ich sollte mir keine Sorgen machen, es ginge ihr gut. Egal, was ich auch versuchte – ich hatte es bisher nicht geschafft, zu ihr durchzudringen.

»So, jetzt ist das gleich erledigt und du kannst endlich von hier verschwinden«, flüsterte mir eine vertraute Stimme ins Ohr.

Anna!

Auch das noch, die hatte mir gerade noch gefehlt. Mein ganzer Körper verspannte sich.

»Was ist? Hat's dir die Sprache verschlagen?«

»Lass mich gefälligst in Ruhe!« Ich drehte mich nicht zu ihr um.

»Lass mich gefälligst in Ruhe«, äffte sie mich nach.

Ich zwang mich, ruhig zu bleiben. Schloss die Augen.

»Schon komisch.«

Ich wollte sie ignorieren.

»Findest du nicht?«

Ich schaffte es nicht. »Was?«

»Dass deine Schwester als Einzige da rausgekommen ist, was?«

Ich fuhr zu ihr herum. »Was willst du damit sagen?«

»Gar nichts.« Sie grinste verstohlen. »Außer, dass es komisch ist.«

»Sie hat eben Glück gehabt! Sei froh, dass wenigstens sie überlebt hat.«

»Genau.«

»Ja, genau!«

Etwa drei Meter von uns entfernt standen zwei ältere Frauen, die ungläubig die Köpfe schüttelten und uns einen missbilligenden Blick zuwarfen.

»Du solltest ein bisschen leiser sprechen, Lisa.«

»Und du solltest mich und meine Familie in Ruhe lassen!«

»Ich werde Maria im Auge behalten. Und dich auch.«

»Und ich werde dich anzeigen, wenn du uns weiter tyrannisierst.«

Anna zuckte mit den Schultern und grinste provozierend. »Tu, was du nicht lassen kannst.« Dann drehte sie sich um und ging.

Ich stand da wie angewurzelt, knirschte vor Wut mit meinen Zähnen und sah ihr nach, bis sie durch das schwarze Friedhofstor geschlüpft und aus meinem Sichtfeld verschwunden war. Die schwarzen Locken, die unter ihrer Wollmütze hervorlugten, wehten heftig im Wind.

Genau in diesem Moment wurde Natalies Sarg langsam hinab in die Grube gelassen, und ihre Mutter stieß einen jämmerlichen Laut aus. Plötzlich gaben ihre Beine nach und ihr Mann konnte sie gerade rechtzeitig auffangen. Schockiertes Raunen. Ein weiterer Mann, der herbeieilte, um die Frau zu stützen. Qualvolle Schreie von Natalies Mutter.

Aber so traurig dieser Augenblick auch war, für die meisten hatte er etwas Hoffnungsvolles, denn sie glaubten fest daran, dass mit dem Verschwinden von Natalies Leiche im Erdboden endlich auch dieses grauenvollste aller Kapitel der Grundendorfer Geschichte der Vergangenheit angehörte. Die Menschen waren davon überzeugt, dass sie das Schlimmste hinter sich hatten und von nun an endlich Normalität im Dorf einkehren konnte. Doch sie irrten, und das sollte ihnen sehr bald klar werden. Das, was später als das Unfassbare und als dramatischer Höhepunkt beschrieben wurde, stand Grundendorf unmittelbar bevor. Wir alle waren so ahnungslos.

41

Ich schlüpfte durch das schwarz lackierte, gusseiserne Friedhofstor, drängte mich mit der Hand vor dem Gesicht an den wartenden Reportern und Kameraleuten vorbei und wehrte Mikrofone ab, die mir vor die Nase gehalten wurden.

»Wie fühlen Sie sich?«, fragte ein Typ.

»Wie geht es Ihrer Schwester?«, wollte ein anderer wissen.

Fuck you!

Ohne eine Antwort ließ ich die Meute hinter mir, atmete die frostige Winterluft tief in meine Lungen ein und versuchte mir einzureden, zu spüren, wie die Belastung der letzten Tage von mir abfiel. Doch sosehr ich mich anstrengte – ich spürte rein gar nichts, die Last wog zentnerschwer auf meinen Schultern. Noch zehn Minuten, sagte ich mir im Geiste und versuchte, Annas absurde Provokationen zu vergessen. Noch zehn Minuten! Warum nahm ich mir so zu Herzen, was sie sagte? Es war offensichtlich, dass sie psychische Probleme hatte und Hilfe brauchte. Sie sollte sich besser selbst im Auge behalten und nicht Maria und mich! Noch zehn Minuten, dann würde ich die Reisetasche aus meinem Zimmer holen, mich von Maria und meinem Vater verabschieden – wenn sie dann schon zu Hause waren (ansonsten würde ich ihnen einen kurzen Brief hinterlassen oder am Abend oder in den nächsten Tagen von zu Hause aus anrufen) – in mein Auto steigen und Grundendorf endlich verlassen. Für sehr lange Zeit, nahm ich mir vor.

»Lisa!«, hörte ich auf einmal Patrick hinter mir rufen.

Ich blickte mich um und sah ihn mit ausgestreckten Armen auf dem eisigen Untergrund balancierend auf mich zulaufen. Er war im Dienst und trug seine Winter-Uniform.

»Zum Glück hab ich dich noch erwischt.«

Ich versuchte mich in einem Lächeln. Keine Ahnung, ob es mir gelang.

Er wirkte unbeholfen. »Wie geht's dir?«

»Schon besser, hab fast kein Fieber mehr.«

»Das freut mich.« Er nahm seine Kappe ab und kratzte sich am Hinterkopf.

Mir fiel keine Antwort ein.

»Bleibst du heute Abend in Grundendorf?«

»Nein, ich hol nur meine Sachen und fahr dann zurück nach Wien.«

»Oh.« Die Enttäuschung stand ihm ins Gesicht geschrieben.

»Ich war über eine Woche nicht mehr zu Hause, weißt du.«

»Ja, schon klar, ich dachte nur, wir könnten … ich meine …«

»Leider.«

»Ja.«

»Gut, also ich …«

»Was hat eigentlich Anna vorhin von dir gewollt?«

»Was? Wieso?«

»Ich hab gesehen, wie sie während des Begräbnisses zu dir gekommen ist.«

»Ach, gar nichts.« Ich hatte keine Lust, mit Patrick darüber zu sprechen. Wollte nur nach Hause.

Aber er ließ nicht locker. »Du hast nicht besonders begeistert dreingeschaut, wenn ich das richtig gesehen hab.«

»Ach, vergiss es. Sie wollte mich provozieren.«

»Wieso, was hat sie gesagt?«

»Patrick, ich will jetzt wirklich nicht …«

»Komm schon, Lisa. Mir kannst du's ja sagen.«

»Patrick, nichts, sie hat nur …«

»Was?«

»Sie hat Andeutungen gemacht, dass … Sie meint, dass Maria vielleicht lügt und etwas mit der Sache zu tun hat. Sie ist verrückt, das hast du ja selbst gesagt.«

»Ah.«

»Was ah?«

»Nichts.«

»Patrick!«

»Was denn?«

»Was hast du mit diesem Ah gemeint?«

»Gar nichts.«

»Verkauf mich nicht für blöd! Ich kenn dich besser, als du vielleicht denkst!«

»Tust du nicht. Ich hab nur, ich wollte nicht …«

»Glaubst du das etwa auch?«

Sein Gesicht zuckte unkontrolliert. Er wich meinem Blick aus.

»Ja, das tust du. Richtig?«

»Lisa, ich …«

»Glaubst du wirklich auch, dass Maria lügt?«

»Das … ich … Lisa …«

Wut stieg in mir hoch, Verzweiflung. »Wie kannst du nur? Du bist wirklich um nichts besser als all die anderen hier.«

»Lisa!«

Er wollte mich in die Arme nehmen.

»Fass mich nicht an!«

»Lisa!« Nervös blickte Patrick hinter sich zu den Reporterteams, doch die waren voll und ganz auf die Trauergäste fixiert, die nun wie Ameisen aus dem Friedhof strömten. »Bitte beruhige dich und schrei nicht so.«

»Ich schrei, wann ich will!«

Ich dachte gar nicht daran, ihm den Gefallen zu tun und mich zu beruhigen. Mir war alles gleich. Zehn Minuten noch! Zehn Minuten, dann würde ich im Auto sitzen und diesen trostlosen Ort endlich verlassen. Ich konnte es kaum erwarten.

»Es ist besser, wenn …«

»Mach's gut, Patrick.«

Ich wandte mich ab und ging.

»Lisa!«

Ich konnte hören, dass Patrick mir folgte. Ging immer schneller.

»Lass mich in Ruhe!«

Er folgte mir immer noch. Ich begann zu laufen.

»Lisa, jetzt warte doch! Es tut mir leid!«

Er hatte mich eingeholt, hielt mich an meinem Mantel zurück. Ich fuhr mit der Hand herum, traf ihn im Gesicht.

Klatsch!

Patrick ließ mich los. Starrte mich fassungslos an, sein Mund stand offen.

Ich ließ ihn stehen und ging ohne ein weiteres Wort.

42

Nachdem ich die Reisetasche auf den Beifahrersitz geschmissen, den Motor gestartet und das Heizungsgebläse auf höchste Stufe gestellt hatte, schaufelte ich den Schnee von meinem Wagen und kratzte notdürftig das Eis von der Windschutzscheibe. Dabei schäumte ich vor Wut. Überlegte ernsthaft, zu Patrick zurückzulaufen und ihm meine Meinung ins Gesicht zu schreien – vor den versammelten Reporterteams, seinen Kollegen und all den neugierigen Grundendorfer Tratschweibern, die ihre Ohren spitzen und ihr Glück wohl kaum würden fassen können. Ich wollte Patrick ins Gesicht sagen, wie enttäuscht ich von ihm war, wie verletzt. Nach all unseren gemeinsamen Jahren. Wie konnte er so etwas überhaupt nur denken? Wie konnte er Maria das nur antun?

Und warum ging dieses verdammte Eis nicht von der Scheibe? Ich schrie und ließ meinem Frust freien Lauf. Schließlich gab ich mich mit einer kleinen freigekratzten Fläche zufrieden und schwang mich in den Wagen.

Gerade in dem Moment läutete mein Handy. Ich kramte in meiner Tasche danach, holte es heraus, las Patricks Name auf dem Display und hob ab. »Lass mich in Ruhe!«, schrie ich, legte auf und warf das Telefon auf den Beifahrersitz. Es fiel in den Spalt zwischen Sitz und Beifahrertür. »Scheiße!«

Aber egal, ich würde es in Wien herausfischen. Ich schnallte mich an, löste die Handbremse, trat die Kupplung, legte den Gang ein und fuhr los.

Nichts wie weg von hier!

Mein Handy begann wieder zu klingeln. Ich beschloss, es zu ignorieren.

Auf beiden Straßenseiten waren die Gehwege voll mit Menschen, die auf dem Weg von Natalies Begräbnis nach Hause oder zum Leichenschmaus in der Sportkantine waren. Ich erwischte mich dabei, wie ich nach Maria Ausschau hielt, um zu sehen, was sie machte.

Schluss jetzt! Reiß dich zusammen, Lisa!

Ich fuhr am Gemeindehaus vorüber, das fast völlig finster war – nur in einem Fenster brannte Licht. Die schwarze Fahne flatterte davor im Wind. Sekunden später fuhr ich an der Kirche vorbei. Eine riesige Menschentraube hatte sich dort versammelt. Reporter streckten Mikrofone in fremde Gesichter, Kameras behielten alles im Auge. Ich versuchte zu erkennen, wer noch dort war, sah nicht auf die Straße – nur zwei oder drei Sekunden lang.

»Scheiße!«

Ich sprang auf die Bremse.

Reifenquietschen. Der Geruch von verbranntem Gummi. Schwarzer Rauch. Menschen mit erschrockenen Grimassen, großen Augen, aufgerissenen Mündern. Frau Graf, die wild zu schimpfen begann und mit der flachen Hand auf meine Motorhaube einschlug.

Scheiße, beinahe hätte ich sie übersehen. Aber warum hatte die Alte ausgerechnet vor mir die Straße überqueren müssen?

»Es ist alles deine Schuld!«, brüllte sie aus voller Kehle, und ihre Stimme überschlug sich dabei. »Du gehörst nicht hierher!«

Ich blies kräftig aus, rieb mir mit beiden Händen das Gesicht. War mit den Nerven am Ende, wollte nach Hause. Langsam rollte ich an ihr vorüber und ignorierte ihre Schläge gegen meine Seitenscheibe.

»Es ist alles deine Schuld!«

Ich stieg aufs Gas.

Weg! Weg! Weg! Endlich weg von hier!

Als ich das Ortsende passierte, hatte ich mich immer noch nicht gefangen, ich war völlig durcheinander, konnte keinen klaren Gedanken fassen und fuhr wie ferngesteuert. Der Duftbaum baumelte wild vom Rückspiegel und ging mir plötzlich unheimlich auf die Nerven. Ich riss ihn hinunter und warf ihn auf den Rücksitz. Im schiefen Spiegel konnte ich noch erkennen, wie das Grundendorfer Ortsschild immer kleiner wurde und schließlich hinter einer Kurve ganz aus meinem Sichtfeld verschwand.

Geschafft!

Ich konnte es kaum glauben – ich hatte es tatsächlich geschafft: Ich hatte Grundendorf hinter mir gelassen, und diese grauenvollen Tage gehörten endlich der Vergangenheit an. Ich atmete tief durch, bemerkte, dass mir schwindelig war, weil ich die ganze Zeit über die Luft angehalten hatte. Gott, was hatte Grundendorf nur aus mir gemacht? Nichts, aber auch gar nichts, versuchte ich mir einzureden, würde mich in nächster Zeit dazu bringen, dorthin zurückzukehren.

Ich war erschöpft und meine Augen schwer, als ich die schmale, holprige Landstraße entlangfuhr. Tief in Gedanken versunken, bemerkte ich den Wagen erst sehr spät, der mir auf einmal, scheinbar aus dem Nichts, entgegenkam. Der Fahrer blendete mehrmals auf und begann wild zu hupen. Erst jetzt begriff ich: Ich war viel zu weit auf die Gegenfahrbahn geraten.

Scheiße!

Ich riss das Steuer herum. Kam ins Schleudern. Schaffte es gerade noch, den Wagen abzufangen, bevor ich im Straßengraben landete. Im Vorbeifahren konnte ich erkennen, dass der Fahrer wild hinter seinem Steuer gestikulierte und fluchte. Wütendes Hupen. Das war knapp gewesen.

Lisa!

Ich versuchte mich zu sammeln und auf die Straße zu konzentrieren, wollte heil nach Hause kommen. Der

Asphalt war nass, stellenweise vereist, obwohl Salz gestreut worden war. Links und rechts davon kahle, schneebedeckte Nussbäume, dahinter endloses Weiß, das in der Ferne mit dem Nebel und der einsetzenden Dämmerung verschmolz.

Immer wieder hörte ich Annas Stimme im Geiste: »Schon komisch, dass deine Schwester als Einzige da rausgekommen ist.«

Schluss jetzt!

Ich durfte mir die Heimfahrt nicht länger von dieser Psychopathin vermiesen lassen. Seit wann hörte ich darauf, was andere sagten? Das war ja lächerlich! Ich machte das Radio an, um mich abzulenken.

Roxette. »It must have been love.«

Auf einmal hatte ich ein Déjà-vu.

Was für ein Zufall!

Ich sah mich um. Ja, es musste ungefähr die gleiche Stelle gewesen sein. Letzte Woche Montag, als ich auf dem Weg von Wien nach Grundendorf gewesen war, hatte es doch auch den Song gespielt – ziemlich genau auf demselben Streckenabschnitt, auf dem ich mich gerade befand.

It must have been love but it's over now
It was all that I wanted, now, I'm living without
It must have been love but it's over now
It's where the water flows, it's where the wind blows
...

Leise summte ich die Melodie mit, doch schnell drifteten meine Gedanken wieder zu Anna und ihren idiotischen Anschuldigungen ab. Ich sah ihren stechenden Blick förmlich vor mir, glaubte, ihre Stimme zu hören. Was ging bloß in ihrem kranken Hirn vor? Warum hatte sie es ausgerechnet auf Maria und mich abgesehen? War es wirklich nur wegen Patrick gewesen? War Maria vor ihr sicher, wenn ich sie nun allein ließ? Aber das waren nicht die einzigen Fragen, die durch meinen Schädel dröhnten, denn auch Patrick machte mir Sorgen. Dachte er auch, dass Maria log? Und wenn ja, wieso? Er kannte sie doch so lange. Er müsste es doch besser wissen! Aber was mir die größte Sorge bereitete, war die Frage, ob auch Schulz und Mayerhofer so dachten. Verdächtigten sie Maria, schuld an den Entführungen und Natalies Tod zu sein? Steiner war verhaftet, und mehr als genug Beweise waren bei ihm gefunden worden. Plötzlich schoss mir auch die Stimme des Bürgermeisters durch den Kopf: »Hoffen wir mal, dass wir deine Schwester bald finden. Die hat uns ohnehin schon viel zu viel Scherereien bereitet.« Spielte Marias Website vielleicht doch eine größere Rolle, als ich angenommen hatte?

Unsinn! Schluss jetzt!

Klar, Marias Verhalten, seit sie gerettet worden war, war eigenartig gewesen. Aber wer konnte von sich sagen, dass er sich nicht ähnlich verhalten hätte, wenn er so einer Extremsituation ausgesetzt gewesen wäre. Wahrscheinlich stand sie noch unter Schock. Wahrscheinlich würde sie das noch für lange Zeit tun. Wahrscheinlich taten ihr alle Unrecht.

Nein, ich durfte mich nicht verwirren lassen! Sie alle irrten sich!

Oder etwa doch nicht?

Scheiße!

Ich stieg auf die Bremse.

43

Nein!

So konnte ich nicht zurück nach Wien fahren. Zuerst musste ich meine Gedanken in Ordnung bringen, musste mit jemandem über meinen bösen Verdacht sprechen, der sich wie Gift in meinem Verstand ausbreitete. Mit jemandem, dem ich vertrauen konnte. Der mir sagen konnte, ob ich verrückt war oder all die anderen. Denn ja, wenn ich ganz ehrlich zu mir selbst war, dann spürte ich, dass Maria uns etwas verheimlichte. Irgendetwas stimmte ganz und gar nicht an ihrer Geschichte und vor allem an ihrem Schweigen.

»Kindchen, du bist es? Komm doch rein, ich bin gerade erst nach Hause gekommen.« Tante Hannelore war gerade dabei, ihren schäbigen rosa Bademantel um ihren Bauch zuzuschnüren.

Ich trat ein. Sie drückte mir im Vorbeigehen ein Küsschen auf die Wange und umarmte mich schlaff. Ich glaube, es erübrigt sich zu erwähnen, dass sie nach Alkohol stank.

»Ach, das ist aber eine nette Überraschung.« Sie schloss die Tür hinter mir und zupfte sich ihr auftoupiertes Haar zurecht. »Was sagst du, ist das nicht eine ganz reizende Beerdigung gewesen?«

Bitte was?

»Du, Lisa, ich wollt mir gerade ein Schnapserl genehmigen – zum Aufwärmen. Ist ja wirklich scheußlich kalt gewesen auf dem Begräbnis, findest du nicht auch? Und dieser Wind! Ich hab noch immer abgefrorene Finger. Da, fühl einmal.«

Sie streckte mir ihre zitternden Hände entgegen. Ich griff sie ihr zuliebe.

»Und?«

»Ja, wirklich kalt«, sagte ich.

»Na, sag ich doch, Kindchen. Also, wie schaut's aus, willst vielleicht auch ein Glaserl?«

»Nein, da... oder doch, warum nicht? Ja bitte!« Ich hatte einen Schluck Schnaps bitter nötig.

»Sehr fein.« Meine Tante begann zu strahlen und verschwand in der Küche.

Ich ging weiter ins Wohnzimmer, wo heilloses Durcheinander herrschte. Überall lagen Kleidungsstücke, benutzte Gläser standen herum, leere Joghurtbecher und schmutzige Teller. Ich fegte einige bekritzelte Zeitschriften vom Sofa, setzte mich, schnaufte tief durch und rieb mir das Gesicht. Mit jeder Sekunde, die verging, wuchsen meine Zweifel. Was machte ich hier überhaupt? Wie kam ich nur darauf, meine Schwester zu verdächtigen? Und warum redete ich nicht mit ihr persönlich darüber? Ich sollte besser wieder gehen!

»Was verschafft mir denn die Ehre, Kindchen?«, rief Tante Hannelore mit schriller Stimme aus der Küche.

Ich hörte Küchenschränke auf und zu gehen, Gläser klirren.

»Ich muss mit dir reden.«

»Worüber denn?

»Über ... über Maria.«

Meine Tante kam aus der Küche zu mir ins Wohnzimmer gehuscht. »Über Maria?«, fragte sie, und die Verwunderung stand ihr ins Gesicht geschrieben.

»Ja.«

»Oh, das …«

»Was?«

»Ach, nichts, Kindchen. Was ist denn mit Maria?«

Sie setzte sich zu mir aufs Sofa, die Zeitschriften knisterten unter ihrem Hintern. Sie starrte mich erwartungsvoll an, das Schnapserl schien völlig vergessen.

»Ich weiß auch nicht, ich …« Ich fasste mir Mut. »Hat Maria mit dir über ihre Entführung gesprochen?«

»Nun ja, nur ganz wenig.«

»Und glaubst du ihr?«

»Was?«

»Glaubst du, dass Maria lügt, was ihre Entführung angeht?«

Ihre Augen wurden groß wie Billardkugeln, sie griff meine Hände. »Um Gottes willen, Kindchen, nein! Wieso denkst du denn so etwas?«

»Ich weiß nicht. Sie ist so komisch und …«

»Und was?«

»Ich glaube, die Polizei hat auch Zwei…«

»Die Polizei?« Ihre Stimme war plötzlich ganz schrill. Ihre Gesichtszüge entgleisten ihr völlig.

»Tante, bitte bleib ruhig!«

»Ruhig? Lisa, was sagt die Polizei?«

»Nichts, Patrick hat nur … ich meine, er hat gesagt … ach, bitte vergiss es.«

»Patrick glaubt, dass Maria lügt?«

»Das hab ich nicht gesagt.«

»Meine Güte, wie kann er nur?«

»Tante Hanne…«

»Der hat ja praktisch zur Familie gehört.«

»Tante …«

»Und ich bin immer so nett zu ihm gewesen.«

»Bitte beruh…«

»Und jetzt fällt er deiner Schwester so in den Rücken.«

»Das hab ich doch gar nicht gesagt.«

»Das hätte ich wirklich nicht von ihm erwartet.«

Tante Hannelore war völlig von der Rolle. Sie sprang vom Sofa auf. Ihre Hände machten unnütze Bewegungen, sie kratzte sich im Gesicht und sah sich Hilfe suchend im Wohnzimmer um. »Das hätte ich wirklich nicht von ihm erwartet«, wiederholte sie sich. Dann hetzte sie hinaus in den Flur.

»Wo willst du denn hin, Tante?«

Keine Antwort.

»Tante Hannelore?«

»Bin gleich wieder da«, rief sie aus irgendeinem anderen Zimmer.

Scheiße!

Was hatte ich da nur angerichtet? Das hatte ich mir wirklich ganz anders vorgestellt gehabt – ich hatte nicht gedacht, dass Tante Hannelore so extrem reagieren würde. Eigentlich hatte ich gehofft, dass sie mich beruhigen und meinen Verdacht zerschlagen würde. Aber stattdessen flippte sie völlig aus.

Plötzlich schien es mir, als hörte ich ein leises Flüstern. Ich spitzte meine Ohren. Ja, tatsächlich! Es war Tante Hannelores Stimme, die da flüsterte. Doch sosehr ich mich konzentrierte, ich konnte nicht verstehen, was sie sagte. Auch eine zweite Stimme konnte ich nicht hören. Was ging hier vor?

»Tante?«

Keine Antwort.

»Tante Hannelore?«

»Ich komme gleich«, rief sie schließlich leicht verzögert und viel zu schrill.

Ich stand auf, ging hinaus in den Flur. Die Küchentür, die vorher offen stand, war nun zugelehnt.

»Alles in Ordnung, Tante?«

Plötzlich riss sie die Küchentür auf und strahlte mich mit einem aufgesetzten Lächeln an. Ihr Handy lugte aus der Seitentasche ihres Morgenmantels. »Aber natürlich, Kindchen.« Sie hatte zwei Stamperlgläser und eine Flasche Schnaps in der Hand. »Komm, jetzt trinken wir erst mal ein gutes Tropferl.«

»Was ist denn los mit dir?«

»Gar nichts, was soll denn los sein?«

Sie drängte mich zurück ins Wohnzimmer.

»Setz dich doch, Kindchen.«

Ich nahm Platz. Ließ sie nicht aus den Augen. Sie setzte sich neben mich und schenkte mit zittrigen Händen die beiden Gläser randvoll. Eines ging dabei über. Sie schien es gar nicht zu bemerken, hob ihr Glas und lächelte angespannt. Ihr Gesicht glühte, ihre Nasenflügel waren geweitet.

»Prost, Kindchen.«

Zögerlich griff ich nach meinem. Was war bloß los mit ihr? »Prost.«

Meine Tante kippte den Schnaps hinunter und füllte sich gleich nach. Ich nippte nur kurz. Spürte die Schärfe auf meinen Lippen und der Zungenspitze kribbeln.

»Trink, Kindchen«, forderte mich meine Tante auf.

Ich tat ihr den Gefallen und trank mein Glas in einem Zug leer.

»Noch einen?«

Warum nicht?

Ich hielt ihr mein Glas hin. Sie schenkte nach. Wir tranken. So ging das die nächsten zehn Minuten. Sie wich meinen Fragen aus, redete von sich aus nichts, kaute an ihren Fingernägeln. Die Szene von vorhin hing wie Tausende rostige Spritzennadeln über uns, die drohten, jeden Moment auf uns hinabzustürzen.Irgendetwas stimmte hier doch nicht, oder?

Plötzlich läutete es an der Tür.

»Ah«, machte meine Tante erleichtert und sprang vom Sofa auf, als wenn sie nur darauf gewartet hätte.

»Wer ist das?«

Tante Hannelore antwortete nicht, sondern rannte hinaus in den Flur und zur Eingangstür. Ich konnte hören, wie sie die Tür öffnete, das Pfeifen des Winds hereindrang und die Tür geschlossen wurde.

Stille.

Oder wurde geflüstert?

»Wer ist da?«, rief ich.

Keine Antwort.

Ja, es wurde geflüstert!

»Tante Hannelore?«

Langsam wuchs mein Unbehagen. Meine Nackenhaare stellten sich auf. Ich war mir nun völlig sicher: Irgendetwas stimmte hier nicht. Es war doch nicht normal, wie meine Tante sich verhielt. Und wieso flüsterte sie schon wieder?

Schluss jetzt!

Ich wollte gerade aufstehen und nachsehen, wer gekommen und was da los war. Doch da hörte ich auf einmal Schritte aus dem Flur näher kommen.

Gebannt starrte ich auf den Türrahmen. Mein Herz schlug immer schneller.

Hektisches Gemurmel. Zischen.

Dann traten sie ins Wohnzimmer.

44

»Was machst du hier?« Der Mund stand mir offen, ich versuchte zu begreifen, verstand gar nichts. Mein ganzer Körper war in Alarmbereitschaft.

Maria stand einfach nur da. Abgehetzt, schnaufend und mit hochrotem Kopf. Sie sah mich an, sagte kein Wort. Tante Hannelore direkt hinter ihr. Sie kaute nervös an ihren Fingernägeln, schien völlig aufgelöst zu sein.

»Maria, was ist hier los?«

Zitternde Stimme. Giftige Angst in meinem ganzen Körper.

»Wieso glaubst du, dass ich lüge?«

»Was? Ich ...« Hatte Tante Hannelore sie angerufen? Meine Gedanken schossen wild umher.

»Wieso?«

»Maria, das … ich hab doch gar nicht gesagt, dass du … ich …«

»Was hat Patrick gesagt?«

»Gar nichts. Ich weiß nicht, ich …«

»Lüg mich nicht an!«, schrie sie.

Ich zuckte zurück. »Maria, du machst mir Angst. Was ist denn los?« Ich spürte, wie meine Knie weich wurden. Jeden Moment würde ich zu Boden sacken. Mein ganzer Körper zitterte.

»Maria, schrei nicht!« Tante Hannelore kratzte sich im Gesicht.

»Bitte sagt mir, was los ist.«

Maria kam auf mich zugestürmt. Packte mich an den Oberarmen. »Lisa, du musst mir sagen, was Patrick gesagt hat!« Panik stand ihr in den Augen. Sie rüttelte mich. »Sag es mir!«

Um Gottes willen, was war hier los? Ich verstand nichts. Fühlte nur, wie meine Welt zusammenbrach. Genau jetzt, in diesem Moment. Tränen schossen mir in die Augen.

»Maria, lass sie doch«, mischte sich Tante Hannelore aus dem Hintergrund ein, raufte sich die Haare und klopfte mit den Fingerknöcheln gegen ihre Stirn. Sie war blass wie ein Geist.

Meine Schwester warf ihr einen mahnenden Blick zu. »Sei still!«

Mein Gehirn war wie gelähmt, der Schock kroch immer tiefer. Nur ganz langsam dämmerte es mir. Aber das konnte doch nicht wahr sein! Das … Ich musste mich irren!

»Hast du, ich meine habt ihr?«, fragte ich. Mein Gesicht zuckte vor Aufregung.

»Kindchen, wir …«

»Sei still!«, schrie Maria.

Meine Tante kratzte sich so heftig, dass ihre Wange zu bluten begann.

»Habt ihr … um Gottes willen, bitte nicht!«

»Nein.«

»Bitte sagt, dass das nicht wahr ist.«

»Lisa!«

»Habt ihr Natalie, habt ihr sie getötet?«

»Es ist doch keine Absicht gewesen!«, kreischte Tante Hannelore auf einmal dazwischen und brach in Tränen aus.

»Sei ruhig!«, fuhr Maria sie an und rüttelte sie. »Halt endlich deinen Mund!«

»Aber es stimmt doch.«

»Du hast schon genug angerichtet!«

»Aber das wollte ich doch nicht.«

NEIN! NEIN! NEIN!

Ich spürte, wie mein Gesicht immer heftiger zu zucken begann. Mein ganzer Körper zitterte. Das Blut rauschte in meinen Ohren. Alles begann sich zu drehen. Meine Füße wurden weich wie Gelee. Ich sackte zur Seite, konnte gerade noch die Sofalehne greifen und mich auf den Beinen halten.

Maria kam mir nach. »Lisa.«

Ich wich weiter zurück. »Bleib, wo du bist!«

»Aber …«

»Bitte sagt, dass das nicht wahr ist!« Meine Stimme war nicht mehr als ein Flüstern.

»Lisa, Kindchen, es ist ein Unfall gewesen.«

»Tante, sei endlich still!«

»Was heißt ›ein Unfall‹?«

»Ich wollte das nicht, das musst du mir glauben, Kindchen, wirklich!«

»Jetzt reicht's aber!«, schrie Maria, stürmte auf Tante Hannelore zu und schlug ihr ins Gesicht.

Es klatschte heftig. Ihr Kopf wurde zur Seite geschleudert. Verwischtes Blut auf ihrer Wange. Aber sie wirkte völlig unbeeindruckt und redete weiter: »Wie die Natalie die Maria so angeschrien hat und gesagt hat, dass sie zur Polizei gehen will, da …«

»Ich halt das nicht aus!«, kreischte Maria dazwischen und raufte sich die Haare. »Warum hältst du nicht endlich deinen versoffenen Mund?« Sie stieß einen grausamen Schrei aus. Pure Verzweiflung, Wut und Angst klangen darin mit.

Tante Hannelore schrie zurück. Kratzte sich wieder im Gesicht. Entdeckte die Schnapsflasche, griff sie und nahm mehrere Schlucke.

Ich hatte die Kontrolle über meinen Körper verloren. Alles zitterte, alles bebte. Kein klarer Gedanke mehr.

»Lisa, es ist alles nicht so, wie du denkst.«

Maria kam auf mich zu. Ich wich zurück, hielt sie auf Abstand.

»Seid ihr überhaupt entführt worden?«

»Lisa, lass uns erst mal …«

»Sag schon!« Ich spürte Tränen über meine Wangen laufen.

Maria seufzte. Rieb sich das Gesicht. Schwieg.

»Seid ihr?«

Sie seufzte wieder. Resignierte. »Nein.«

Es war, als zog es mir den Boden unter den Füßen weg.

Schweigen. Quälendes Schweigen. Sekunden vergingen, vielleicht Minuten, in denen niemand etwas sagte.

»Aber«, durchbrach ich irgendwann die Stille, »ich versteh nicht, was … ich … Maria, was?«

»Wir haben das Ganze nur vorgetäuscht.«

»Aber warum?«

»Warum?« In Maria flammte plötzlich Wut auf. Sie schrie: »Warum, fragst du?«

»Ja …«

»Ja, warum wohl? Weil überhaupt niemanden mehr interessiert hat, was mit Linda damals passiert ist! Weder die Polizei noch den Bürgermeister, den Gemeinderat oder sonst irgendjemanden im Dorf! Es ist doch allen egal gewesen!«

Tante Hannelore ließ sich aufs Sofa fallen und vergrub das Gesicht in ihren Händen. Sie weinte bitterlich.

»Und was ist mit Linda und Markus passiert?«

»Das wissen wir nicht.«

Ich sah ihr tief in die Augen. Vermochte aber nicht zu sagen, ob sie log oder die Wahrheit sagte.

»Warum?«

»Was?«

»Warum habt ihr Natalie …« Ich wagte es nicht, die Frage auszusprechen.

»Es war ein Unfall.«

»Was für ein Unfall?«

Maria blieb stumm. Tante Hannelore gab jämmerliche Laute von sich.

»Was für ein Unfall?«, fragte ich noch einmal.

»Wir haben uns gestritten.«

»Gestritten? Warum?«

»Das ist doch jetzt egal.«

»Gott, Maria, das ist es nicht! Sag mir, was passiert ist!«

Sie antwortete nicht. Starrte ins Leere, wirkte auf einmal tief in Gedanken versunken.

»Maria?«

Keine Antwort.

Sie ging an mir vorüber und ließ sich neben Tante Hannelore aufs Sofa fallen. Meine Tante vergrub ihr Gesicht in Marias Armen. Die strich geistesabwesend über ihr Haar.

Ich stand da, keine Ahnung, wie lange. Kaute an meiner Unterlippe. Fühlte die Hitze in meinem Gesicht, die Leere, die sich in mir ausbreitete. Ich begriff nichts, rein gar nichts. Hatte so viele Fragen, konnte aber keine aussprechen.

»Wo willst du hin?«, fragte Maria.

Erst jetzt bemerkte ich, dass ich kleine Schritte zurückmachte.

»Ich muss raus hier.«

»Lisa, das kannst du jetzt nicht.« Maria erhob sich vom Sofa und kam auf mich zu. Sie griff meine Hand.

»Lass mich los. Ich will nach Hause.« Panik stieg in mir hoch.

»Das kannst du jetzt nicht. Wir müssen …«

»Lass mich los, du tust mir weh!«

»Lisa, beruhige dich!«

Ich entriss ihr meine Hand. Maria wollte danach greifen. Ich schlug ihre Hand weg.

»Lass mich!«

»Lisa, begreif doch!«

Da stieß ich ihr mit voller Kraft gegen den Brustkorb. Maria stolperte zurück, fing sich nicht, krachte über den Wohnzimmertisch, fiel und …

Ich rannte los.

45

Hinaus in den Flur.

Empörte Schreie hinter mir. »Lisa, warte!« Hastige Schritte.

Weiter zur Eingangstür.

Scheiße, verschlossen!

Panik.

Maria kam mir nachgelaufen. »Lisa, nicht!«

Der Schlüssel steckte. Zwei Umdrehungen nach links. Helles Geklimper.

Maria ganz dicht hinter mir.

Ich drückte die Schnalle runter, riss die Tür auf.

Nichts wie raus!

Hinaus in die eisige Dunkelheit. Schnee, Eis, Wind. Vorbei an meinem Wagen – ich hätte keine Zeit gehabt, ihn rechtzeitig aufzuschließen und loszufahren. Ich rannte. Immer weiter. Kein Blick zurück. Tausende Gedanken.

Bitte nicht! Das darf nicht wahr sein!

Tränen liefen mir übers Gesicht, Rotz rann aus der Nase. Meine Lunge fühlte sich wie zugeschnürt an.

Scheiße! Scheiße! Scheiße!

Kieselsteine knirschten unter meinen Sohlen. Der Wind blies mir ins schweißnasse Gesicht. Die eiskalte Luft stach in meinen Lungen. Ich rannte, so schnell ich nur konnte. Ich musste nach Hause. Musste meinen Vater warnen.

Ein Auto kam mir entgegen. Die Lichter blendeten, ich konnte nicht erkennen, wer es war. Sollte ich es aufhalten? Um Hilfe rufen? Meine Schwester und meine Tante verraten? Uns alle ins Unglück stürzen?

Nein!

Das Auto fuhr an mir vorüber. War es ein Polizeiwagen gewesen?

Scheiße!

Ich lief weiter. Kein Blick hinter mich. Immer weiter!

Daheim angekommen, hatte ich den Hausschlüssel bereits in meiner zitternden Hand. Ich versuchte ihn ins Schloss zu stecken, rutschte ab, er fiel zu Boden.

Fuck!

Noch ein Versuch. Geschafft. Tür auf. Hinein. Tür zu. Mit dem Rücken dagegengelehnt. Durchschnaufen. Keine Zeit.

»Papa?«

Keine Antwort.

»Papa!«, schrie ich immer wieder und rannte durchs ganze Haus. »Bist du hier?«

Aber keine Spur von ihm. Schließlich stand ich in der Küche, völlig außer Atem, die Hände gegen die Oberschenkel gestemmt. Der Wasserhahn tropfte, vom Garten drang das Pfeifen des Windes zu mir herein.

It's where the water flows, it's where the wind blows.

Das Licht der Deckenleuchte spiegelte sich im Fenster, sodass ich nichts im Garten erkennen konnte. Ich ging näher ran, legte die Hände ans Fenster und spähte in die rabenschwarze Nacht hinaus. In der Werkstatt meines Vaters brannte Licht. Er arbeitete also schon wieder.

Normalerweise hätten mich keine zehn Pferde nach draußen in die Dunkelheit gebracht. Aber nun hatte ich keine andere Wahl. Ich musste meinen Vater warnen. Musste ihm von Maria und Tante Hannelore erzählen.

Oh, Gott! Ich konnte es immer noch nicht glauben.

Ich öffnete die Gartentür, und augenblicklich strömte mir die Eiseskälte entgegen. An der Schwelle zur schmalen Terrasse atmete ich tief durch, fasste Mut und lief hinaus in die Finsternis. Der Schnee lag kniehoch und schien jedes Geräusch zu schlucken. Nur das Dröhnen des Bluts in meinem Kopf wurde lauter. Der Wind blies mir um die Ohren.

Bei Vaters Werkstatt angekommen, zerrte ich am Griff, doch die Tür war verschlossen. Ich hämmerte mit beiden Fäusten gegen die massive Holztür.

»Papa!«, schrie ich. »Mach auf!«

Immer fester schlug ich auf die Tür ein.

Von drinnen war auf einmal ein Rumpeln zu hören.

»Papa?«

Keine Antwort. Aber wieder dieses Rumpeln.

»Bist du da drinnen?«

Es dauerte ein paar Augenblicke, dann konnte ich hören, wie von innen der Schlüssel ins Schloss gesteckt und aufgesperrt wurde. Die Tür öffnete sich nach außen, ich trat einen Schritt zurück.

»Papa, Gott sei Dank! Ich muss …«

Ich wollte zu ihm hinein, doch mein Vater stellte sich mir in den Weg, drängte mich zurück und kam zu mir nach draußen. Von hinten schien das Licht aus der Werkstatt auf ihn – ich konnte nur seine Umrisse erkennen.

»Lisa, was machst du hier?«

»Papa, Maria ist …«

Er stieß mich unsanft weiter zurück. Was ging hier vor? Ich war völlig überrumpelt, kannte mich überhaupt nicht aus.

»Papa, was ist denn los?«

»Komm, wir gehen ins Haus.«

Er wollte gerade die Tür schließen. Da geschah es: Ein Schrei drang aus der Werkstatt zu uns nach draußen. Kaum hörbar. Grauenvoll. Gequält. Markerschütternd. »Hilfe!«

46

Mein Vater schmiss die Tür zu. Der laute Knall dröhnte durch den stockdunklen Garten und wurde vom Wind davongetragen. Von den Schreien war nichts mehr zu hören.

Stille.

Ich stand meinem Vater in völliger Dunkelheit gegenüber. Konnte seine Umrisse nur erahnen. Mein Herz raste. Meine Gedanken überschlugen sich. Ich verstand nicht. Alles begann sich zu drehen. Ich schaffte es nicht zu atmen, bekam keine Luft mehr. Zitterte am ganzen Körper. Machte einen Schritt zurück. Hatte keine Kontrolle mehr über meinen Körper. Knickte weg, fiel in den Schnee. Kämpfte mich wieder hoch. Spürte, dass mein Vater mir nachkam.

Nackte Angst.

»Papa, wer ist da drinnen?«

»Wo?«

»In der Werkstatt.«

Meine Jeans saugten den Urin auf, der aus mir floss.

»Niemand.«

»Papa, bitte, bitte hör auf, mich …«

Wieder knickte ich weg. Konnte mich noch abfangen.

»Lisa.«

»Bitte, Papa, bitte!«

»Was?«

»Sag, dass das nicht wahr ist.«

»Was denn?«

»Wer hat da geschrien?«

»Lisa.«

»Um Gottes willen! Papa!«

Plötzlich hörte ich die Gartentür aufgehen. Blickte zum Haus. Da sah ich eine dunkle Silhouette auf der Terrasse.

47

»Lisa?«, rief Patrick von der Terrasse aus. »Bist du da?«

Ich hatte jede Kontrolle über meinen Körper verloren. Stand einfach nur da in der Dunkelheit. Nicht mehr als eine Hülle, mein Geist in Schockstarre. Vielleicht war es nur ein Zucken, vielleicht öffnete sich mein Mund. Aber es kamen keine Worte heraus. Nicht einmal ein Flüstern. Nur das Klappern meiner Zähne.

»Lisa?«, rief Patrick noch einmal.

»Sag schon was«, flüsterte mein Vater.

Ich blieb stumm.

»Los«, zischte er.

»Ich … ich …« Mehr brachte ich nicht heraus.

»Ist alles in Ordnung?«, rief Patrick.

Mein Vater gab mir einen kräftigen Schubser. Riss mich aus meiner Starre.

»Ja«, krächzte ich. Ich hatte meine Stimme wiedergefunden.

»Es tut mir leid, Lisa!« Patricks Silhouette kratzte sich am Hinterkopf.

Ich antwortete nicht.

»Ich wollte mich nicht mit dir streiten!«

»Okay.«

»Ich hab dich vorher auf der Straße laufen gesehen, als ich mit dem Auto an dir vorbeigefahren bin. Ich hab dir gewunken. Hast du mich denn nicht gesehen?«

»Los, gehen wir zu ihm«, zischte mein Vater leise.

Ich bewegte mich nicht.

»Geh schon!« Er gab mir wieder einen Schubser.

Wie ferngesteuert kam ich in Bewegung, setzte einen Fuß vor den anderen und stapfte durch den tiefen Schnee auf Patrick zu. Ich spürte meinen Vater dicht hinter mir. Ein Windstoß blies mir die Haare ins Gesicht, es war mir egal. Ich kann nicht mehr sagen, was ich in diesen Sekunden dachte – ich glaube, gar nichts.

Mein Vater ging an mir vorbei, reichte Patrick die Hand und sagte etwas, das ich nicht verstand. Er bat ihn ins Haus. Ich kam nach.

Sekunden später standen wir in der Küche. Alles war so surreal. So falsch.

Patrick wirkte verlegen, redete aber wie ein Wasserfall: »Es tut mir leid, dass ich einfach so reingeplatzt bin. Aber ich hab dich da laufen gesehen und das hat so … ich weiß auch nicht … irgendwie komisch ausgesehen. Ich wollte dich eigentlich in Frieden lassen, weil du sicher noch böse bist wegen unserem Streit. Aber das hat mir einfach keine Ruhe gelassen. Und ich hab umgedreht und dich ins Haus laufen gesehen. Ich weiß, es ist blöd, aber ich hab eine Weile im Auto gesessen und – ach, ist ja egal. Auf jeden Fall hab ich geläutet, aber es hat niemand aufgemacht und ich hab doch gewusst, dass du da bist. Und dann hab ich probiert und bemerkt, dass die Tür nicht abgeschlossen ist. Ich weiß, das hätte ich nicht …«

Er hielt inne, sah mir in den Schritt. Seine Stirn bekam Falten, seine Augen wurden auf einmal ganz groß. »Was ist …?«

Ich sah auf meine urinnasse Jeans hinab, versuchte sie mit meinen bloßen Händen zu bedecken. Keine Chance.

»Lisa, du … hast du dich etwa …?«

»Nein, ich …«

»Ich bin vorhin am Klo gewesen«, versuchte mein Vater für mich einzuspringen. Er räusperte sich, versuchte seine Stimme wiederzufinden. Zupfte nervös an seinem Bart. »Und Lisa hat so dringend müssen.«

Patrick legte den Kopf schief, sah zuerst meinen Vater und dann mich an. Sein Blick ein einziges Fragezeichen.

Ich starrte auf die nassen Bodenfliesen. Konnte spüren, wie mein Augenlid unkontrolliert zuckte. Rieb es, aber es wollte nicht aufhören.

»Was ist hier eigentlich los?«, fragte Patrick.

Da läutete es an der Tür.

48

Splitternackte Angst. Ich zitterte am ganzen Körper. Bemerkte, dass ich unentwegt unsinnige Bewegungen machte, war aber machtlos dagegen. Mein Herzschlag hämmerte hinter meinen Augenlidern. Ich stank nach Schweiß und Urin.

»Halli-hallo!«, trällerte Tante Hannelore gekünstelt.

Maria und sie kamen zu uns in die Küche. Mein Vater, der ihnen geöffnet hatte, blieb dahinter im dunklen Flur stehen. Ich konnte seine Miene nicht erkennen. Hielt er etwas in der Hand?

Maria strich sich das feuchte Haar aus der verschwitzten Stirn. »Patrick, du hier? Das ist aber schön, dich zu sehen.« Ihr Gesichtsausdruck, ihre Worte, die Stimmlage – einfach nichts passte zusammen.

Patricks Augen waren riesengroß, sein Mund stand offen. Seine Hand schwebte über dem Griff seiner Waffe am Gürtel. Sein Blick hetzte von einem zum anderen. Ich konnte förmlich sehen, wie sein Gehirn krampfhaft versuchte zu begreifen, was hier vor sich ging.

»Was ist hier los?«, fragte er und betonte dabei jedes Wort.

»Was … wie?«, stotterte Tante Hannelore und begann wieder, sich an der Wange zu kratzen.

»Was meinst du?«, fragte Maria. Sie versuchte zu lächeln, es misslang ihr gründlich.

»Lisa, sag mir, was hier los ist!«

»Ich weiß nicht, ich … gar nichts.« Ich war nicht mehr fähig zu denken. Immer wieder wurde mir schwarz vor Augen. Jeden Moment würde ich umkippen. Ich stützte mich an der Sessellehne ab.

»Lisa!«, schrie mich Patrick an.

»Hey, schrei meine Schwester nicht an!«, fuhr ihn Maria an.

»Was habt ihr da draußen gemacht?«

»Gar nichts«, sagte mein Vater.

»Unsinn! Sagt schon!«

Maria drängte sich an Patrick vorbei zur Spüle.

»Keiner rührt sich vom Fleck!«, schrie Patrick. Blitzschnell hatte er seine Waffe gezogen. Richtete sie abwechselnd auf uns.

»Um Gottes willen«, kreischte Tante Hannelore.

»Spinnst du?«, fuhr ihn Maria an.

»Bleib stehen!«

»Nein!«

»Du sollst …!«

»Ich will einen Schluck Wasser!«

»Nicht jetzt! Bleib stehen!«

»Leck mich, Patrick!« Maria drehte den Wasserhahn voll auf und nahm ein Glas aus dem Schrank. »Erschieß mich doch!«

»Kindchen, bitte nicht!«

»Nimm die Waffe runter!«

»Keiner rührt sich vom Fleck!«

Alle schrien durcheinander. Patrick wurde panisch. Rieb sich mit der freien Hand das Gesicht. »Bleibt alle, wo ihr seid, verdammt!«

Er kehrte Maria den Rücken zu, richtete die Pistole auf meinen Vater im Flur. »Los, rein da, wo ich Sie sehen kann!«

Maria bemerkte Patricks Unachtsamkeit sofort. Blitzschnell griff sie zum Messerblock und zog ein Filetiermesser heraus. Riss die Hand hoch und ließ sie auf Patrick niederrasen.

Ich begriff viel zu spät.

»Patrick!«, schrie ich und stürzte mich auf ihn.

Er erschrak. Riss die Waffe herum. Ein Schuss löste sich. Ein Knall.

Tante Hannelore schrie. Maria auch. Das Messer in ihrer Hand fuhr weiter auf Patrick hinab.

Ich stieß ihn zur Seite. Er stolperte zurück.

Die Klinge fuhr auf mich herab. Drang durch meinen Mantel. Durch meinen Pullover. Durch mein T-Shirt. Durch meine Haut. Durch mein Fleisch.

Eiskalter Schmerz.

Ich stürzte zu Boden. Glühende Haut. Kalte Fliesen.

Schreie.

Panik.

Alles drehte sich. Schwarze Flimmer vor meinen Augen.

Ich griff nach meiner nassen Brust. Betrachtete meine blutverschmierten Hände. Schloss die Augen.

»Lisa!« Schreie. Immer weiter entfernt. »Lisa!«

»Um Gottes willen, Kindchen!«

»Steht nicht nur herum!«

»Es tut mir so leid!«

»Ruft Dr. Wallner!«

»Lisa, bitte, mach die Augen auf!«

»Wir brauchen einen Krankenwagen!«

»Macht schon!«

»Kindchen!«

»Schnell!«

MITTWOCH, 18. FEBRUAR

49

Als ich am nächsten Tag frühmorgens im Krankenhaus in Hainburg aufwachte, war Patrick der erste Mensch, den ich im vom trüben Licht des Morgengrauens erhellten Zimmer sah. Nach vorne übergebeugt saß er schlafend auf einem Stuhl in der Ecke. Er hatte noch seine Uniform an. Die Jacke und seine Kappe lagen neben ihm auf dem Boden, seine Haare waren völlig durcheinander.

Lange lag ich einfach nur da und wagte es nicht, mich zu rühren. Ich wartete darauf, dass die Schmerzen einsetzten, doch es kam nichts – ich musste mit Medikamenten vollgepumpt worden sein. Vom Gang drangen gedämpfte Geräusche ins Zimmer: ein Rollwagen, der an unserer Tür vorbeigeschoben wurde – mindestens eines der Räder quietschte. Das Klappern von Absätzen. Stimmen.

Bei der ersten Bewegung, die ich machte, sprang Patrick hoch und kam zu mir ans Bett gelaufen. Sein Sessel krachte gegen die Wand dahinter. Patrick griff meine Hand und drückte sie.

»Lisa, Gott sei Dank!« Seine Augen waren glasig. »Wie geht's dir?«

Ich antwortete nicht. Hatte Angst davor, zu sprechen. Vielleicht, ja vielleicht, wenn ich ganz still war und mich nicht mehr bewegte – vielleicht war das alles dann nie passiert? Vielleicht musste ich nur wieder einschlafen und würde dann als Kind in meinem Zimmer in Grundendorf aufwachen. Mama würde mich von unten zum Frühstück rufen. Maria würde wie immer schon am Tisch sitzen, wenn ich es endlich in die Küche geschafft hatte. Sie würde ihr Müsli in sich hineinschaufeln und in Papas Zeitung blättern. Mama würde mir einen guten Morgen wünschen. Papa würde sie zärtlich auf die Wange küssen, seinen Kaffee austrinken und dann nach hinten in die Werkstatt gehen.

Oh Gott, die Werkstatt!

»Hast du Schmerzen, Lisa? Brauchst du etwas?«

Ich schloss meine Augen, versuchte so, die Tränen zurückzuhalten. Bilder der letzten Stunden schossen durch meinen Kopf:

Natalies Sargträger, der wegrutscht.

Annas feindseliger Blick.

Tante Hannelore, wie sie ein Stamperl nach dem anderen hinunterkippt.

Maria, wie sie plötzlich im Wohnzimmer meiner Tante steht.

Wie sie rückwärts über den Wohnzimmertisch fällt.

Die blendenden Lichter von Patricks Einsatzwagen.

Die leere Küche.

Das beleuchtete Fenster der Werkstatt.

Mein Vater, wie er zu mir nach draußen in die Dunkelheit tritt.

Tiefes Schwarz.

Patricks Silhouette auf der Terrasse.

Meine nassen Jeans.

Seine gezogene Waffe auf mich gerichtet.

Das Messer in Marias Hand.

Meine blutverschmierten Hände.

Dr. Wallner über mich gebeugt.

Der Krankenwagen.

Der Infusionsbeutel über mir.

Das Licht.

»Lisa, bitte wein doch nicht.« Patrick strich mir mit seinen zitternden Fingerrücken über die Wange.

Ich ließ es zu, rührte mich keinen Millimeter. Öffnete die Augen. Sah, dass auch ihm Tränen übers Gesicht liefen und auf meine Decke tropften. Sein Kinn zuckte heftig.

»Bitte hab keine Angst. Ich komm gleich wieder, ich hol nur schnell einen Arzt«, sagte er und stürmte aus dem Zimmer.

Hinter ihm fiel langsam die Tür zu.

MONTAG, 30. MÄRZ

DAS LETZTE KAPITEL

Zurück in Wien.

35 Tage ist es nun schon her, seit ich aus dem Krankenhaus in Hainburg entlassen worden bin. Patrick war so nett, alle Formalitäten für mich zu regeln, meine Tasche zu tragen und mich direkt nach Wien in meine Wohnung zu fahren. Nichts auf der Welt hätte mich zurück nach Grundendorf gebracht – den Ort meines schlimmsten Albtraums. Während der ganzen Fahrt über haben wir kein Wort gesprochen, nur stur auf die Straße vor uns gestarrt.

Die Ärzte sagen, dass ich keine bleibenden Schäden von dem Messerstich meiner Schwester davontragen werde. Sie haben keine Ahnung. Aber wie sollten sie auch, ich verstehe ja selbst noch nicht, was da in Grundendorf passiert ist und wie alles so weit kommen konnte.

Seit jener verhängnisvollen Nacht im Februar habe ich weder meinen Vater noch Maria oder Tante Hannelore wiedergesehen – ich hätte es nicht übers Herz gebracht, ihnen in die Augen zu blicken. Die drei sind ohnehin allgegenwärtig und spuken mir pausenlos im Kopf herum. Was sich in den letzten drei Jahren in Grundendorf zugetragen hatte, habe ich, soweit es nötig war, von Schulz und Mayerhofer erfahren – mit Patrick konnte ich darüber nicht sprechen.

Ich war nicht blöd – ich wusste ja, dass mein Vater vor dem Tod meiner Mutter kein Kind von Traurigkeit gewesen war, gerne geflirtet und anderen Frauen nachgeschaut hatte. Er war sexy gewesen – das hatte man mir oft genug gesagt. Aber dass er unzählige Affären (unter anderem mit der Sportkantinenbesitzerin und der Kellnerin des Gasthauses Fichtner) hatte, hätte ich ihm niemals zugetraut. Schon gar nicht eine mit der 17-jährigen Linda, der besten Freundin seiner jüngeren Tochter. Über mindestens fünf Monate hinweg sollen sie Sex miteinander gehabt haben – vor allem, wenn Linda bei uns zu Hause übernachtet hatte. Still und heimlich, mitten in der Nacht, während meine Mutter, Maria und ich geschlafen hatten, unten im Wohnzimmer oder in der Küche am Esstisch. Mein Vater soll ausgesagt haben, dass er Linda schon seit vielen Jahren begehrt hatte, im Laufe der Zeit sogar regelrecht besessen von ihr geworden war und ihr nicht hatte widerstehen können, als sie ihm die Möglichkeit dazu bot, sie zu lieben.

Im Februar vor drei Jahren dann – meine Mutter war gerade erst wenige Wochen tot – passierte das Unglück: Maria und ich waren bereits auf dem Faschingsfest, wollten uns zum ersten Mal seit Mutters Begräbnis wieder unter Leute mischen, als Linda heimlich meinen Vater besuchte, um die Affäre mit ihm zu beenden. Für den brach damit eine Welt zusammen, er wollte es nicht wahrhaben, und es kam zum Streit. Mein Vater soll grob geworden sein, Linda ihn geschlagen haben, daraufhin mein Vater sie – die Situation eskalierte. Dann bestätigte sich das, was ich später von Anna erfahren habe: Markus dürfte Linda tatsächlich verfallen gewesen sein, ihr nachgestellt und sie heimlich verfolgt haben. So auch an diesem Abend – er war Linda zu meinem Vater gefolgt, hatte sich im Schutze der Dunkelheit an der Seite des Hauses nach hinten in den Garten geschlichen und von dort den Streit in der Küche beobachtet. Als mein Vater dann handgreiflich geworden war, dürfte er in die Küche gestürmt sein und meinen Vater angegriffen haben. Mein Vater behauptet steif und fest, dass er Markus nicht mit Absicht getötet hat – er soll ihn lediglich von sich weggestoßen haben, Markus soll daraufhin aber unglücklich mit dem Kopf gegen die Kante des Esstischs gefallen und sofort tot gewesen sein.

Mein Vater saß in der Zwickmühle, er konnte Linda nicht mehr laufen lassen, da die ihn wohl sofort bei der Polizei verpfiffen hätte. Vielleicht stand er unter Schock, vielleicht war er einfach nur ein krankes, perverses Arschloch – auf jeden Fall sperrte er Linda in den Keller seiner Werkstatt, bis er einen anderen Plan haben würde. Markus' Leiche brachte er ebenfalls in die Werkstatt, stopfte sie dort in eine Tiefkühltruhe und bedeckte sie mit Lebensmitteln – hauptsächlich Tiefkühlgemüse aus dem Marchfeld.

Meine Schwester war am Boden zerstört, nachdem ihre beste Freundin verschwunden war. Fast noch mehr störte sie allerdings, dass sie zusehen musste, wie die Polizei und ganz Grundendorf anscheinend das Interesse daran verloren, Lindas Schicksal aufzuklären. Auch ihre Nachforschungen und die Website, die sie gemeinsam mit Natalie betrieb, zeigten kaum Wirkung. Überall stieß sie auf Widerstand. So schmiedeten die beiden einen Plan: Genau am dritten Jahrestag von Lindas und Markus' Verschwinden würden sie ebenfalls untertauchen und so die Polizei und die Medien wieder auf den

Fall aufmerksam machen – es sollte ihr letzter Versuch sein, beschlossen sie. Maria und Natalie setzten ihren Plan in die Tat um und versteckten sich bei Tante Hannelore, die sie eingeweiht hatten.

Doch dann geschah das Unglaubliche: Weil die beiden abends im Schutz der Dunkelheit durch den Ort schlichen und nicht nur ganz Grundendorf, sondern speziell auch unseren Vater im Auge behielten (da Maria ihn in ihren Plan einweihen wollte, falls ihm ihr Verschwinden zu sehr zusetzte), wurden sie – eigentlich Natalie – auf die Werkstatt aufmerksam, in der er fast die ganze Zeit verbrachte. Für Maria war es wenig verwunderlich, sie hatte wie ich den Zugang zu unserem Vater längst verloren gehabt, und obwohl sie noch zu Hause bei ihm wohnte, ebenfalls kaum mit ihm gesprochen, geschweige denn ihn in seiner Werkstatt beim Arbeiten aufgesucht. Für sie war es normal gewesen, dass unser Vater Tag und Nacht dort verbrachte – doch Natalie kam es seltsam vor.

Das Entsetzen war riesig, als Maria und Natalie den Grund herausfanden, weshalb unser Vater so viel Zeit dort verbrachte. Sie hatten sich von einem Feldweg der Rückseite des Gartens genähert, waren über die Mauer geklettert und in die Werkstatt (die längst zu einem gemütlichen Wohnraum umfunktioniert worden war) eingebrochen, als sie auf einmal durch die abgedichtete und versperrte Kellertür Lindas Hilfeschreie hörten. Blankes Entsetzen. Hysterie. Aber kein Schlüssel weit und breit. Keine Möglichkeit, die Tür zu öffnen und ihrer Freundin zu helfen. Alles ging viel zu schnell, war viel zu überraschend und schockierend, als dass die beiden einen klaren Gedanken hätten fassen können. Sie schrien einander an, schlugen aufeinander ein. Dann bemerkten sie, dass das Licht im Haus anging und unser Vater zurück nach Hause gekommen war. Die beiden brachen in Panik aus, flüchteten aus der Werkstatt, kletterten über die Mauer zurück in die Dunkelheit und rannten zu Tante Hannelore. Dort entbrannte ein heftiger Streit. Natalie wollte sofort die Polizei rufen. Maria wollte zuerst mit unserem Vater sprechen – vielleicht stellte sich das Ganze ja als Missverständnis heraus. Tante Hannelore begriff nicht. Sie hatte zu viel getrunken gehabt und war mit dem, was sie über ihren Bruder hörte, völlig überfordert. Alle schrien durcheinander. Ein Glas, dessen Splitter ich später fand, ging zu Bruch. Natalie wollte weg, nach Hause zu ihren Eltern. Maria hielt sie zurück. Natalie schlug wild um sich, schrie. Tante Hannelore griff nach der halbvollen Schnapsflasche am Wohnzimmertisch und schlug damit auf Natalies Kopf ein. Natalie sackte zu Boden. Sie war tot.

Es soll Marias Idee gewesen sein, Natalies Leiche nachträglich zu schänden, um den Verdacht von ihnen wegzulenken, sie in den Wald zu bringen und Steiner die Schuld in die Schuhe zu schieben. Es haben ihn ohnehin schon alle im Dorf für den Mörder gehalten, hat Maria ihre Entscheidung angeblich begründet. Keine Ahnung, ob sie wirklich so skrupellos war oder unter Schock stand, als sie ihrer toten Freundin all die grausamen Verletzungen zufügte und ihr einen Ast zwischen die Beine rammte. Ich weiß auch nicht, ob ihr Lindas Schicksal auf einmal egal war. Frau Grafs Ausraster in der Kirche spielte ihnen jedenfalls in die Karten: Als

Tante Hannelore Maria davon erzählte, beschloss meine Schwester, sich zu maskieren, in der Nacht bei der alten Frau anzuläuten und sie ein wenig zu erschrecken, wie sie es bezeichnete. Dafür, dass ihr Plan aufging, war ich der beste Beweis – denn selbst ich dachte, dass Steiner die alte Frau überfallen hatte. Auch Annas nächtlichen Angriff auf mich wussten die beiden zu nutzen: Danach hatte Tante Hannelore Natalies und Marias Blut und einige Haare in seinem Haus platziert, als wir gemeinsam bei ihm waren, um uns für seine Hilfe zu bedanken. Sie erzählte Maria auch von Steiners blauem Auge, welches meine Schwester dann beim Verhör scheinbar ganz unsicher und nebenbei (in Wirklichkeit aber völlig bewusst) erwähnte.

Steiner ist also unschuldig. Zumindest, was die Entführungen und Natalies Ermordung betrifft – die ekelhafte Kinderpornografie hat er jedoch selbst zu verantworten. Und dafür soll er in der Hölle schmoren.

Marias Wiederauftauchen sollte schließlich den Ausweg aus ihrem Lügenkonstrukt darstellen und ihre Geschichte von dieser ominösen Holzhütte den Verdacht von ihnen weglocken. Dafür hatte Maria sich sogar selbst verletzt und einen Cocktail aus Schlaf- und Beruhigungsmittel getrunken. Doch Maria und meine Tante sind keine eiskalten Mörderinnen – ihr Verhalten verriet sie und wie ich später erfuhr, glaubten Schulz und Mayerhofer meiner Schwester ihre Geschichte keine Minute. Viel zu viele Anzeichen in ihrer Mimik und teilweise widersprüchliche Aussagen verrieten sie sofort. Auch auf die Blutspritzer und die Haare in Steiners Haus fielen sie nicht herein – doch die gefundene Kinderpornografie erübrigte die moralische Frage, ob sie ihn nur zum Schein festnehmen sollten. Obwohl die beiden Kriminalpolizisten keinerlei eindeutige Beweise hatten, hätten sie aber nicht mehr länger abwarten müssen, bis Maria oder Tante Hannelore einen Fehler machten – wie ich später erfuhr, stand eine Hausdurchsuchung bei uns zu Hause unmittelbar bevor. Ich hatte die beiden tatsächlich völlig unterschätzt.

Linda hat überlebt. Mein Vater hielt sie über drei Jahre im Keller seiner Werkstatt gefangen – ausgestattet mit einer Matratze, Bettzeug, einem Fernseher, einem Radio, Büchern, Zeitschriften, Essen, Trinken, Vitaminpräparaten und einer UV-Lampe, um das fehlende Sonnenlicht zu kompensieren. Weil sie ihm leidtat, wie er sagte. Er hätte sie nicht gefangen halten wollen, aber er hätte keine andere Wahl gehabt. »Was hätten Sie denn an meiner Stelle gemacht?«, soll er Schulz und Mayerhofer gefragt haben. Angeblich wegen seines schlechten Gewissens hat er jede freie Minute bei Linda verbracht und ihr Gesellschaft geleistet. Bei den unzähligen Vergewaltigungen, die Schulz mir gegenüber nur andeutete, hatte mein Vater wohl kein schlechtes Gewissen gehabt.

Es ist nun Ende März. Ein überdurchschnittlich warmer März. An den Büschen und Bäumen sprießt es grün, am tiefblauen Himmel sind kaum Wolken zu finden und die Sonne strahlt, was das Zeug hält. Ihr goldenes Licht fällt durch das offene Fenster in meine Wohnung – genau auf die halbvolle Wodkaflasche und den überquellenden Aschenbecher auf meinem verschmierten Esstisch. Die zur Seite geschobenen Vorhänge wehen im lauen Lüftchen, ihre Schatten tanzen über den Parkettboden.

Ich trete ans Fenster, atme tief durch, strecke mich über die Fensterbank hinaus und schließe die Augen. Lausche dem Vogelgezwitscher vom Park gegenüber, dem Gebimmel der Straßenbahn, die fünf Stockwerke unter mir in die Station einfährt, quietschenden Reifen und einer Autohupe, die sich darüber empört, dass ein Teenager bei Rot über die Ampel läuft, um die Bim noch zu erreichen. Aus irgendeiner anderen Straße ist die Sirene eines Rettungswagens zu hören.

Draußen regiert der Frühling. In meinem Herzen für immer der Winter. Eisig und dunkelgrau. Stürmisch und nass. Kein Lachen mehr, keine Freude, kein Appetit. Albträume und schlaflose Nächte. Die ständige Frage nach dem Warum. Übelkeit und Schwindelgefühl. Brennende Augen und stechende Kopfschmerzen, irgendwo zwischen heftig und kaum noch auszuhalten. Die Kälte wird nie wieder aus meinen Gliedern weichen.

Mein Handy liegt irgendwo auf dem Sofa. Es läutet schon wieder. Garantiert Patrick, der sich Sorgen macht und nicht einsehen will, dass ich nicht sprechen möchte – nicht mit ihm und auch mit niemandem sonst.

Ich kann mir vorstellen, wie du dich fühlst, sagen sie. Doch das können sie nicht.

Lisa, das Leben geht weiter, höre ich von allen Seiten. Doch das tut es nicht.

Irgendwann vergeht der Schmerz, versuche ich mir ständig einzureden. Doch ich weiß, dass ich mich nur anlüge.

Ich halte das nicht mehr länger aus. Will, dass es einfach nur aufhört.

Meine Knie zittern, als ich auf das Fensterbrett steige.

Dieses Mal schaffst du es, sage ich mir immer wieder im Geiste. Dieses Mal schaffst du es!

Verkrampft halte ich mich am weißen Kunststoffrahmen fest. Meine Hände sind schweißnass.

Ein zögerlicher Blick nach unten: Die Straßenbahn fährt los. Am Gehsteig ein Skateboardfahrer, der fast eine ältere Dame mit Stock über den Haufen fährt. Eine Mutter mit Kinderwagen. In den Bäumen raschelt es leise. Irgendwo bellt ein Hund.

Dieses Mal schaffst du es!

Ich schließe die Augen. Lege meinen Kopf in den Nacken, lasse mich sanft von der Sonne streicheln. Atme den Frühling ein, lausche dem Leben. Kann es nicht genießen. Kann es nicht verstehen.

Ich hätte nach hinten in die Werkstatt schauen müssen. Hätte mit meinem Vater reden müssen. Und mit Maria. Ich hätte nicht weglaufen dürfen. Ich habe alles falsch gemacht.

Mach schon, du schaffst es!

Ich lasse den Fensterrahmen los.

Spüre den Wind im Gesicht.

Es ist alles meine Schuld.

Ich gehöre nicht hierher.

Still.

Immerstill.

DANKE

Anna, meiner Mutter, Evelyn Panny, Valerie Sedlacek, Christina & Klaus Bichler, Philipp Hödl, Kim Wöhrer, Babette Warmuth, Karoline Eadie und Caroline Schwarzenberger fürs Testlesen des Manuskripts.

Claudia Senghaas für ihren Glauben an mich und diese Geschichte und dem gesamten Team des Gmeiner-Verlags für die tolle Unterstützung und die unkomplizierte Zusammenarbeit.

Gerhard Loibelsberger für all die großen und kleinen Dinge, die er in den letzten Jahren für mich getan hat.

Helmut Bärtl für seine Unterstützung und die Beantwortung meiner kriminalpolizeilichen Fragen.

Thomas Neubauer für die Beantwortung meiner medizinischen Fragen.

Fabian Schrammel, Peter Ott, Daniel Maurer, Stefan Pangratz und Claudia Vogler für ihre Hilfe bei der Erstellung des Trailers zu »Verspielt«.

Meinen Eltern, meiner Schwester und meiner Nichte für ihre Unterstützung in allen Belangen.

Romy Reinhardt für ihren Einsatz und allen, die mich in den letzten Jahren in irgendeiner Weise unterstützt haben – sei es durch Beantwortung meiner vielen Fragen, durch wertvolle Ratschläge und konstruktives Feedback, durch das Promoten von »Verspielt«, das Ermöglichen von Lesungen, das Kaufen meiner Bücher …

Anna. Weil du bist, wie du bist, und mich in allem, was ich mir in den Kopf setze, unterstützt.

Ohne euch hätte ich es nicht geschafft!

Weitere Krimis finden Sie auf den folgenden Seiten und im Internet:

WWW.GMEINER-SPANNUNG.DE

ROMAN KLEMENTOVIC
Verspielt

978-3-8392-1797-9 (Paperback)
978-3-8392-4855-3 (pdf)
978-3-8392-4854-6 (epub)

DER COUNTDOWN LÄUFT Zwei Frauen verschwinden spurlos. Einziger Anhaltspunkt für die Angehörigen: ein Brief mit der Anleitung zu einem perfiden Spiel. Nur wenn sie die Regeln befolgen und innerhalb von drei Tagen herausfinden, warum die Frauen entführt wurden, können sie ihnen das Leben retten.

Ermittlungen in einem anderen Fall führen Bezirksinspektor Mück zu den dramatischen Ereignissen rund um die Entführungen. Er deckt unglaubliche Zusammenhänge auf. Es beginnt ein tödlicher Wettlauf gegen die Zeit.

HERMANN BAUER
Stiftertod

978-3-8392-2098-6 (Paperback)
978-3-8392-5439-4 (pdf)
978-3-8392-5438-7 (epub)

NACHSOMMERBEBEN Direktor Marksteiner vom Floridsdorfer Gymnasium schreibt an einer Biografie über Adalbert Stifter, die Informationen dafür holt er sich in einer Vorlesung der Uni Wien. Als er sich mit einer Studentin treffen will, um sich ihre Vorlesungsmitschrift auszuleihen, findet er sie tot auf. Seine Anwesenheit neben ihrer Leiche macht ihn schnell zum Hauptverdächtigen. Leopold, zugleich Oberkellner, Hobbydetektiv und außerdem Marksteiners Freund, versucht, dessen Unschuld zu beweisen, doch je näher er der Lösung kommt, desto klarer wird ihm, dass der Fall verzwickter ist als gedacht …

GMEINER SPANNUNG

WWW.GMEINER-VERLAG.DE
Wir machen's spannend

MANFRED BAUMANN
Blutkraut, Wermut,
Teufelskralle

978-3-8392-2099-3 (Paperback)
978-3-8392-5441-7 (pdf)
978-3-8392-5440-0 (epub)

TÖDLICHE KRÄUTER Angelo Stassner plant einen neuen Coup: Blutkräuter-Gemälde. Doch jetzt liegt der Galerist in seinem eigenen Blut. Erstochen. Besteht ein Zusammenhang zwischen dem Mord und den Blutkräuter-Bildern? Die Polizei bittet den Kräuterexperten und Hobbydetektiv Pater Gwendal um Hilfe. Dieser rätselt über ein seltsames Zeichen, das der Tote hinterlassen hat. Das überlieferte Wissen um die Kraft von Pflanzen öffnet Gwendal schließlich den Weg zur verblüffenden Lösung des Falles.

Das Neueste aus der Gmeiner-Bibliothek

Unser Lesermagazin

Bestellen Sie das kostenlose Krimi-Journal in Ihrer Buchhandlung oder unter www.gmeiner-verlag.de

Informieren Sie sich …

www … auf unserer Homepage:
www.gmeiner-verlag.de

@ … über unseren Newsletter:
Melden Sie sich für unseren Newsletter an unter www.gmeiner-verlag.de/newsletter

f … werden Sie Fan auf Facebook:
www.facebook.com/gmeiner.verlag

Mitmachen und gewinnen!

Schicken Sie uns Ihre Meinung zu unseren Büchern per Mail an gewinnspiel@gmeiner-verlag.de und nehmen Sie automatisch an unserem Jahresgewinnspiel mit »mörderisch guten« Preisen teil!

GMEINER SPANNUNG

WWW.GMEINER-VERLAG.DE
Wir machen's spannend